최재서의 『국민문학』과 사토 기요시 교수

경성제대 문과의 문화자본

최재서의 『국민문학』과 사토 기요시 교수

경성제대 문과의 문화자본

최재서의 『국민문학』과 사토 기요시 교수

경성제대 문과의 문화자본

김 윤 식

도서출판 역락

이 책은 2009년도 대한민국 예술원 예술창작활동 지원금으로 만들어졌다.

이중어 글쓰기 공간의 '한복판'을 향하여

내 전공은 한국근대문학이오. 여기에는 설명이 없을 수 없소. 먼저 근대문학이란 무엇인가를 말해야 하오. 근대문학이란 근대국가(국민국가)의 언어로 하는 문학을 가리킴인 것. 이 사실을 맨 처음 학문적 수준에서 깨닫고 한국문학사를 체계화한 사람이 도남 조윤제(1904~1976)이오. "국문학은 국어로써 한민족의 생활을 표현한 문학이다. 그러니까 국문학의 국문학됨의 필수 조건은 국어로 표현될 것이다. 이것은 아마 움직일 수 없는 사실일 것이다"(『국문학 개설』, 동국문화사, 1955, p.33)라는 학문적 명제를 도남이 배운 곳이 식민지에 세워진, 일본의 여섯 번째 제국대학인 경성제국대학(1926년 설립)이었소. 대체 이 경성제국대학은 무엇을 가르쳤던가. 수석 입학생인 조선인 유진오는 문학부 교수로 철학 쪽의 아베 요시시게(阿倍能成), 미야모토 와키치(宮本和吉), 하야미 히로시(速水滉), 우에노 나오테루(上野直昭), 중국학 쪽엔 후지쓰카 지카시(藤塚鄰), 고지마 겐키치로(兒島獻吉郎), 영문학 쪽의 사토 기요시(佐藤淸), 조선어문학의 오쿠라 신페이(小倉進平), 다카하시 도오루(高橋亨), 사학 쪽의 오다 쇼고(小田省吾), 다나카 신지(田中眞治) 등을, 법학부의 교수로는 후나다 교지(船田亨二, 로마법), 도자와 데쓰히코(戶澤鐵彦, 정치학), 미야케 시카노스케(三宅鹿之助, 재정학) 등을 꼽았고, 또 그는 초대 예과부장 오다 쇼고가 일본어 상용학생, 조선어 상용학생이라 불러 국적을 구별하지 않았다고 회고했소(「편편야화」, 『동아일보』, 1924. 3. 20, 23). 요컨대 경성제대는 근대적 학문을 공부하는 곳이었고, 조선어문학과에 혼자 입학해서 혼자 졸업한 조윤제는 여기서 문학의 학문적 성격과 그것이 개별 국가의 문학으로 성립될 수 있는 학문적 방법을 배웠을 터이오.

그가 공부한 것은, 그러니까 근대국가를 전제로 하여 비로소 개별성으로서의 자국문학이 성립된다는 것. 국가어(국어)로 쓴 문학의 명제로 이 사정이 정리되오. 이런 방법론에 따르면 그는 그렇게 할 여유가 없었던 까닭에 예상만 한 것에 그쳤지만, 한국근대문학의 성립조건은 한국의 근대국가를 전제로 함이었소. 당연히도 그것은 상해 임시정부(1919. 4. 11. 공화제 국가)이오. 임시정부가 암묵리에 전제한 언어(한국어)로 하는 문학 그것이 한국근대문학인 것. 당연히도 일제 통치부는 이 사실을 암묵리에 승인하고 있었소. 교육·행정·금융·철도 등등의 제도를 통치부 속에 넣어 지배했지만 문학제도만은 제외했음이 그 증거이오. 한국근대문학의 성립근거는 여기에서 오오.

그런데 매우 딱하게도 일제 통치부가 이 문학제도마저도 통치부 속에 포섭하고자 했는바, 조선어학회 사건(1942. 10. 1)이 그것이오. 3·1운동에 준하는 33인을 검거하고, 총독부 시정일(施政日, 공휴일)을 겨냥한 이 사건(조선어학회 사건의 중심분자인 이인의 표현. 이인, 『반세기의 증언』, 명지대출판부, 1974, p.134)은 물을 것도 없이 임시정부에 대한 정면도전이 아닐 수 없소. 임시정부 언어정책 대행기관의 국내 창구가 바로 조선어학회였던 까닭이오. 당연히도 한국근대문학의 시선에서 보면 이로부터 해방 때까지는 암흑기라 부를 수밖에요. 한층 내면화되었다는 뜻에서 그러하오.

그러나 암흑기를 근대문학의 시선에서 한발 물러서서 바라보면 어떻게 될까. 다시 말해 근대문학에서 내려와 '문학'(글쓰기)의 차원에서 살핀다면 어떠할까. 국어로서의 한국어도 국어로서의 일본어도 아닌, 단지 언어만 있는 공간. 이 물음을 쉽사리 물리칠 수 없는 것은 어떤 근대문학도 '문학'을 전제로 하고 있기 때문이오. 실제로 이 암흑기(1942. 10. 1~1945. 8. 15)까지의 공간에서는 많은 분량의 문학(글쓰기)이 엄연히 씌어졌소. 주로 일어, 한국어 등으로 쓴 이들 글쓰기(문학)란 새삼 무엇인가. 문학 축에 못 드는 그냥 글쓰기에 지나지 않는 것인가. 한국인이 일어로 쓴 문학은 일본문학일까. 한국어로 썼으되 '내선일체'의 글쓰기라면 그 국적은 대체 어디일까. 일본문학도 한국문학도 아니라면 대체 이를 어떻게 규정해야 적절할까. 이를 두고 이중어 글쓰기(bilingual creative writing)라 한다면(졸저, 『일제말기 한국작가의 일본어글쓰기론』, 서울대출판부, 2003), 이는 또 하나의 문제계가 놓인 영역이 아닐 수 없소. 한국인도 일본인도 없는 공간, 오직 인간만의 문제계 말이외다. 21세기가 꿈꾸는 세계 말이외다. 경성제대, 그것은 한 가지 고등교육기관인 것. 일본 것도 아니지만 조선 것도 아닌 것. 그 자체로 존재하는 지(知)의 한 가지 영역인 것. 이런 자리란 벌써 근대에 의한 초월(overcome by modernity)이 아니겠는가.

　이러한 이중어 글쓰기 공간의 '한복판'에 놓인 것이 최재서 주간의 『국민문학』(1941. 11~1945. 5)이오. 여기에서 '한복판'이라 한 점에 주목할 것이오. 근대와 학문적 문학을 한국인 학생 조윤제에게 가르쳤던 경성제국대학은 유진오, 이강국, 박문규, 최용달 등에게 근대 정치사상 및 경제학을 가르쳤듯, 경성제대 영문학도 최재서에게 근대적 학문으로서의 문학을 또한 가르쳤던 까닭이오. 『국민문학』이라는, 이 고민에 가득 찬 기묘하고 복잡하기 짝이 없는 순문학 월간지를 한갓 책상물림인 문예비평가 최재서 한 사람이 도모하고 이루어낸 것일 수 없음은 너무도 자명한 사실이 아닐 수 없소. 대체 겉으로 드러난 최재서의 저 거인적 초인적 힘은 어디에서 온 것인가. 경성제대 법문학부의 막강한 학문적 힘이 거기 은밀히 작동하고 있지 않았다면, 그 막강한 문화자본이 아니었다면 무슨 수로 이를 해명할 수 있으랴 함은 이를 가리킴이오.

이 공간에서의 『국민문학』이 갖추고 있는 집요한 논리 추구의 열정, 그것이 근대 국민국가의 해체의 징후가 곳곳에서 벌어지고 있는 21세기 오늘에 있어 물리치기 어려운 괴물의 형상을 하고 우리들 인문학도 앞에 버티고 있소. 이러한 문제계 앞에서 나는 오랫동안 헤매었고 지금도 그러하오. 이 책이 그러한 증거이오.

저자의 경성제대에 대한 오랜 관심이 초기 저작으로 나타난 바 있소. 『한국근대문학사상연구(1)─도남과 최재서』(일지사, 1984)가 그것임을 적음으로써 이 머리말을 마치기로 하오.

2009. 3.

김 윤 식

차 례

I

경성제국대학 법문학부의 기구와 교수 요원 – 담당과목 별견 __15
  1. 여섯 번째 제국대학, 경성제대 15
  2. 경성제대 예과설립과 그 구성원 18
  3. 경성제국대학 법문학부의 구성과 교수들 19
  4. 1931년도 법문학부 교수 요원 및 담당과목 20
  5. 1941년도 교수 및 담당과목 23

문화자본으로서의 경성제대 문과 – 『국민문학』과의 관련 __27
  1. 『국민문학』의 의의 27
  2. 『국민문학』에 관여한 경성제대 교수들 30

II

최재서의 이론에의 순직(殉職) – 모토오리 노리나가에 이른 길 __35
  1. 추천시 「부싯돌」 35
  2. 창작 「보도연습반」 37
  3. 고민의 종자론 40
  4. 전쟁과 「부싯돌」 46
  5. 『국민문학』지의 일어창작 51
  6. 本居宣長의 제자되기 57

『벽령집』에서 『내선율동』에 이른 길 – 사토 기요시의 조선 체험 __63
  1. 1926년 5월, 경성제대 개교 63
  2. 연보를 통해 본 사토 기요시의 생애 67
  3. 사토 기요시의 그 다음의 내력 70
  4. 경성제대 교수로서의 자의식 74
  5. 무엇을 위한 영문학인가 79
  6. 『벽령집』의 내공(內攻) 84
  7. 미간 시집 『내선의 율동』의 내용 90
  8. 사토 기요시의 '내선의 율동'과 이광수의 '내선의 율동' 96

Ⅲ

최재서의 일어창작 __101

부싯돌(燧石) 101

최재서의 일어비평 __123

태양을 우러러 123 　　　　사봉(仕奉)하는 문학 126
아기야 평안하거라 145 　　　　국민문학의 요건 150
시인으로서의 佐藤淸 선생 162

Ⅳ

사토 기요시의 영문학 논문 __177

영문학이라는 것 177 　　　　크래시시즘에서 로맨티시즘에 184

사토 기요시의 시 __187

경성(京城)의 비 187 　　　　한 권의 책 188
20년 가까이나 189 　　　　학도출진 190
담징 192 　　　　눈(雪) 195
고려아악(高麗雅樂) 196 　　　　삼국불 197
사신사호본생도(捨身飼虎本生圖) 198
조선의 벗들을 생각한다 201 　　　　상추 203
음향에 미치다(조선 거리 생활 단편) 205
조선의 소녀들 206 　　　　경주 불국사 재건 207
혜자(慧慈) 210 　　　　블레이크의 분노 214
새로운 시의 혼에게 215

사토 기요시의 수필 및 기타 __217

『벽령집』 후기 217 　　　　요즘 생각한 것 220
두셋의 느낌 225 　　　　빙창(氷窓)에 기대어 229
京城帝大 文科의 전통과 그 학풍 231
회상기－문학적 자전의 일면 236

부록

한국 근대문학사의 시선에서 본 『국민문학』__247

    1. 개별 국민문학과 암흑기의 국민문학 247
    2. 「리얼리즘의 확대와 심화」가 놓인 자리 250
    3. 자기 나라를 위한 외국문학
        －경성제대 영문과의 학문하는 분위기 251
    4. 『국민문학』의 3단계와 최재서의 창씨개명 255
    5. 문화자본으로서의 경성제대 문과 257
    6. 미각으로 표상된 사제관계 260
    7. '민족의 자유와 해방을 위한 외국문학'과 『국민문학』 264

최재서의 고민의 종자론과 도키에다(時枝) 국어학
－경성제대 문과와 『국민문학』지의 관련 양상__269

    1. 여섯 번째 제국대학, 경성제대 269
    2. 조선어문학 제2강좌－오쿠라 교수 271
    3. 국어국문학 제2강좌－도키에다 교수 274
    4. 도키에다 국어학의 명성 277
    5. 도키에다 국어학의 독창성의 근거 280
    6. 도키에다 국어학과 제국주의 283
    7. 고민의 종자론－최재서의 경우 286
    8. 『국민문학』과 사토 기요시 교수 293
    9. 환각으로서의 '벽공' 297

최재서 저작 목록__301

    저술 301   역서 301
    論文·수필 기타 302

I

경성제국대학 법문학부의 기구와 교수 요원
  −담당과목 별견

문화자본으로서의 경성제대 문과
  −『국민문학』과의 관련

경성제국대학 법문학부의 기구와 교수 요원

담당과목 별견

1. 여섯 번째 제국대학, 경성제대

제국일본이 도쿄, 교토, 도호쿠, 규슈, 홋카이도에 이어 여섯 번째로
경성제국대학을 개설한 것은 1926년이었다. 당초 조선제국대학으로 계
획된 것이었으나 돌연 경성제국대학으로 명칭이 바뀐 것에 대해서는 다
음과 같은 곡절이 있었다. 총독부가 제출한 대학관제안이 내각 법제국(法
制局)에서 심사를 거칠 때, 법제국의 반대에 부딪혔는바, 이유는 만일 조
선제국대학으로 한다면 "조선에 제국이 성립된 것 같이 해석할 자도 있
다는 점"에 있었다. 하루라도 빨리 심사를 마쳐야 할 총독부는 원안을
밀고 나가지 않고 법제국의 의견을 수용하여 경성제대로 한 것이다. 어
디까지나 제국대학으로 창설코자 한 총독부와 조선교육령에 의한 보통
의 대학으로 족하다는 법제국의 의견대립에서 전자가 진 결과였다(『紺碧
遙かに－京城帝國大學創立50週年紀念誌』, 耕文社, 1974(비매품), p.16).

고등학교가 없는 조선인지라 예과를 설립한 것은 1924년이었다(당초는 2년제. 3년제로 된 것은 1939년). 문학과에는 14개의 전공이 있었는바 조선에 관한 것은 조선사학, 조선어문학 이외에 종교학·종교사와 사회학도 조선을 그 연구대상으로 한 것이었고, 설립목적에 걸맞게 동양학으로서의 중국학 강좌도 큰 몫을 했다. 민립대학운동을 잠재우고 설치된 이 대학이 민족운동의 모태로 되는 것을 두려워한 조선총독부는 대학 규모가 커지는 것을 엄중히 제한함과 동시에 당초 제국대학령 제1조를 1940년에 와서는 더 강하게 규정하고 있었다.

대학은 국가에 수요한 학술 및 응용을 교수하며 아울러 그 온오를 연구하여 특히 황국(皇國)의 길에 기초하여 국가사상의 함양 및 인격의 도야에 유의하며 그로써 국가의 주석이 됨에 족할 충량유위의 황국신민을 연성함에 힘쓰는 것으로 한다.(윗점이 대학령보다 강한 규제임)

서울 東崇洞 京城帝國大學 정문에 붙어있던 懸板

이러한 식민지적 규제 밑에서 세워졌기에 학생 구성면에서도 그다운 제약이 주어졌다. 1929년 제1회 법문학부 졸업생 총 67명 중 조선에 적을 둔 학생(조선인)은 28명이었다. 의학부는 45명 중 12명이 조선인이었다. 1940년의 경우 법문학부 입학생 81명 중 조선인은 30명이었고, 의학부는 70명 중 27명이었다. 이는 해양 연구를 목표로 세운 타이페이 제대와는 현저히 다른 것이다(이즈미 세이치泉靖一, 「구식민지제국대학고」, 『中央公論』, 1970. 9). 경성제대 법문학부의 문과 분야는 문학과, 철학과, 사학과로 구분되며 그 각 분야별 전공과 강좌를 보이면 아래와 같다(참고로 말하면 전공은 1학년 말에 결정한다).

- 문학과 : 국어학·국문학(2강좌), 조선어학·조선문학(2강좌), 지나(중국)어학·지나문학(1강좌), 영어학·영문학(1강좌), 외국어학·외국어문학(1강좌, 전공은 없음)
- 철학과 : 철학·철학사(2강좌), 윤리학(2강좌), 심리학(2강좌), 종교학·종교사(1강좌), 미학·미술사(2강좌), 교육학(2강좌), 중국철학(1강좌), 사회학(1강좌, 전공은 없음)
- 사학과 : 국사학(2강좌), 조선사학(2강좌), 동양사학(2강좌), 서양사학(1강좌, 전공은 없음)
  (총 3학과, 14전공, 27강좌―『경성제국대학일람』, 1931년판)

이러한 문과 분야의 다양한 전공과 강좌는 당시의 법문학부 부장 하야미 히로시(速水滉, 훗날 제5대 총장)의 말대로 사치스러울 정도였다.

> 내지의 대학에서는 한 강좌뿐인 학과가 경성대학에서는 두 강좌로 되어 있는바 이는 내지의 대학에는 정교수 외에 조교수 또는 강사가 필요하면 뜻대로 얻을 수 있거나 적어도 쉬웠다. 그 때문에 강좌가 하나라도 조교수 또는 강사를 적절히 할 수 있어 실제로는 두 강좌 또는 세 강좌로 할 수 있었다. [……] 그런데 단 경성대학 쪽은 토지(지리) 관계상 곤란했다.
>
> 『경성일보』, 1927. 2. 27.

그렇기 때문에 경성제대는 이토록 많은 강좌를 확보했는데, 그로 인해 65만이라는 장서와 더불어 동양학 관계의 연구기관으로 만들어질 수 있었다.

2. 경성제대 예과설립과 그 구성원

경성제대 예과는 칙령 제103호인 경성제국대학 관제에서 비롯하여 1924년 5월 2일에 개교했는바, 직원은 총장(1), 서기(2), 예과직원(15), 생도감 및 조교(2)의 편제였다. 초대 예과부장은 오다 쇼고(小田省吾) 교수였으며, 학교 교사는 경기도 고양군 숭인면 청량리였다.

총장은 칙임(勅任), 서기 2인은 판임(判任), 교수(15인)는 주임(奏任), 조교수 2인은 판임으로 하도록 규정되어 있다. 초창기 예과의 직원 구성을 보이면 다음과 같다.

직 책	담 당	성 명	학 위	출신지	겸 직
교수	수신·역사	오다 쇼고(小田省吾)	문학사	미에	학부장
〃	영어	가이노 요시시게 (戒能義重)	문학사	에히메	교두(교감)
〃	독어	구로다 간이치(黑田幹一)	문학사	오카야마	
〃	심리·논리	후쿠토미 이치로 (福富一郎)	문학사	효고	
〃	국어	곤도 도키지(近藤時司)	문학사	니가타	생도감
〃	한문	다카다 신지(高田眞治)	문학사	오이타	
〃	역사	各越那可次郎	문학사	이바라키	
〃	물리·자연과학	山邊曉之	이학사	야마가타	
〃	독어	다나카 우메키치 (田中梅吉)	문학사	교토	
〃	영어	고다마 사이조(兒玉才三)	문학사	야마구치	
〃	화학·자연과학	쓰다 사카에(津田榮)	이학사	미에	
〃	수신·철학개론	요코야마 쇼자부로 (横山將三郎)	문학사	미에	생도감
〃	수학·물리	아베 긴지(阿部訢二)	이학사	미야기	재외연구원
〃	영어	후지이 아키오(藤井秋夫)	문학사	이바라키	
〃	수학	야마모토 로쿠로 (山本六郎)	이학박사/ 이학사	야마구치	

직 책	담 당	성 명	학 위	출신지	겸 직
외국인 교사	영어	R. H. 블라이스	예술학사	영국	
강사	법제·경제	이토 겐로(伊藤憲郎)	법학사	시즈오카	조선총독부판사
〃	식물·동물·자연과학	모리 다메조(森爲三)	·	효고	
〃	체조	노구치 리이치로(野口理一郎)	·	도치기	육군보병소좌
〃	도화	遠出運雄	·	이시카와	

학생은 문과 A조 45명, 문과 B조 43명이며, 이과 A조 40명, 이과 B조 40명으로 총 168명이었다. 문과 A조는 법학부 지망생으로 그 첫 번째(수석) 이름이 유진오로 되어 있고, 문과 B조는 문과계 지망생으로 김계숙(수석), 이종수, 임석재, 채관석, 권세원, 노영창 등 조선인이 많았다. 예과 수업연한은 2년이며 제1외국어는 영어 또는 독어로 되어 있었다(『경성제대 예과편람』, 1924).

3. 경성제국대학 법문학부의 구성과 교수들

경성제국대학은 칙령 57호에 의해 교수 20명, 조교수 15명 및 조수 28명으로 하여 1926년 5월 2일 창립 기념식을 거행했다. 의학부, 법문학부로 구성되었고 이중 법문학부는 법학부와 문학부가 합한 체제였다(문학부가 독립된 곳은 도쿄제대와 교토제대 두 곳뿐). 법문학부의 수업연한은 3년이며 법학과, 철학과, 사학과, 문과 등 네 학과를 두었다. 법문학부에 개설된 교과는 다음과 같다.

헌법	행정법	민법	민사소송법(파산법 포함)	
형법	형사소송법	상법	회사법(원문은 사회법)	
국제공법	국제사법	로마법	법리학	법제사

정치학　　정치학사　　정치사　　외교사

재정학　　경제학　　경제사학　　경제사　　경제정책
사회정책　금융론　　통계학

철학　　윤리학　　심리학　　종교학　　종교사
미학　　미술사　　교육학　　교육사　　지나철학
사회학

사학개론　국사학　　조선사학　　동양사학　　서양사학
고고학

문학개론　국어학　　국문학　　조선어학　　조선문학
지나어학　지나문학　영어학　　영문학　　언어학
영어　　독일어　　프랑스어　희랍어　　라틴어
조선어　　동양어

4. 1931년도 법문학부 교수 요원 및 담당과목

직 위	강 좌	성 명	학 위	출신지	겸 직
학부장	·	하야미 히로시	문학박사 /문학사	도쿄	교수
교수	조선사학 제2강좌 담임	오다 쇼고	문학사	미에	
〃	지나어학·지나문학 강좌 담임	고지마 겐키치로	문학박사	오카야마	
〃	심리학 강좌 담임	하야미 히로시	문학박사 /문학사	도쿄	
〃	윤리학 강좌 담임	시마모토 아이노스케 (島本愛之助)	문학사	도쿄	

직 위	강 좌	성 명	학 위	출신지	겸 직
교수	조선어학 · 조선문학 제1강좌 담임	다카하시 도오루	문학박사 /문학사	니가타	
〃	지나철학 강좌 담임	후지쓰카 지카시	문학사	미야기	
〃	조선사학 제1강좌 담임	이마니시 류 (今西龍)	문학박사 /문학사	기후	
〃	국어학 · 국문학 강좌 담임	다카키 이치노스케	문학사	아이치	
〃	조선어학 · 조선문학 제2강좌 담임	오쿠라 신페이	문학박사 /문학사	미야기	
〃	(재외 연구중)	오타니 가쓰마 (大谷勝眞)	문학사	교토	
〃	미학 · 미술사 강좌 담임	우에노 나오테루	문학사	가나가와	
〃	철학 · 철학사 강좌 담임	아베 요시시게	문학사	도쿄	
〃	형법 · 형사소송법 강좌 담임	하나무라 미키 (花村美樹)	법학사	나가노	
〃	외국어학 · 외국문학 강좌 담임	사토 기요시	문학사	미야기	
〃	민법 · 민사소송법 강좌 담임	다케이 기요시 (竹井廉)	법학사	미에	
〃	교육학 강좌 담임	미쓰즈키 히데오	문학사	후쿠오카	
조교수	심리학	후쿠도미 이치로	문학사	효고	예과교수
〃	지나철학	다카다 신지	문학사	오이타	예과교수
〃	심리학	구로다 료	문학사	니가타	
〃	(재외 연구중)	가네코 고스케 (金子光介)	문학사	후쿠이	
	(재외 연구중)	데라이 구니오 (寺井邦男)	문학사	도치기	
〃	(재외 연구중)	오우치 다케지 (大內武次)	법학사	도쿄	
〃		와타나베 도운 (渡辺洞雲)	문학사	니가타	
〃	(재외 연구중)	후지타 료사쿠	문학사	니가타	
〃	(재외 연구중)	도자와 데쓰히코	법학사	도쿄	
〃	헌법 · 행정법 강좌 담임	마쓰오카 슈타로	법학사	홋카이도	
〃	(겸임)	데라사와 도모코 (寺澤智子)	법학사	니가타	사서관

직 위	강 좌	성 명	학 위	출신지	겸 직
조교수	동양사학	다마이 제하쿠 (玉井是博)	문학사	아이치	
〃	사회학 강좌 담임	아키바 다카시	문학사	치바	
〃	(재외 연구중)	후지타 도조 (藤田東三)	문학사	도쿄	
〃	국사학 강좌 담임	다보하시 기요시	문학사	이시카와	
〃	로마법 강좌 담임	후나다 교지	법학사	도쿄	
〃	경제학 강좌 담임	시카타 히로시 (四方博)	경제학사	효고	
〃	정치학·정치사 강좌 담임	오쿠다이라 다케히코	법학사	효고	
강사	조선예속사·조선어	어윤적	·	경기	
〃	〃	정만조	·	경기	
〃	영어·영문학·영문학사 ·라틴어	R. H. 블라이스	·	영국	
〃	희랍어	페안드레어스 에카르트	·	독일	
〃	프랑스어	에밀 마테르	·	프랑스	
〃	(재외 연구중)	하세가와 리에	법학사	치바	
〃	(재외 연구중)	다나카 도요조 (田中豊藏)	문학사	교토	
〃	민법	다카마쓰 류슈 (鷹松龍種)	법학사	기후	경성법전 교수
〃	영어	가이노 요시시게	문학사	에히메	예과교수
〃	독일어	다나카 우메키치	문학사	교토	예과교수
〃	독일어	오시마 다카이치 (尾島鷹市)	문학사	오카야마	예과교수
조수		우에노 다케오 (植野武雄)	·	와카야마	
〃		소노다 요지로 (園田庸次郎)	·	오이타	
〃		도노우에 히코타로 (渡植彦太郎)	상학사	도쿄	

5. 1941년도 교수 및 담당과목

직 위	강 좌	성 명	학 위	출신지	겸 직
학부장	·	후지타 료사쿠	문학사	니가타	
교수	철학·철학사 제2강좌 담임	미야모토 와키치	문학박사/ 문학사	야마가타	
〃	조선어학·조선문학 제2강좌 담임	오쿠라 신페이	문학박사/ 문학사	미야기	도쿄제대 교수
〃	동양사학 제2강좌 담임	도리야마 기이치 (鳥山喜一)	문학사	도쿄	
〃	동양사학 제1강좌 담임	오타니 가쓰마 (大谷勝眞)	문학사	도쿄	
〃	형법·형사소송법 제1강좌·제2강좌 담임	하나무라 미키 (花村美樹)	법학사	나가노	
〃	국사학 제2강좌 담임	마쓰모토 시게히코 (松本重彦)	문학사	도쿄	
〃	외국어학·외국문학 제1강좌 담임	사토 기요시	문학사	미야기	
〃	심리학 제2강좌 담임	구로다 료	문학박사/ 문학사	니가타	
〃	상법 제1강좌 강좌 담임	다케이 기요시 (竹井廉)	법학사	미에	
〃	미학·미술사 제2강좌 담임	다나카 도요조 (田中豊藏)	문학사	교토	
〃	교육학 제1강좌 담임	미쓰즈키 히데오	문학사	후쿠오카	
〃	통계학 강좌 담임	오우치 다케지 (大內武次)	·	도쿄	
〃	민법·민사소송법 제4가와 담임	구리하라 이치오 (栗原一男)	법학사	군마	
〃	조선사학 제1강좌 담임	후지타 료사쿠	문학사	니가타	
〃	정치학·정치사 제1강좌 담임	도자와 데쓰히코	법학사	도쿄	
〃	헌법·행정법 제1강좌 담임	마쓰오카 슈타로	법학사	홋카이도	
〃	국어학·국문학 제1강좌 담임	아소 이소지 (麻生磯次)	문학사	치바	

직 위	강 좌	성 명	학 위	출신지	겸 직
교수	교육학 제2강좌 담임	다바나 다메오 (田花爲雄)	문학사	야마가타	
〃	사회학 강좌 담임	아키바 다카시	문학사	치바	
〃	국사학 제1강좌 담임	다보하시 기요시	문학사	이시카와	
〃	로마법 강좌 담임	후나다 교지	법학사	도쿄	
〃	법제사 강좌 담임	나이토 기치노스케 (內藤吉之助)	법학사	효고	
〃	국제사법 강좌 담임	하세가와 리에	법학사	치바	
〃	경제학 제1강좌 담임	시카타 히로시 (四方博)	경제학사	효고	
〃	철학·철학사 제1강좌 담임	다나베 쥬조 (田辺重三)	문학사	오이타	
〃	정치학·정치사 제2강좌 담임	후지모토 다다시 (藤本直)	문학사	아이치	
〃	외교사 강좌 담임	오쿠다이라 다케히코	법학사	효고	
〃	헌법·행정법 제2강좌 담임	기요미야 시로 (淸宮四郎)	법학사	사이타마	
〃	민법·민사소송법 제2강좌 담임	마쓰사카 사이치 (松坂佐一)	법학사	아이치	
〃	국어학·국문학 제2강좌 담임	도키에다 모토키 (時枝誠記)	문학사	도쿄	
〃	법리학강좌 담임	오다카 도모오 (尾高朝雄)	법학박사/ 법학사	도쿄	학생주사
〃	경제학 제2강좌 담임	스즈키 다케오 (鈴木武雄)	법학사	효고	
〃	상법 제2강좌 담임	니시하라 간이치 (西原寬一)	법학사	가가와	
〃	지나어학·지나문학 강좌담임	가라시마 다케시 (辛島驍)	문학사	후쿠오카	
〃	외국어학·외국문학 제2강좌 담임	나카지마 후미오 (中島文雄)	문학사	도쿄	
〃	재정학 강좌 담임	오다 다다오 (小田忠夫)	경제학사	도쿄	
〃	심리학 제1강좌 담임	아마노 도시타케 (天野利武)	문학사	도쿄	

직 위	강 좌	성 명	학 위	출신지	겸 직
교수	윤리학 제1강좌 담임	고지마 군조 (小島軍造)	문학사	도쿄	
〃	조선사학 제2강좌 담임	스에마쓰 야스카즈 (末松保和)	문학사	후쿠오카	
조교수	독일어	다나카 우메키치	문학사	교토	
〃	사회정책	모리타니 가쓰미 (森谷克巳)	법학사	오카야마	
〃	프랑스어	야마카키 도모지 (山崎知二)	문학사	시즈오카	
〃	종교학·종교사 강좌 담임	사토 다이슌 (佐藤泰舜)	문학사	아이치	
〃	언어학	고바야시 히데오 (小林英夫)	·	도쿄	
〃	지나철학 강좌 담임	아베 요시오 (阿部吉雄)	문학사	야마가타	
〃	행정법	우카이 노부시게 (鵜飼信成)	법학사	도쿄	
〃	국제공법 강좌 담임	소카와 다케오 (祖川武夫)	법학사	교토	
〃	민법·민사소송법 제3강좌 담임	야마나카 야스오 (山中康雄)	법학사	도쿄	
〃	민법·민사소송법 제1강좌 담임	아리이즈미 도오루 (有泉亨)	법학사	야마나시	
〃	국문학	오기와라 아사오 (荻原淺男)	문학사	나가노	
〃	농업정책	이토 도시오 (伊藤俊夫)	경제학사	고치	
〃	윤리학 강좌 담임	미야지카 가쓰이치 (宮島克一)	문학사	도쿄	
강사	조선어학	고노 로쿠로 (河野六郎)	문학사	도쿄	
〃	영문학	윌리엄 캠벨 켈	·	영국	
〃	프랑스어	에밀 마텔	·	프랑스	
〃	지나어	董長志	·	중화	
〃	민사소송법	기토 헤이이치 (喜頭兵一)	법학사	교토	조선총독 부판사

직 위	강 좌	성 명	학 위	출신지	겸 직
강사	러시아어	S. V. 치르킨	·	러시아	
〃	조선식 한문	권순구	·	경기	
〃	형사소송법	마스나가 쇼이치 (增永正一)	·	도쿄	
강의 촉탁	법의학	사토 다케오 (佐藤武雄)	의학박사/ 의학사	나가노	교수
〃	서양법제사	다케후지 도모오 (武藤智雄)	·	구마모토	규슈제대 조교수
〃	정신병학	핫토리 로쿠로 (服部六郎)	의학박사/ 의학사	교토	조교수
〃	지리학	다다 후미오 (多田文男)	이학사	도쿄	도쿄제대 조교수
〃	영어	모모세 하지메 (百瀬甫)	문학사	나가노	예과교수

문화자본으로서의 경성제대 문과
『국민문학』과의 관련

1. 『국민문학』의 의의

이중어 글쓰기 공간(1942. 10. 1~1945. 8. 15)에서의 최대의 문학적 과제를 수용하고 나름대로 성과를 이룬 것은 순문예 월간지 『국민문학』(1941. 11~1945. 5)이다. 『국민문학』의 편집 및 발행인이 최재서로 되어 있음에는 많은 설명이 요망되지 않을 수 없다. 결론부터 말해 『국민문학』의 출발 및 그 진행 및 경영은 최재서 한 개인의 역량에 앞서 경성제대 법문학부라는 아카데미시즘의 도움에 의해 비로소 가능했다. 『국민문학』의 공과는 그러므로 최재서와 더불어 경성제대 법문학부로도 귀결된다고 할 것이다. P. 부르디외의 논법으로 하면 경성제대 법문학부는 『국민문학』의 문화자본인 것이다.

『국민문학』의 창간호의 구성에 먼저 주목해야 하는데, 그것은 전문이 일어로 편집되었다. 창간호 속표지엔 「황국신민서사」가 일어 그대로 적혀 있는바, 그것이 이 잡지 전체의 성격을 결정했다. 권두언 「조선문단의 혁신」에서는 신문학 40년의 조선문학이 이제 새롭게 나아갈 길을 제시했다. 새로운 조선문학의 구상이란 무엇인가. 첫째, 중대한 기로에 선 조선문학 속에 '국민적 정열'을 고취하기, 둘째, 예술적 가치를 국민적 양심에서 수호하기, 셋째, 이 광란노도의 시대에 있어 변함없이 진보하는 것 쪽에 서기 등이었다.

'국민'과 '예술'과 '진보'로 요약되는 『국민문학』의 구체적 전개는 어떠해야 할까. 이 물음에 맨 먼저 부딪히는 것이 이른바 '국민'이다. 창간호는 무엇보다 이 '국민'의 개념을 분명히 하지 않으면 안 되었는바 그 목적을 위한 것이 권두논문 「세계문화와 일본문화」이다. 겉으로는 대동아공영권의 문화이념을 "일본정신에 의한 동양문화와 서양문화의 종합"에 두었으나, 구체적으로는 대륙진출을 위한 "전위로서의 조선문화"를 규정함에 그 목적이 있었다. "조선반도가 일본의 대륙전진 문화기지로서의 몫을 하는 마당에 그 선결문제가 조선 그것의 문화수준의 향상"(p.9)이라고 하고 있다. 이 문화의 규정에 따르는 것이 『국민문학』이 된다는 것이다. 그런데 이 글의 필자는 현재 조선문화의 수준이 너무 저조해서 이를 향상시켜야 한다는 것으로 결론을 삼았다. 굳이 설명한다면 40년에 걸친 조선의 신문학은 민족 단위의 문학이었고, 지방적 성격에서 벗어날 수 없었으나, 이제부터는 동양문화권 속의 문학으로 그 사정거리가 달라져야 한다는 것이다. 문제는 물론 '국민'이 일본의 그것을 전제한 것에 있었다. 조선문학이 일본문학의 일환으로 될 때 비로소 조선문학은 세계문학으로 된다는 이 논법이 『국민문학』지의 이념이었다. 조선의 국가적 언어로 하는 문학이 조선문학인 만큼 40년에 걸쳐 진행된 조선문학은 당연히도 국민문학이었다. 그것은 임시정부의 엄존과 그 대행기관인 조선어학회의 성립에서 이론적으로도 실천적으로도 정당화될 수 있었다. 말을 바꾸면 그동안 국민문학의 자격으로 전개해온 조선 신문학이 부정되고 조선문학이 일 지방문학으로 또는 민족문학으로 전락하는 과정에 놓인 것이 『국민문학』지였다. 이러한 과정을 거쳐 조선어학회 사건에 이르기까지는 약 1년이 소요된 셈이다.

중요한 것은 이러한 『국민문학』의 권두논문의 필자 오다카 도모오(尾高朝雄)가 경성제대 법문학부 교수라는 사실이다. 바로 이어서 권두시격으로 쓴 것이 경성제대 법문학부 영문과 주임교수인 사토 기요시의 「눈」, 「하늘」, 「현재(玄齋)」였다. 시인답게 그는 조선에 와서 살면서 대설 내리는 서울을 보며 소년처럼 서울이 고향으로 느껴진다고 했고, 또 조선의 '하늘'의 그 청징함과 조선의 옛 화가 현재의 그림에 대해 읊었다. 이 권두시에는 일본어를 빼면 어떤 일본적 요소도 없다. 그럼에도 그것이 '국민문학'일 수 있음은 그것이 '예술'임에서 찾아진다. 적어도 이 무렵까지 『국민문학』지는 일본어로 일본정신을 담는 것이긴 해도 '예술성'이 보장되었음을 사토 교수가 보여준 셈이다. 편집후기에서 최재서가 사토 교수의 시를 두고 "창조심이 고갈된 이때에 격조 높은 시를 읽게 됨이 하나의 기쁨"이라 한 것이 이를 증거한다. 그 외에 시 「용사를 생각한다」를 쓴 스기모토 나가오(杉本長夫)는 최재서와는 영문과 동창이며(동창 데라모토 기이치[寺本喜一]도 자주 기용되었다), 좌담회 「조선문단의 재출발을 말한다」의 출석자 가라시마 다케시(辛島驍)는 경성제대 법문학부 교수였다. 물론 창간호의 대부분은 박영희(창씨명 芳村香道), 주요한, 김용제, 임학수, 서두수, 김동인, 함대훈, 이효석, 이석훈, 정인택, 이원조, 백철 등으로 채워졌다. 창작란엔 서울에 살고 있는, '내지'에서도 이름 있는 작가 다나카 히데미쓰(田中英光), 미야자키 세이타로(宮崎淸太郎) 등도 있었다.

『국민문학』의 전체를 관통한 경성제대의 후광은 사토 교수에 의해 이루어졌다. 그가 관여한 것을 열거해 보면 그 범위 및 영향력의 어떠함이 어느 수준에서 가늠된다.

「싱가포르 항구」(시, 2권 2호) /「시의 성실성에 대해」(평론, 2-4) /「담징」(시, 3-1), 「시단의 근본문제」(좌담회, 3-2) /「제국해군」(시, 3-5) /「奧平武彦 씨의 일」(산문, 3-7) /「혜자」(장시, 3-8) /「김종한 시집『어머니의 노래』평」(평론, 3-8) /「학도출진」(시, 3-12) /「시신문게본생도(施身聞偈本生圖)」(시, 4-1) /「사신사호본생도(捨身飼虎本生圖)」(시, 4-3) /「문어시냐 구어시냐」(평론, 4-5) /「구어시의 성립과 그 의의」(평론, 4-6, 7) /「상추」(시, 4-8) /「가와바타 슈조(川端周三)의 시」(평론, 4-9) /「빙창에 기대어」(수필, 5-2)

이상의 목록에서 보듯 사토 교수는 많은 글을 이 잡지에 썼거니와 중요한 것은 이들 글이 시국적인 것이기는 하지만 나름의 예술적 수준을 갖추고 있었다는 사실이다. 구어체, 문어체를 위해 그는 시의 장차 방향을 논한 평론까지 썼다. 요컨대 사토 교수로 말미암아『국민문학』은 그 나름의 격조랄까 권위를 유지할 수 있었는데, 이는 곧 최재서의 자존심의 근거이기도 했다.

2.『국민문학』에 관여한 경성제대 교수들

『국민문학』과 이를 지탱한 경성제대 문과의 문화자본으로서의 관계를 인맥의 측면에서 정리하면 다음과 같다(숫자는 관여 횟수).

아키바 다카시(秋葉隆) : 사회학(1)
우카이 노부시게(鵜飼信成) : 헌법·행정학(1)
오쿠다이라 다케히코(奧平武彦) : 외교사(1)
오다카 도모오(尾高朝雄) : 민법(1)

후지타 료사쿠(藤田亮策) : 고고학(1)

후나다 교지(船田亨二) : 로마법(2)

고노 로쿠로(河野六郎) : 조선어학(1)

곤도 도키지(近藤時司) : 일본어(14)

사토 기요시 : 영문학(18)

스에마쓰 야스카즈(末松保和) : 조선사(3)

스즈키 다케오(鈴木武雄) : 경제학 제2강좌(1)

다보하시 기요시(田保橋潔) : 일본사(1)

도키에다 모토키(時枝誠記) : 국어학(1)

도리야마 기이치(鳥山喜一) : 동양사(1)

하세가와 리에(長谷川理衛) : 국제법(1)

마쓰오카 슈타로(松岡修太郎) : 헌법(1)

가라시마 다케시(辛島驍) : 중국어·중국문학(6)

마쓰즈키 히데오(松月秀雄) : 교육학(5)

하기와라 아사오(萩原淺男) : 일본문학(7)

마쓰다 히사오(松田壽男) : 동양사(1)*

* 마쓰다 히사오는 「대동아사에 있어 조선반도의 존재 방식」(1944. 1 권두논문)의 집필자
로 '경성제대 연구실에서'라는 표시로 보아 교수는 아니고 연구원 또는 조교인 듯.

II

최재서의 이론에의 순직(殉職)
　－모토오리 노리나가에 이른 길

『벽령집』에서 『내선율동』에 이른 길
　－사토 기요시의 조선 체험

최재서의 이론에의 순직(殉職)

모토오리 노리나가에 이른 길

1. 추천시 「부싯돌」

『국민문학』(1943. 8)에 신인 추천시 「수석(燧石)」이 실려 있다. 우리말로는 「부싯돌」에 해당되거니와 이 시가 겨냥한 곳은 어디였을까.

이른 아침 어미는 남몰래
손바닥 쳐 기도하도다.

늙은이들은 어미 닮아
긴 기도에 손바닥 치기

하지만 이 아들은 시(詩)와 비슷하게
짧은 기도 두 박자를

지금은 딱 하는 일념으로

마음과 마음의 부싯돌

신 앞에 함께 하는 믿음의 등불
그 밝음의 불을 켜는 곳

초목도 돌도 우마도
나라 위한 일에 모두 일어서

온갖 것들이 무리로 되어
불꽃 되어 적을 치도다

『국민문학』지가 신인 추천제를 공고한 것은 3권 6호(1943. 6)에서이다. 조선문인보국회의 결성(1943. 4. 17, 회장 矢鍋永三郎, 이사장 辛島驍, 이사 香山光郎, 유치진, 최재서 등)을 계기로 해서, 『국민문학』지는 이와 제휴해서 신인출현을 촉진하기 위해 신인추천제를 설치했다. 목적은 '국민문학'의 건설에 두었다. 종류는 소설과 희곡(400자 원고지 50매), 시(3편), 단가(5수), 평론(400자 원고지 50매) 등이었고, 발표는 『국민문학』에서 했다.

두 번 추천되면 기성으로 인정했고 심사위원으로는 佐藤淸, 寺田瑛, 유진오, 寺本喜一, 유치진, 松村紘一(주요한), 百瀬千尋, 최재서 등이었다. 이 중 시부분의 첫 번째 신인추천이 「부싯돌」(岩本喜平)과 「그대에게」(芝田河千) 등 시 두 편과 添谷武男의 단가 5수였다. 한편 창작은 「긍지」(吳本篤彦, 1943. 9), 평론엔 朴赫의 「현대어의 결의—작가의 문학적 태도에 대하여」(1943. 9)가 나왔으며 1943년 11월호에 이르면 신인창작특집 4편이 일거에 실렸다. 「행불행」(金士泳), 「추격전기」(大村謙三, 본명 李允基), 「기반」(吳本篤彦), 「속내」(최병일) 등으로 새로운 창작진을 갖추게 되었고 1944년 3월호에는 「승천기」(奧平修一郎), 「김옥균의 사」(南川博) 두 편이 또 추천되었다.

한편, 시부분은 1944년 9월부터 폐지되었다. 종래 조선문인보국회 기관지였던 『국민시가』가 시와 단가를 분리하여 동 시부분 기관지 『국민시인』을 1944년 10월호에서부터 새로 발족했기 때문에 『국민문학』지에서 하던 시추천은 그쪽으로 옮기게 되었던 것이다(『국민문학』, 1944. 9, p.71).

이렇게 검토해보면 『국민문학』지의 신인추천제가 성과를 낸 곳은 소설 쪽이었음이 판명된다. 시추천작 「부싯돌」이 지닌 의의는 새삼 무엇인가. 이 물음은 1944년 1월의 『국민문학』지에 발표된 최재서의 창작 「부싯돌」과 관련시킬 때 그 의의가 한층 뚜렷해진다.

2. 창작 「보도연습반」

『국민문학』의 주간이자 발행자인 평론가 최재서가 창작에 나아간 이유는 무엇일까. 이 물음은 그가 쓴 창작들을 검토할 때 비로소 그 해답의 실마리를 얻어낼 수 있다. 최재서의 일어 창작 첫 번째 작품은 「보도연습반」(『국민문학』, 1943. 7)이다.

> 아카시아 꽃이 흩어져 길가 여기저기에 얇게 깔려 있어도 비는 이를 씻고자 하지 않았다. 도회인조차도 점점 금년의 늦은 비에 어수선하게 느낀 5월도 끝 무렵의 어느 날 아침 기운을 뚫고 이상한 군복차림들이 사람들 눈을 끌며 속속 조선신궁의 돌계단을 올라왔다.(p.24)

비록 배낭 대신 룩색을 매었으나 황색 별이 달린 전투복장에 각반을 차고 군화를 신은 이들은 어깨나 목 소매에 아무런 계급장도 달지 않았으나 분명 등산객과는 구별되었다. 조선 주둔군이 동원한 보도연습반원으로 조선 문화계 인사들이었다. 약 50여 명이 3반으로 나눠 이른바 펜 부대의 예행연습에 참가하여 기차로 평양 대동강 강동지구에서 일주일 간 지낸 내용을 담은 이 소설의 주인공은 36살의 송영수이다.

모 잡지사 사장인 그는 조혼한 탓에 아들, 딸이 5명이나 있었다. 횡문 자(외국문학전공)를 대학에서 전공한 그는 이론만을 공부했고 행동에는 둔 감했을 뿐 아니라 공포심조차 갖고 있었다. 요컨대 전형적인 지식인이었 다. 그러한 송영수는 만주사변(1931), 중일전쟁(1937), 대동아전쟁(태평양전 쟁, 1941) 등 연달아 터진 강렬한 지진을, 자신이 배운 서양의 근대적인 이론공부로서는 도무지 소화해낼 수 없었을 뿐 아니라 거의 공포에 빠져 있었다.

그런데 바로 전 해(1942. 5)에 놀라운 소식이 전해졌다. 조선인 징병제 소문이 들린 것이다. 바로 그 무렵 군보도부장의 초대를 송병수도 받았 던 것이다. 조선호텔에 모인 조선의 신문 잡지 편집자들은 비로소 그 취 지를 알았고, 송영수도 회사로 돌아와 사원 일동을 모아놓고 맥주 건배 를 했다. 중학 3년생인 장남, 중학생 갓 된 차남 앞에서 송영수가 시국의 사정을 피력하자 아들들이 우리도 사관학교에 갈 수 있겠냐고 동조하는 것이었다. 물론이다, 라고 큰 소리 친 송영수는 회사로 온 '조선군보도부 장의 제일차 보도연습에 관한 건'이라는 공문을 보고 즉시 이에 참가한 것이었다.

일행은 기차에서 내려 트럭으로 평양의 제××부대로 갔고 거기서 군가 도 배우며 철조망 넘기, 소총 쏘기 등을 익혔고 동료들과의 공동생활에 젖어갔다. 그러나 무엇보다 중요한 것은 이 훈련의 목적이 문화인으로서 의 사명감, 곧 펜 부대의 소임에 있었다는 점이다. 그것은 책임자인 나카 노(中野) 대위가 특별히 송영수에게 "어떠한가요. 송반원. 그대들 문학하 는 분들은 커다란 체험기라도 만들어 낼 수 있을까"라고 말한 점에서 잘

드러난다. 송영수의 대답은 실상 인문사 사장인 평론가 최재서의 것이기
도 했다.

> 예, 모두 그런 각오로 있지요. 우리들은 신문과는 달라서 그때그때의 일
> 을 기사화하는 것이 아닙니다. 요컨대 이번 연습에서 체험한 바를 깊이
> 뇌리에 새겨 훗날 문학에 나올 것입니다. 이전에 경험하지 못한 우리 문
> 학인들에겐 이번 연습은 큰 시련이라 여겨집니다. 조금 전 문화인의 군사
> 적 훈련이란 신문기사조차 될 수 없다는 말이 있었거니와 아무것도 모르
> 는 문화인들을 좌우간 연습장에 이끌어 들였다는 것은 전쟁의 새로운 양
> 상을 보이는 것으로 조선에서는 획기적인 것입니다. 적어도 우리들 문학
> 자에 있어서는 전쟁이 직접 결부된 최초의 기회와 인연이어서 나로서는
> 이 연습에서 뭔가 새로운 문학의 열쇠를 갖고 돌아가고자 열심이었지요.
> [……] 좌우간 드디어 징병제가 공포된다는 조선의 현실입니다. 우리들은
> 이 현실을 출발점으로 해서 새로운 조선을 건설해야 합니다.(p.44)

이 소설은 송영수가 다른 사람들과 함께 마을에서 벌어진 현지인들과
의 좌담회에 참가하고 그 느낌을 피력한 데서 끝나고 있다.

어째서 평론가인 최재서가 소설까지 쓰지 않으면 안 되었을까. 평론으
로는 도저히 감당할 수 없는 무엇이 있었기에 작가도 아닌 그가 소설에
손을 대야 했을까. 이 물음만큼 결정적인 것은 후기 최재서에서 따로 없
다. 「보도연습반」 속에 그 해답이 직접적으로 드러나 있는 대목은 위에
인용된 것 속에서도 능히 찾아낼 수 있다. 조선인 징병제도가 그것이다.

일제가 조선인 징병제를 각의에서 결의한 것은 1942년 5월 9일, 공포
한 것은 1943년 3월 1일이었고 이를 실시한 것은 동 8월 1일이었다. 물
론 강제 아닌 지원병제였다. 육군지원병 공포(1938. 2. 28) 시행은 1938년
4월 3일이었다. 또한 해군 특별대원 병령을 공포한 것은 1943년 7월 28
일이었고 시행은 동 8월 1일이었다. 이에 맞추어 『국민문학』은 「일본해

주변」(川端周三) 등 바다에 대한 시 3편을 실었고, 「해군의 생활」이란 특집도 마련했다. 동시에 조선주둔군에 의해 보도반원 연습이 시행되었다. 최재서의 「보도연습반」이란 특집 「보도반원의 수첩」(『국민문학』, 1943. 7)과 나란히 가는 것이어서 『국민문학』이 이 징병제에 사활을 걸었음을 시사했다. 조우식의 「조선군보도 반원의 수첩」, 이석훈[牧洋]의 「행군」, 정비석의 「사격」, 則武三雄(재경성 시인)의 「돌격」, 이동규의 「안녕」 등은 수기의 형식이지만 최재서의 「보도연습반」과 같은 내용이어서 서로 상승하는 관계임을 보여주었다. "금후 우리들은 칼을 쥐는 각오로 펜을 쥐어야 한다"는 결의를 다짐한 정비석 반원은 발사탄 5발에 명중 1발이었다고 보고되어 있거니와(p.58), 이러한 수기라는 형식에서 소설이라는 허구적 요소를 개입시킨 데 「보도연습반」이 지닌 의의가 엿보인다. 이러한 최재서의 시도에 대해 편집인 김종한은 이렇게 평가했다. "최재서 씨의 「보도연습반」은 평론이란 형식으로는 뜻을 펴기에 알맞지 않다고 보아 문학의 기성형태에서 한발 나아가 토로한 소설이다. 결론의식이 집요하게 대상에의 육박을 방해하고 있음에서도 평론가가 쓴 소설이라는 것의 재미로움이 있는 것 같다."(편집후기)라고. 이 지적에는 매우 중요한 의미가 들어 있는데 그것은 『국민문학』을 주도해온 최재서의 두 번째 전향을 암시한 것이기 때문이다.

3. 고민의 종자론

조선인 징병제의 공포와 그 실현(1943. 8. 1)은 비평가 최재서에 있어서는 제2전향의 계기를 이루었다. 그렇다면 최재서의 첫 번째 전향은 언제 어떤 계기에서 이루어졌고, 그 명분은 무엇이었던가. 경성제대에서 영문

학을 전공한 최재서가 그 학구적 역량을 조선문단에 진출하여 적용한 결
정적인 평론이 「리얼리즘의 확대와 심화」(1936)였다. 그 여세를 몰아 그
의 역량이 비평계를 압도한 것은 평론집 『문학과 지성』(1938)이었다. 이
른바 서구의 주지주의론을 무기로 한 최재서의 평론은 근대 비평의 모범
적인 것의 하나였다. 마르크스주의적 급진 사조가 퇴조했으나 아직 그것
을 대신할 만한 실체가 없는 마당이어서 최재서의 맡은 바 몫은 문학의
문화적 기능의 부각에 있었다. 그것은 넓은 뜻의 근대문명적 흐름을 문
학의 현상으로 바라보는 것이기도 했다. 모더니즘적 시각으로 이상의
「날개」, 박태원의 「천변풍경」 등을 분석 해명한 것이 이에 해당된다. 최
재서의 활동으로 말미암아 1930년대 한국 비평은 소위 근대적 비평의
풍모를 갖추었던 것이다. 이 연장선상에서 그는 문예지 『인문평론』을 주
관했다. 그러나 이러한 서구 지향적 주지주의는 파시즘의 대두 앞에 직
면했고, 그 연장선상에 선 일제의 천황제 군국 파시즘 앞에 전면적으로
노출되지 않으면 안 되었다. 구체적인 사례로 일제는 창씨개명(1940. 2.
11)을 실시했고 조선, 동아일보 등을 폐간(동 8. 10)시켰고, 마침내 태평양
전쟁(1941. 12. 8)으로 나아갔다. 문학면에서 제일 결정적인 것은 따로 있
었는데 조선어학회사건(1942. 10. 1)이 그것이다. 그동안 일제 통치부는 문
학제도만은 통치부 바깥에 두었던 만큼 조선문학이 객관적으로 성립되
고 있었다. 임시정부가 전제되고 그 국민국가의 언어로 하는 문학이 한
국근대문학이었고 이 국가기관을 언어면에서 대행하는 존재가 조선어학
회였던 만큼 이 존재를 부정함이란 곧 문학도 통치부 속에 내속시킴을
가리킴이다. 형식논리상으로 보면 조선문학은 이를 계기로 소멸되며 따
라서 조선문학의 처지에서 보면 암흑기로 될 수밖에 없다. 이러한 현실
을 등에 업고 등장한 것이 최재서 주간의 『국민문학』(1941. 10)의 탄생이
다. 문예지 『인문평론』과 『문장』 등을 폐간한 대신 이를 종합 흡수한 바

탕 위에서 새로운 시국에 맞는 문예지의 실현이 『국민문학』의 목표였다.

이 장면에서 주지주의 비평가 최재서의 제일단계의 전향이 이루어졌는데 그 이론적 근거는 '국민문학'이라는 개념 정립에서 찾을 수 있다. 『국민문학』지 창간호에서 최재서는 그가 구상하는 '국민문학'의 개념을 특수성의 처지에서 다음과 같이 규정했다.

> 국민문학이란 단지 막힌 문단을 타개하고자 이런저런 궁리를 한 것 속에서 막연히 선택된 제목이 아니다. 그것은 국민생활의 다른 여러 부분과 같이 오늘의 고도 국방국가체제의 필요에 응해 이끌어낸 혁신적 문학상의 목표이다. 그것은 아직 명료한 형태와 성격을 갖추었다고 할 수는 없으나 이미 명확한 사명을 띤 문학이다. 단적으로 말해 구라파의 전통에 뿌리를 둔 이른바 근대문학의 연장선에서가 아니라 일본정신에 의해 통일된 동서 문화의 종합을 지반으로 한 새롭게 비약하고자 하는 일본국민의 이상을 구가하는 대표적인 문학으로서 금후 동양을 지도할 사명을 띠고 있는 것이다.(창간호, p.35)

일본정신을 기반으로 하여 동서문학을 통일하는 문학으로서의 '국민문학'인 만큼 장차 이런 것을 어떻게 만들어갈 것인가를 문제 삼고 있거니와, 여기서 주목될 것은 최재서 자신도 막연히 생각했을 뿐 그 구체적인 부분을 제시할 수 없었다는 사실이다. 이것은 그가 '국민문학'의 설계도를 갖고 있지 않음을 단적으로 말한 것이라 주목된다. 그는 이원조의 「비평정신의 상실과 원리의 획득」(1940)을 예로 들었다. 그동안 비평은 지도 원리를 갖고 있었으나, 계급사상 퇴조 이후엔 그것 대신 작품 해석 정도에 빠져 헤매고 있어서 하루 빨리 새로운 지도 원리를 찾아야 한다고 했지만 과연 그런 새로운 지도 원리를 찾았는가. 최재서는 이렇게 물은 다음, 다음과 같이 주장했다.

이원조 씨 자신이 분명히 발견이란 말을 사용했는지는 지금 기억되지 않으나 새로운 원리는 발견될 성질의 것이 아니라 체득되어야 할 것임이 오늘에 와서 분명해졌다. 곧, 새로운 비평원리를 찾고자 추상적 이념 속에서 탐색코자 시도한 모든 노력이 무로 돌아갔고 오늘의 지도 원리는 국민적 입장에 있어서 체득되어야 한다는 것이 판명되었기 때문이다. 이 간단한 진리가 어째서 오늘날까지 이르지 않았을까? 결국 그것은 연구와 인식의 문제가 아니라 신념의 문제였기 때문이다. 국민적 입장을 솔직히 수용하여 국민의식을 견고히 파악하는 것이 오늘의 연구나 인식보다도 신념과 용기를 필요로 한다.(pp.38~39)

연구나 인식 또는 추상적 원리탐구의 문제영역이 아니라는 것. 그러니까 지성이나 이성의 문제가 아니라 신념과 용기의 문제계라는 것이 최재서 전향 제일 단계의 핵심사항이었다. 그렇다고 해서 최재서는 과연 논리와 지성을 헌신짝 모양 버리고 일본정신을 향해 신념과 용기로써 매진했던가. 바로 이 물음 속에 최재서 전향 제일단계의 의의가 잠복해 있다.

논리와 지성을 버리기란 논리와 지성을 최고도로 쌓아온 최재서로서는 참으로 어려운 과제였다. 그 증거로 내세울 수 있는 것이 창씨개명의 무시 또는 거부를 들 수 있다. 그가 창씨개명에 나아간 것은 창씨개명(1940. 2) 이후 무려 4년 후인 1944년 1월이었다(김윤식, 「한국근대문학사의 시선에서 본『국민문학』」, 부록 수록).

그동안 본명 최재서를 지키고 있었다는 사실은 그가 아무리 논리를 버리고 신념과 용기로 일본국민화하고자 했지만 되지 않았음을 새삼 천하에 공언한 형국이 아니었을까.『국민문학』지의 발행자는 매호 잡지 판권란에 '최재서'로 기록했다. 그렇다면 그 잡지에 실리는 온갖 일본화 된 글들도 거짓이거나 껍데기만 남은 공염불이 아니었을까. 그가『국민문학』지에다 학병 권유문을 소리 높이 외칠 때도 최재서라는 본명을 썼고 제2차 대동아 작가대회에 갔을 때도 이 본명을 꼿꼿이 세우지 않았던가.

이러한 모색기에 결정적 계기를 얻어 신념에로 나아간 것은 언어문제였다. 조선어를 버리고 일본어를 국어로 삼기, 이 문제를 해결함이야말로 첫 번째 전향의 확신에 해당되는 것이었다. 최재서가 '일본어=국어'에 이른 것은 1942년 봄이었다. 이른바 '고민의 종자인 조선어'가 해결된 것이었다.

> 용어의 문제가 해결되어 본지로서는 최대의 문제가 해결된 것이다. 조선어는 최근 조선의 문화인에 있어서는 문화의 유산이기보다는 차라리 고민의 종자였다. 이 고민의 종자를 깨뜨리지 않는 한 우리들의 문화적 창조력은 정신의 수인(囚人)이 될 수밖에 없다. 이러한 고민을 잊고 잠 못 이루는 밤, 문득 떠올라 다시 읽어본 것이 블레이크의 시였다. 다음날 아침 나는 국어잡지에로의 조치를 결의하였다.
>
> 『국민문학』, 1942. 5·6 합병호, 편집후기

조선어와 일본어로 번갈아 잡지를 만들기도 했으나 원고수집이 불가능해져 결국 일어판으로 될 수밖에 없는 사정 아래 놓이게 돼서, 휴간을 거듭한 끝에 마침내 '고민의 종자'인 조선어 포기에 이른 것이다. 이러한 신념과 용기를 발휘함에 있어서도 영문학 전공의 지성인 최재서의 그다운 면모가 따로 있었다. W. 블레이크의 시 「옛 시인의 목소리」 속에 있는 「태양을 우러러」의 인용이 그것이다(김윤식, 『일제말기 한국 작가의 일본어 글쓰기론』, 서울대출판부, 2003, pp.412~413).

최재서의 전향의 첫 단계가 구체성을 띠게 된 것은 조선어 버리기 곧 용어문제의 선택에서 왔다. 이러한 사실에 비추어 보면, 「보도연습반」은 평론가 최재서가 논리를 버리고 신념을 획득하기 위한 '연습과정'의 하나로 규정된다. 비평가의 자리에서 벗어나기로 이 사정이 정리된다. 「보도연습반」을 기점으로 하여 비평가 최재서는 비평을 버리고자 하는 몸부림에 온몸을 던진 형국이었다. 여기에 이르는 문학적 직접성이 용어의 해결이었다면 시대적 현실의 직접성은 조선인 징병실시에서 왔다. 이 두 가지 직접성이야말로 상승적 작용을 가져왔다. 이는 그의 지성의 눈을 멀게 하기에 모자람이 없을 만큼 강력한 것이기도 했다. 당연히도 청년 최재서의 야심과 조급성이 작동되었는데 이는 그가 배운 경성제대 영문과의 엘리트 의식과 무관하지 않다. 이 조급성이 논리를 초월한 곳에 '국어=일본어'의 등식이 놓여 있었다.

정작 경성제대의 국어학자 도키에다 모토키(時枝誠記, 1900~67)만 하더라도, '조선어'와 '일본어'를 등가로 인식했던 것이다. 언어학의 처지에서 보면 개별언어란 저마다 독립된 자립어가 아닐 수 없는바 왜냐면 언어주체가 각각 조선인, 일본인이었던 까닭이다. 그러나 도키에다 교수 역시 그가 식민지 조선의 제국대학 교수임을 자각했을 땐 사정이 크게 달랐다. 언어학자 도키에다 교수와 식민지 제국대학 교수의 모순 갈등이 거기 따로 있지 않으면 안 되었다. 조선인 최재서가 일어를 수용해야 하는 자기모순이 도키에다에게도 꼭 같이 있었다. 언어학자 도키에다는 조선어 옹호자였으나 제국대학교수 도키에다는 조선어 말살논자였다. 그 증거로는 「조선에서의 국어」(『국민문학』, 1943. 1)를 들 수 있다. "이 문제에 대한 나의 결론을 솔직하게 말하면 반도인은 당연히 조선어를 버리고 국어(일본어)로 돌아가야 한다고 생각한다"라고 말할 때 그는 이미 언어학자의 자리를 버린 것이었다(김윤식, 「최재서의 고민의 종자론과 도키에다 국어학」, 부록 수록).

최재서와 도키에다는 이 점에서 크게 닮은 꼴을 이루었다. 조선어를 버리고 국어(일본어)에로 나아갈 때 최재서는 조선인이 아니었다. 이와 꼭 마찬가지로 조선인에게 조선어를 포기하라고 말하는 도키에다 교수는 언어학자일 수 없었다. 그러나 이 두 닮은 꼴 속에는 커다란 차이점이 없을 수 없었다. 최재서에겐 '고민의 종자론'에서 보듯, W. 블레이크의 힘을 필요로 했다. 고대에의 낭만적 도피로 이 고민을 가리고자 했다. 도키에다 교수에겐 이런 고민의 흔적이 보이지 않았다. 이 차이야말로 학문과 현실 정치의 위상을 보여주는 대목이라 할 것이다. 중요한 것은 최재서도 도키에다 국어학도 함께 경성제대의 산물이라는 사실에서 온다. 이 점은 아무리 강조해도 지나침이 없다. 경성제대의 문화자본을 떠나면 이중어공간에 놓인 『국민문학』지를 둘러싼 글쓰기의 의의를 충분히 분석할 수 없기 때문이다.

4. 전쟁과 「부싯돌」

논리와 지성을 버리고 신념과 용기획득을 위한 두 번째 시도가 창작 「부싯돌(燧石)」(『국민문학』, 1944. 1)이다. "전쟁은 많은 것을 발명했지만 또 많은 것을 부활시켰다. 부싯돌도 그 하나이다"라고 서두를 삼은 이 작품에서도 전작인 「보도연습반」에서 보듯 당국의 의뢰로 또 자원형식으로 국가적인 사업에 관여하는 지식인 '나'를 내세웠다. 「보도연습반」에서와 꼭 같이 최재서는 본명 '최재서'를 그대로 사용했다.

서두에서 제시한 대로 작품 「부싯돌」은 전쟁에 관련되어 있다. 최첨단 과학무기로 국가적 규모에서 싸우는 것이 오늘의 전쟁이며 단적으로 그 것은 기관총 대포 탱크 비행기로 표상되지만, 아이러니컬하게도 이번 전쟁은 가장 비과학적인 고대 원시인의 산물인 부싯돌의 효용을 되살려 냈다는 것이다. 이 아이러니야말로 최재서 전향의 논리적 구조이다. 작품 「부싯돌」이 「보도연습반」과 같은 체험적 기행소설과는 달리 형상화급에 드는 것은 여기에서 온다.

「부싯돌」의 중요성은 최재서의 제2전향의 소설적 표현에서 찾아진다.

평론으로서는 더 이상 나아갈 수 없는 상태였을 때 이를 뚫는 방식이 소설쓰기였다. 평론가인 최재서가 현실에 대처한 최대치의 표현성과가 평론집 『전환기의 조선문학』(인문사, 1943. 4)이었다. "망아 강(剛)의 영전에 이 책을 바친다"는 헌사를 이 평론집은 갖고 있는바, 아이의 죽음과 『국민문학』지의 탄생을 대비시켰음을 이 헌사는 명시하고 있다. 죽은 아이 대신 『국민문학』을 탄생시켰다는 것, 그 성과가 미약하나마 이 평론집이라는 것이다. 제2회 국어문예 총독상(1944. 3. 15)도 받은 이 평론집과 『국민문학』의 핵심에 놓인 것은 '고민의 종자'인 조선어 포기에 놓여 있었다. 국어(일본어)로 하는 문학에 이르기 위한 이론적 전개과정으로 이 평론집을 요약할 수 있겠고, 바로 여기에 최재서 전향의 제1단계가 이루어졌다. 그러나 이러한 논리적 과정이 일단 완성되자 정작 이 국어로써 창작에 임하지 않으면 안 되었다. 창작이 없고 논리만 있다면 그 논리란 실로 절름발이 형국이 되고 말기 때문이다.

국어로 창작하기야말로 『국민문학』지가 짊어진 사명이었다. 참으로 다행히도 시쪽에서는 영문학과 주임교수이자 은사인 사토 기요시의 상당하고도 높은 수준의 문화자본(부르디외의 용어)이 포진해 있어서, 그로 인해 예술성이 어느 수준에서 보장되어 있었다고 볼 수 있었다. 소설에서는 재경성 일본작가 다나카 히데미쓰라든가, 조선인 작가 이석훈 등이 있긴 했으나 상대적으로 빈약한 형편이었다. '고민의 종자' 문제가 논리적으로 극복된 마당이라면 이번엔 국어로써 창작해 보이는 길이 나아갈 순서에 다름 아니었다. 「보도연습반」을 그가 쓴 이유가 여기에서 왔다.

그러나 「보도연습반」은 조선인 징병제(지원병제) 실시에 관련된 것이라는 점에서 「부싯돌」과 결정적으로 구분된다. 징병제에 「보도연습반」이 대응된다면 「부싯돌」은 학도병(전면강제)에 대응되고 있었던 까닭이다.

학도진출의 큰 명령이 내린 지 이미 보름. 후배 중에서 판단을 잘못하여 마침내 국가의 기대에 반하는 자가 나온다면 변명할 수 없는 일이라 22일에 경성에서는 학도선배단체가 졸지에 조직되었고, 이튿날엔 백여 명의 단원이 13개 반으로 나눠 전 조선에 보내졌다. 나는 경상북도에 배당되어 네 명의 단원을 인솔하여 그 길로 대구로 향했다.(p.106)

화자인 '나'는 대구에서, 도에서 나온 간부들을 만나고 또 현지의 응원을 얻어 두 반으로 갈라 제1반은 경주, 포항, 영덕과 해안선을 따라 내려오기로 하고 제2반은 안동, 의성, 영주와 경경선(京慶線)으로 북상하기로 했다. 사흘 뒤 '나'가 속한 제1반은 소정의 곳에서 좌담하고, 호별 방문을 마치고 되돌아와 포항에서 경주행 기차를 탔다. 얘기는 그 기차 속에서 만난 한 인물에 집중된다. 배 씨라 불리는 79세의 노인이 부싯돌 전문가였다. 젊은이들이 배급성냥이 없어 부싯돌로 담배를 피우고자 하나 번번이 실패하자 배 노인이 점잖게 자기의 부싯돌을 보이면서 설명하지 않겠는가. "부싯돌의 가치란 쇠에 있지 않고 돌에 있소. 아시겠소. 막말로 하면, 쇠란 녹만 슬지 않으면 뭐든 상관없지. 불을 일으키는 것은 돌이니까." 이렇게 말하면서 자기가 갖고 있는 부싯돌을 마침내 내 보이는 것이었다. 쇠에 닿기만 해도 불이 붙는다는 시범을 능히 보여주는 것이었다.

노인의 설명에 의하면 돌에게는 성품이 있다는 것, 자기가 시방 갖고 있는 돌은 이른바 경상도 대구 명품인 밀석(密石)이라는 것, 이어서 노인은 도도한 전쟁론을 펼치는 것이었다. 성냥이 나오고 고무신이다 치카다비다 자동차다 해서 오늘의 사람들은 부싯돌, 짚신, 소달구지 등을 외면했다. 이 밀석도 거저와 다름없는 헐값에 입수했다는 것이다. 이 소중한 보석의 가치도 모르는 오늘의 사람들이 가엾다고, 전쟁이 터지자 다시 이런 물건이 빛을 본다고 노인은 외치는 것이었다. 이 열정적 말솜씨의 노인에 차중 모두가 귀를 기울일 수밖에. 국방복 입은 학도병 권유자인 '나'가 노인을 자세히 관찰하며 그 기골의 장대함과 혈색의 사내다움에 반했고, 곧 범상한 인물이 아님을 직감했다.

노인은 양반 집안과는 거리가 먼 포수출신이었다. 가난한 집에서 난 그는 어릴 때부터 사냥꾼이 돼서 산 속을 헤매었고, 멧돼지에 치어 죽을 고비를 넘겼다. 그는 얼굴의 상흔을 가리켰다. "이것은 저 토함산 속에서 멧돼지와 정면으로 맞섰던 때 생긴 것이지. 23세 때였지"라며 노인은 사냥하던 시절을 회고하면서 자기가 어떻게 사냥감과 목숨을 걸고 대결하는가를 도도히 설파하는 것이었다. 적인 사냥감과의 대결에서 취해야 할 사냥꾼의 철학이란 단 하나, 급소를 겨냥하기라는 것.

여기까지 이르자 '나'는 창밖으로 눈을 돌리며, 상상의 나래를 펼치게 된다. 노인이 소싯적에 토함산에서 멧돼지 사냥하는 장면이 훌쩍 저 신라시대의 전설에로 비약하는 것이었다. "나는 눈을 창밖으로 돌렸다. 엷은 검은색에서 점점 어두워가는 산봉우리가 흡사 나라(奈良)에서 본 것 같은 곡선을 그리며 경주를 빙 둘러 싸고 있었다." 나라와 경주를 비교하면서 옛 경주 불국사를 창건한 김대성의 전설을 내세운다. 귀공자 김대성이 사냥에 나섰다가 곰을 죽였다. 꿈에 나타난 곰의 원혼을 달래기 위해 절을 지었다는 것. 작가는 '나'의 입을 빌어 김대성을 서자로 설정하고 그 어미와 본가의 관계 등을 삽입해 놓고 있긴 해도 요점은 토함산과 불국사 석굴암의 창건전설에 관련된 곰 신앙에 있었다. 여기서 대번에 단군설화의 웅녀론에 이어질 수 있었다. 이 곰 숭배사상은 '곰', '검(王)' 등에서 보듯 일본에까지 전파되어 같은 뿌리임을 내세웠다.

이상이 '나'가 잠시 공상한 내용이거니와 이러한 공상은 노인의 다음 대화에서 새로운 돌파구를 찾았다.

일본에서 조선에 처음 철포가 전해진 것은 임진란 직전이었지. 삼백년이나 되지. [……] 하고 보면 포수란 단순한 사냥꾼이 아니지. 나라에서 부르면 전쟁에 나아가지, 이게 또 용병과는 비교도 안 될 정도 멋진 충성을 이루었지. 하여 조선포수라 하면 그 명성이 청나라에까지 뻗쳤지 않았겠소. 내사 배운 것이 없어 자세히는 모르나 효종년간에 청나라가 아라사와 흑룡강 상류에서 싸울 때 조선 함경도 포수 50명을 빌려주어 그들을 물리쳤지……(p.117)

이에 대해 '나'는 감동했고 오늘날의 젊은이들의 기백 없음에 서글픔을 표했다. 그러자 이번엔 노인의 신세타령이 날카롭게 쏟아져 나왔다. "나는 오늘 딸네 집에 다녀오는 길이오"라고 말문을 연 노인의 사연인즉 이러했다. 국가에서 학병으로 나가면 간부후보생도 될 수 있고, 또 일본 국민과 동등한 자격이 주어진다는 애국반장의 말을 믿고 외손주놈을 설득하려고 갔다는 것. 그런데 딸년도 외손주놈도 떨떠름한 표정이고, 마음을 정하지 못한 상태여서 시방 호통을 치고 오는 길이라는 것. 노인은 이번엔 '나'를 향해 이렇게 묻는 것이었다. "어떻게 될 것 같소? 선생 쪽은 뭔가 알고 있어 보이는데. 삼천 몇 명이라 말해지는 학생들. 모두 기운차게 출정할 것 같소이까?" 이 물음에 '나'의 대답은 이러했다. "나가겠지요! 기일까지는. 아직 취지가 철저하지 않아 우물쭈물하는 학생들도 있겠지만."

노인은 36살 때 일본수비대를 처음 보았다. 그 위엄 있는 군복, 번쩍이는 총이 그럴 수 없이 부러웠다고 했다. 저런 군복으로 저런 총을 쏘아보고 싶었다고. 그런데 이번 학도병에겐 그런 굉장한 기회가 주어진다니 이 얼마나 굉장한 일인가. 어느덧 기차는 경주에 가까워지고 있었다. 뭣하면 경주에 내려 돗고기 맛도 보며 하룻밤 자기를 권하는 노인의 호의를 물리친 '나'는 거수경례를 해 보이며 헤어졌다.

5. 『국민문학』지의 일어창작

이 작품의 핵심사상은 일언으로 학도병 문제에 집약된다. 징병제 자체는 육군이든 해군이든 조선인에겐 지원병의 형식으로만 가능한 것이었다. 이인석, 이형수 등 조선인 지원병의 중국전선에서의 전사도 이러한 사실을 새삼 말해준다(大村謙三[본명 李允基], 『싸우는 반도지원병』, 일문, 동도서적주식회사, 1943). 그러나 학도병의 경우는 사정이 이와는 크게 달랐다. 조선인 학도병의 경우 일본의 학도병과는 달리 일시에 전원 입영하게 한점에서 그 특징이 찾아진다. 일본 육군성이 조선인 학생 징병유예를 전면 폐지한 것은 1943년 10월 20일이었고, 일본 및 조선 내의 4,385명의 조선인 전문·대학생이 동시에 강제 입영했던 것이다(김윤식, 『일제말기 한국인 학병 세대의 체험적 글쓰기론』, 서울대출판부, 2007).

학도병이란 새삼 무엇인가. 조선인의 경우 학도병이란 이른바 엘리트 계층 곧 그것은 특수한 경우를 빼면 일제 통치부와 일정한 타협 위에서 구축된 상층부 가문 출신의 인재를 가리킨다. 또한 근대적 학문을 어느 수준에서 공부한 지성인을 가리킴이기도 하다. 바로 여기에서 최재서의 야심이 불타올랐다. 근대적 학문, 예술, 과학이야말로 세계를 이끌어 가는 원동력이라는 것. 이 엄연한 사실을 최재서에게 가르친 것은 일본의 6번째의 제국대학으로 식민지 조선에 세워진 경성제국대학이었다. 황해도 해주군 해주면 과수원집 아들이자 경성 제2고보를 나온 최재서는 이 대학에서 세계 최강의 나라 영국의 문학을 정통으로 공부한 엘리트였다. 영문과 주임교수의 말대로 "민족의 해방과 자유를 외국문학을 통해 얻고자 했음"(사토 기요시, 「경성제대 문과의 전통과 학풍」)이었을 터이다. 이 대단한 망국민 청년의 자부심과 수치심이 뒤섞어 튕겨져 나간 것이 『국민문학』지였을 터이다. '고민의 종자'인 조선어를 버려야 하는 절망적 늪에서 익사하지 않기 위해 그의 야심이랄까 생명력이 선택한 곳이『국민문학』
이었을 터이다. 좋다,『국민문학』으로 나가겠다, 그러나 이『국민문학』은
최고수준이 아니면 안 된다는 곳에 최재서는 자존심을 걸었다. 이 자존
심을 가능케 한 것이 경성제대 문학부였다. 문화자본으로서의 경성제대
라는 막강한 힘을 최재서는 겨냥했다.『국민문학』지는 경성제대라는 최
고의 문화자본을 등에 업음으로써 비로소 가능했다.

> 예술가들과 작가들의 수많은 실천들과 이미지들은 권력의 장(場, champ)
> 에 의해서만 설명될 수 있다. 문학의 장은 권력의 장 안에서 피지배적인
> 위치를 차지한다. 권력의 장은 (경제적이거나 또는 특히 문화적인) 여러
> 다양한 장들 속에서 지배적인 위치들을 점유하기 위해 필요한 자산을 소
> 유하려고 하는 행위자들이나 집단들 사이의 힘의 관계의 공간이다. 이것
> 은 다양한 권력들(또는 다양한 종류의 자산들)을 소지한 자들 사이의 투
> 쟁의 장소이다. [……] 이 다양한 자산들의 가치는 매순간 투쟁들 속에서
> 참여할 수 있는 힘들을 결정한다.
>
> P. 부르디외,『예술의 규칙』, 하태환 역, 동문선, pp.285~6.

이 권력의 장을 가능케 한 것이 최재서에 있어서는 경성제대 법문학부
였다. 일본 제국이 보장하는 학문·예술·문화의 장 속에서의 투쟁이라
면 최고가 될 승산이 그에게는 보였다. 승부를 걸 만큼 그의 야심은 컸
다. 그는 그 대가를 먼저 치러야 했는데 '고민의 종자'의 극복이 첫 번째
관문이었다. 이 첫 번째 관문(전향)을 통과했을 때, 문학의 장 속에서의
게임규칙이 비로소 확인되었던 것이다. 그러나 '일본어로 하는 문학'이
라는 게임규칙이란 단지 '용어문제'의 규칙에 지나지 않았음에 주목할
것이다. 용어문제란 게임의 규칙의 첫 단계에 지나지 않았다. 용어문제
를 넘어서면 바로 열린 데가 두 곳 있었다. 하나는, 예술성이 그것. 최고
의 예술성을 갖추기란 새삼 무엇인가. 그것은 영문학이나 프랑스 문학에

52

준하는 일본문학이 아니면 안 되었다. 예술성을 갖추지 않은 일본문학이란 '문학'축에 들 수 없다는 것. 이 점에서 경성제대는 대응할 수 있었다.

시에서의 사토 기요시 교수가 이를 전면적으로 최재서에게 보증해 주었다. 『국민문학』 창간사에서 최재서는 이렇게 썼다.

> 본지『국민문학』은 조선 문단의 혁신을 꾀할 새로운 의도와 구상 밑에서 탄생했다. 새로운 구상이란 무엇인가? 첫째 중대한 기로에 선 조선문학 속에 국민적 정열을 고취함으로써 재출발하기, 둘째 자칫하면 매몰될 예술적 가치를 국민적 양심에서 지키기, 셋째 그리고 끝으로 이 광란노도의 시대에 있어 항시 변하지 않고 진보 쪽에 서기 등.
>
> 「조선문단의 혁신」, 『국민문학』 창간호 권두언

이 중 둘째 항목이야말로 경성제대 문화자본의 몫이었다. 그것은 시 쪽에서의 사토 기요시 교수로 표상되었다. 사토 기요시 교수의 시 「눈」, 「하늘」, 「현재」 등 3편이 창간사를 버티고 있음이 이를 증명한다. 그러나 '일본문학'의 개념 속에는 이 예술적 가치달성과 더불어 범위 확대가 불가피했다. 그냥 일본 자국의 개별문학이 아니라 동양 삼국 문학에의 확대개념 도입이 그것이다. 이것이 시국적인 과제였던 것이다. '대

『국민문학』 창간호(1941. 11) 표지

동아 공영권 속에서의 일본문학'의 재정립이 요망되었고, 또 그것이 예술성을 띤 것이어야 했다. 진보를 근대의 기본인식으로 하는 처지에 선

경성제대라면 더욱 당연한 행보였을 터이다. 최재서에 있어 분명한 것은 다음 두 가지였다. 『국민문학』지를 통해 일어로 된 (A) 예술작품(운동)을 창출하기와 (B) 일어로 된 동양문학의 건설이었다.

이 대단한 야망은 그 자체가 아무리 논리적으로 타당성이 있는 것일지라도 사실상 불가능했다. 그것은 경성제대의 역량으로도 역부족에 해당되는 것이기도 했다. (A) 예술성 확보와 문학개념의 확대란, 추상적 논리적 가능성이자 목표였기에 이를 열심히 모색한 것이 평론가 최재서의 몫이었다. 그는 이를 묶어 『전환기의 조선 문학』(1943. 4)이라 했다. 이 평론집의 의의는 평론가 최재서의 역량 및 활동이란 점에서 온다.

그러나 참으로 딱하게도 이론에서는 가능한 (A)와 (B)란, 어디까지나 이론이자 평론(외침)이며 그 이상일 수가 없었다. 명민하고 야심찬 이 35세의 청년 최재서는 평론가의 한계를 직감했을 터이다. 시에서의 사토 기요시 교수처럼 그 역시 창작에 나아가야 했다. 창작, 그것이야말로 (A)와 (B)의 실천 영역이었던 까닭이다. 그 첫 번째 시도가 「보도연습반」이었다.

이 「보도연습반」은 창작의 연습이자 또 그것은 시국문제인 징병제에 직결된 것이었다. 이에 비할 때 「부싯돌」은 크게 다르다는 점에 주목할 것이다. 무엇보다 「부싯돌」은 구체적인 절박한 시국적 과제에 닿아 있었다는 점. 학도병제 실시가 그것이다. 경성제대와도 직결된 이 과제야말로 막연한 연습에서 그를 벗어나게 해주었다. 그렇다면 이 직접성을 최재서는 「부싯돌」에서 어떻게 예술적으로 형상화시켰을까. (A)와 (B)의 결합점을 용케도 그가 찾아낸 데에 「부싯돌」이 차지하는 중요성이 깃들어 있다. 예술성(A)의 확보와 일본 문학의 재정의(B)란 분리불가의 것이라는 점의 발견이 그것이다. 「부싯돌」에서 그는 이를 증명해 보였다. 고대에로 향하기로 이 사정이 정리된다.

'일본문학'의 개념 확대, 그것은 조선인 최재서의 처지에서 보면 막 바

로 고대 삼국시대와 왜(倭)의 관계로 정립된다. 혜자, 담징, 왕인 등 한반
도의 도래인들이 일본 고대국가를 세웠다는 사실만큼 가슴 벅찬 것은 없
었다. 그것은 제1차 대동아작가대회에 간 이광수가 「삼경인상기」(『문학계』,
1943. 1)에서 취한 방식과 한 치도 다르지 않았다(김윤식, 『일제말기 한국작가
의 일본어글쓰기론』, 2003, 서울대출판부).

「부싯돌」 그것은 불국사를 창건한 김대성에 초점이 가 있었는데, 중요
한 것은 최재서에게 이 점을 창작에로 몰아넣게 한 장본인이 경성제국대
학이란 사실이다. 고대에의 회귀, 고대에의 열정, 그것은 불국사, 석굴암
과 꼭 같은 낭만적 상상력이 아닐 수 없다. 폭풍노도의 현실과 무관한 저
고대인의 열정 속에 몸을 던지는 문학, 그것의 단초가 「부싯돌」이었다.
이 낭만적 고대인의 열정은 다음 두 가지 점에서 최재서에겐 환각이 아니
라 가장 인문학적인 학문에 다름 아니었다. 이를 가르친 것이 경성제대였
다(이광수가 大和塾[전향자 교육기관]에서 일본 정신교육을 받은 것도 경성제대 松本
重彦 교수로부터였다. 김윤식 편역, 『이광수의 일어창작 및 산문선』, 역락, 2007).

> 이 얘기(「민족의 결혼」−인용자)를 창작함에 있어 末松保和 교수의 연구
> 「신라삼대고(新羅三代考)」에 시사 받은바 많다. 이 연구는 신라사 연구에
> 신기원을 가져온 것으로 믿는다. 이 귀중한 연구가 하루라도 빨리 발표되
> 어 그 내용을 자유롭게 이용할 수 있었던 것에 깊이 감사한다. 단언해서
> 말해둘 것은 이 얘기의 내용이 그대로 교수의 연구가 아니라는 것이다.
>
> 『국민문학』, 1945. 2, p.63.

김유신과 김춘추의 혼사를 중심으로 가야국 귀족과 신라의 성골 사이
의 혼사를 다룬 「민족의 결혼」을 쓸 때, 최재서 뒤에는 경성제대 사학과
교수 末松保和 교수가 버티고 있었다. 「부싯돌」의 김대성 설화에서도 사
정은 같다.

시 「태양을 향해」(『국민문학』, 1943. 8)를 내세우게끔 한 것도 경성제대
였다. 영문과 주임교수 사토 기요시가 그토록 존중하던 시인 W. 블레이
크의 「고대시인의 목소리」(The Voice of The Ancient Bard)를 최재서가 옮기
면서 "징병제 발표가 있은 날부터 나는 상대인(上代人)을 자주 그리워했
다"(『국민문학』, 1943. 8)라고 했다. 그 상대인의 열정을 직접적으로 가르친
것이 바로 영문학과 주임교수 사토 기요시의 시 「혜자」(『국민문학』, 1943.
8)였다. 성덕태자(聖德太子, ?~622, 일본 불교 및 국가제도를 세운 인물)의 스승
이었고 태자 사후엔 따라 죽은 고구려의 고승 혜자에 대해 사토 기요시
는 장대한 서사시 (1) 「벽공정토」, (2) 「대화건통사」, (3) 「숙명에서 천명
에」, (4) 「성(聖)」, (5) 「개똥지바퀴새」를 썼다. 『일본서기』(권22)에 의거한
혜자의 사적은 고대 한·일 관계를 드러내는 가장 극적인 문화적 정신적
징표로 삼을 만했다.

우리들은 한 세기동안
불상, 경전, 황금을 보내
화공, 도공, 건축사를 보내
박사, 의관을 야마토(大和)에 보냈으나
그 보수로서 무엇을 얻고자 했던가.
우리들이 얻은 것은 이러한 모든 것을 초월하는
실로 크고
격렬하고
무서운 '사랑'이다.
그렇다면 세월의 흐름에 따라
그 '사랑'은 '미움'도 동반하여
(그 속에는 그대와 내가 부침하면서)
누구도 저항할 수 없는,
강한, 거대한 숙명의 흐름으로 되리라.
(그리하여 천년이 지나버리면) 그것이

천명(天命)의 바다에 흐르고 말리라.
(그때엔 좋아하고 싫어하기는 문제도 아니다)
숙명은 드디어 천명에 합치되고 말리라.
―천명으로 된 숙명에 거역하는 자 아무래도 살 수가 없다.

「숙명에서 천명으로」

고대인의 한일관계가 숙명에서 천명에로 향함이었다면(혜자는 성덕태자와 함께 하기 위해 따라 죽었으니까) 오늘의 한·일관계도 사정은 마찬가지인 것. 가장 지적인 영문학자이자 시인인 사토교수는 천년의 세월을 건너뛰어 상대인으로 변신했던 것이다. 이 낭만적 열정은 역사를 시로 착각한 것에 지나지 않지만 그는 이 사실을 알고도 모른 척했을 터이다. 영문학자임을 포기하고 시인임을 전적으로 내세웠음에서 저절로 나온 결과였다. 그도 그럴 것이, 그는 "일본문학을 위해 영문학을 할 뿐"이라고 믿고 가르치며 또 실천해 왔기 때문이다. 그 수제자인 최재서는 이 스승의 가르침에다 자기의 재능까지 덧붙이지 않으면 안 되었다. 그러나 그 '자기의 재능'이란 이 경우 다분히 비문학적이었음에 그는 절망하지 않으면 안 되었다. 왜냐면 최재서, 그는 시인이 아니었으니까.

6. 本居宣長의 제자되기

비평가 최재서가 제일 부러워한 것은 스승 사토 교수의 서사시 「혜자」였을 터이다. 사토 교수의 영문학 실력은 어쩌면 최재서도 따라 잡을 수도 있을 법했다. 그 증거로 「T. E. 흄의 비평적 사상」(『思想』, 1934. 12. 일문)을 들 수도 있다. 일본 사상계에서도 인정할 정도의 실력이 그에겐 분명 있었다. 「영국평단의 동향」(『改造』, 1936. 3), 「현대비평에 있어서의 개성의 문제」(『英文學硏究』 16권 2호, 1936. 4) 등이 그 증거이기도 했다. 그러나 스승 사토 교수에겐 아득히 미칠 수 없었다. 사토 교수는 영문학자이자 동시에 시인이었던 것이다. 어째서 이 시인 앞에서 그는 절망했던가. 이 물음이야말로 결정적인 대목이 아닐 수 없다.

앞에서 거듭 밝힌 바와 같이 최재서는 영문학자이자 비평가였다. 경우에 따라 영문학을 버린다 해도 비평가로 남을 수 있다. 그렇다면 최고의 비평가로 문단에 군림하면 되었고, 또 그러했다. 「리얼리즘의 확대와 심화」(1936)에서 그는 여지없이 이 사실을 증명해 보였다. 내선일체, 대동아공영권, 신체제 등의 문제가 긴급히 등장하자 이에 민첩히 대응한 것은 비평가 최재서였다. 그는 비평가답게 이 시국적 과제를 지적 논리적인 방식으로 대처해야 했다. 그는 『인문평론』에서부터 이 점에 민감히 반응했고, 마침내 「국민문학의 요건」(『국민문학』 창간호, 1941. 11)에 닿았다. 논리적으로 그가 할 수 있는 최대한의 결과였다. 그러나 조선인 징병제가 실시되자 이 논리로는 실로 역부족임을 통감하지 않으면 안 되었다. "징병제 발표가 있은 날부터 나는 상대인을 자주 그리워했다"(『국민문학』, 1943. 8)라고 그가 말한 것은 이 절망의 다른 표현이다. 이때만큼 그가 스승 사토 교수를 부러워한 적은 없었을 터이다. 재빨리 그리고 너무도 자연스럽게 사토 교수는 교수도 영문학도 헌신짝처럼 버리고 상대인(上代人)으로 변신해 있었던 것이다. 서사시 「혜자」가 그 증거였다. 삼국시대의 고구려, 백제, 신라의 지식인들과 일본인과의 관계란 '숙명이자 천명'임을 읊은 것은 시인 사토였다. 시인이기에 논리를 아득히 뛰어넘을 수조차 있었다. 논리를 뛰어넘는 사토 시인의 곡예를 한없이 부러운 시선으로 그는 지켜볼 수밖에 없었다. 시인 사토의 곡예 중 최재서가 제일 쉽게 흉내 낼 수 있었던 것이 사토 시인에 의해 읊어진 불국사의 김대성 설화였다.

내가 태어날 때
좀처럼 왼손이 펴지지 않았던 모양.
칠일 째 펴졌을 때.
모량리의 아이와 같은 이름이 새겨졌던 모양.
모량리의 빈민의 아이가 죽던 그날에
하늘에 소리 있어 재상의 지붕 위를 춤추며
대성(大城)을 부탁한다고 했던 모양.
그날 대성이란 이름이 왼손에 새겨져
나는 재상가에 태어났던 모양.
나는 아무 구애도 없이, 그대로,
이 얘기를 믿고 있었는데, 세상물정에 눈 뜬 자
어느 날이었다. 나는 그날 비로소
토함산에 올랐다. 반나절이 지난 햇빛이
가고 있는 구름에조차 빛나고, 위쪽은
조각조각이 났으나 아래쪽을 보자,
빛이 한 면에 바다에 떨어져 눈부시지 않겠는가.
그때 나는 급히 눈을 뜬 느낌이었다.
유모 따위라고 생각했던 저, 아름다운, 수줍은 사람이
실은 나를 낳은 어미이며
나에게만 비밀이었던 비밀이 내게도 이미 비밀이 아니게 되고 말았다.
그리하여 쳐들어가는 밀물처럼
사정없이 눈앞에 떠올라 오는
그때까지의, 일상사의 두루마리 그림,
—그 속에도 각별히 눈에 띤 것은,
내게 숨기지 않으면 안 되는 애정과 함께
몸도 혼도 없애려는 모욕을 견디며
그래도 그 아름다운 눈과 여자다움은
모욕조차 모욕을 교묘히 모욕하는 온갖 모욕,
눈에 뵈고, 눈에 안 뵈는 모든 모욕 견디며
묵묵히 지내버린 어미의 일생
그 하나하나의 고뇌의 긴 두루마리 그림이었다.

그런데, 세월은 갔다.
부모를 위해서는
불국사의 개수공사를 기획하고,
생모를 위해서는,
석불사(石佛寺) 건립을 결의할 때가 왔다.
그리하여 구름이 날고, 약수가 솟고,
일본해가 뵈는 영산 봉우리에
석불이 드디어 되었을 때,
한 길(丈) 한 측(尺), 일생의 심혈을 모아서
살아있는 듯한 원만 미묘한, 그 미간은
바다를 나오는 해를 정면으로 비추어
그 때문에 석굴 속의 갖가지 부처도 살아나서
시방(十方) 일시에 빛을 발하는 것 같이, 다시 놀라운 기적에,
나는 망연자실하고 있다.
그렇지만, 때의 끝이 오지 않으랴. 손가락에 불을 붙이고,
하늘에 걸어 놓는 자 없어도 이 광명은 멸함이 없이
사랑과 미는 하나로 되어
인간의 고뇌를 성화(成化)하면서
동해를 영원히 비추리라.

사토 기요시, 「경주 불국사 재건」

불국사 설화란, 『삼국유사』의 기록에서 확인되는 것이자 동시에 그것은 경성제대 사학과 교수 末松保和 교수의 「신라삼대고」에 의거한 것이었다. 시인 사토의 「경주 불국사 재건」이 최재서에 던진 충격은 헤아릴 수 없이 컸을 터이다. 그 증거로 「부싯돌」을 들 수 있다. 비평가인 최재서가 고대인의 낭만적 세계에로 막바로 나아가기엔 몸이 너무 무거웠다. 논리적 체질이 완강히 저항했다. 그 타협점이 산문으로 된 소설(창작)이었다. 비평가 최재서는 이제 소설가 최재서로 거듭날 수밖에 달리 방도가 없었다.

「부싯돌」은 사토의 시「경주 불국사 재건」의 소설화의 더도 덜도 아니다. 그는 스승 사토의 목소리를 산문형식으로 복창하고 있었다. 그 연장선상에서 그는 소설「비시(非時)의 꽃」(『국민문학』, 1944. 5)을 썼다. 이 작품을 쓰게 된 동기를 그는 이렇게 솔직히 털어놓은 바 있다. "필자도 학도출진에 자극되어 김유신의 아들과 그 모친을 다룬「비시의 꽃」을 발표했다."(최재서, 「징병과 문학」, 1944. 8, p.17) 4회에 걸쳐 발표한「비시의 꽃」(『국민문학』, 1944. 5~8)은 김유신의 아들 원술의 일대기를 『삼국사기』에 의거해서 작품화한 것.

> 위대한 아비로 하여금 실망 속에 죽게 하고 가장 사랑하는 어미를 출가케 하고 미모의 공주로 하여금 시들게 하고 있지 않은가? 이것만으로도 그는 인생의 비통을 맛보았다. 후에는 단지 괴로운 뒷맛을 반추함에 지나지 않는 망령의 삶임을 알아차렸다.(제4회, p.85)

전선에서 죽지 않고 도망쳐온 죄로 5년간 원술은 추방되어 방황하지 않으면 안 되었으나, 드디어 남해공주의 도움으로 재기한다는 것으로 끝나는「비시의 꽃」은 정히 시인 사토의「조선학도 출진부」의 소설화라 할 것이다.

그 여세를 몰아 최재서는 소설「민족의 결혼」(『국민문학』, 1945. 1~2)을 썼다. 김유신의 누이 아해(阿海)가 오줌 싼 꿈을 계기로 해서 김춘추와 맺어지고 드디어 가락국의 지방 세력인 김유신 집안이 성골 가문인 김춘추와 결합한다는 내용을 다룬 이 작품은 창작이기에 앞서 비평가의 역사해석에 가까운 것이었다.

> 여기서 소설가는 역사가에 자리를 양보한다. 대체 역사가와 소설가는 예부터 사이좋은 동거인이다. [……] 오늘날의 역사서의 제일 흥미로운 대

목은 역사가적 양식과 소설가적 공상의 불가사의한 결합의 소산일 경우가
많고, 특히 신라사와 같은 창조적 정신성이 풍부한 반면 현실에 남아 있는
기록으로서는 『삼국사기』와 『삼국유사』 두 권밖에 없고, 그것도…….

「민족의 결혼(2)」, 『국민문학』, 1945. 2, p.57.

여기까지 이르면 이미 소설도 소설일 수 없다. 비평가의 한계가 여지
없이 드러났다. 이런 마각이 만천하에 돌이킬 수 없이 드러났을 때, 『국
민문학』의 주간 최재서는 어째야 했을까. 이 한계를 직시하고 그 절망
끝에 그가 찾아낸 것이 바로 本居宣長(모토오리 노리나가, 1730~1801)였다.
그것은 (A) 비평가에서 전향하여, (B) 소설가로 되었다가, (C) 다시 한계
에 부닥친 결과에서 왔다. 이 세 번째 전향이야말로 결정적인 것이어서,
이광수의 경우와 구별되는 대목이다. 최재서 그에게는 이 마지막 단계에
서도 일본인이 될 수 있는 논리(이론)가 요망되었다. 진짜 일본인으로 될
수 있는 근거(논리)는 무엇인가. 이 물음을 그는 끝내 놓지 않았다. 그 순
간 그는 그 논리를 마침내 일본 최고의 이론가인 本居宣長에서 찾았다.
 진짜 일본인이란 무엇인가의 해답이 거기 있었다. 진짜 일본인의 길,
그것도 문학적 길이 거기 있었다. 중국문화도 아니고 불교문화도 아닌,
순종 일본 정신이란 무엇인가. 이를 모색한 本居宣長의 『직비령(直毘靈)』
이 거기 있었다. 최재서가 창씨개명을 각오한 것은 이 깨침에서 왔다. 진
짜 나아갈 길이 저만치 손짓하고 있었다. 그 길을 최재서는 「사봉하는
문학」(『국민문학』, 1944. 4)이라 불러 마지않았다. 이 순간 영문학자 최재서
도 비평가 최재서도 사라졌고, 동시에 소설가 최재서도 사라졌다. 최재
서, 그가 本居宣長 앞에서 무릎 꿇었을 때 그는 단지 『국민문학』지의 주
간 石田耕造(이시다 고우조)였다. 그것은 이론가 최재서의 이론에 대한 순
직(殉職)이었다.

『벽령집』에서 『내선율동』에 이른 길

사토 기요시의 조선 체험

1. 1926년 5월, 경성제대 개교

제국 일본이 여섯 번째로 세운 경성제대가 식민지 옛 수도 서울(당시 행정 명칭은 京城)에서 개교한 것은 1926년 5월 1일이었다. 그 장면은 이러했다.

> 경성제국 대학 개강식은 1일 오전 10시부터 부내(府內) 연건동 동대학 강당에서 거행, 사이토(齋藤) 총독, 유아사(湯淺) 정무총감, 이진호(李珍鎬) 학무국장 등이 참열, 핫도리(服部) 총장의 개강 예사(禮辭)가 있고 사이토 총독으로부터 일장 훈시가 있은 후 10시 반 종료하였더라.
>
> 『조선일보』, 1926. 5. 2.

의학부와 법문학부로 구성된 경성제대의 중심부는, 제국대학 편제에 따른 것으로, 법문학부였다. 법학부와 문학부를 통합 운영한 이 법문학부의 초대 학부장은 훗날 제1고(현재 도쿄대학 교양학부) 교장을 거쳐 일본 내각의 문부대신을 지낸, 인문학적 소양을 갖춘 철학자 아베 요시시게(阿倍能成)였다. 그는 이 대학의 교육 목표를 아래와 같이 규정했다.

> 이 대학은 조선에 있고 조선 동포를 위한 것이어야 한다. 조선을 위해 좋은 대학을 만들어 줄 것을 당국자 및 조선 인사들에게 환기시키고 싶다. 그러기 위해서는 조선인을 위한다는 좁은 관념과 방편적 생각에서 벗어나 대학의 본분인 학문연구의 높은 뜻을 알아야 할 것이다. 이 대학은 동양연구를 표방했고, 이 점에 주력할 것이다. 동양 문화의 근원지는 중국이지만, 이 문화의 매개지로서 조선에 있는 대학의 역할은 당연한 것이다.
>
> 『경성일보』, 1926. 5 ; 이충우, 『경성제국대학』, 다락원, 1980, p.107. 그는 또 「경성제국대학에 부치는 희망」[『文敎の朝鮮』, 1926. 6]에서도 같은 말을 썼다

이 대학 법문학부 문과 영어영문학 전공에 영문학자이자 이름난 시인인 사토 기요시(佐藤淸, 1885~1960)가 교수로 부임한 것은 1926년 5월이었다. 그에 있어 이 5월은 매우 분주했던 것으로 보이는바, 바로 그 달 영국에서 귀국하자마자 서울로 왔기 때문이다. 여기에는 약간의 설명이 요망된다.

제국대학을 기획·운영해온 당국자들은 교수 요원의 경우 2년간 해외에 가서 유학하게끔 조치했다. 두 해 동안 선진국에 가서 유람 및 학문적 체험을 쌓는 이 제도엔 또 하나의 대단한 특권이 주어졌는바, 외국어문학 전공의 경우 현지인을 외국인 교수요원으로 추천함이 그것이었다. 대체 두 해 동안 그들은 무엇을 했을까. "단지 슬슬 놀면서 돌아다니는 사이에 무엇인가 문학이 알아지는 그런 것"(다카키 이치노스케[高木市之助], 『국문학 50년』, 岩波新書, 1967, p.122)이라고 경성제대 일본어문학과(당시는 국어국문학과) 다카키 이치노스케 교수가 실토한 바 있거니와(씨는 교수가 되기 전에 문부성 교과서 감수관으로 있으면서 「경성의 벗들에게」라는 글을 『심상소학

국어독본』[제3기, 1918~1932]에 썼다. 경성에 오지도 않고 상상해서 쓴 것으로 고증되어 있다. 가와무라 미나토[川村湊], 『바다를 건넌 일본어』, 靑土社, 2004, p.134), 씨의 회고 속에는 이런 대목도 들어 있다. 즉 문부성의 유학비(월 475엔)는 턱없이 부족했다는 것, 자기는 런던에 도착해 대영박물관에 다니며 영문학자이고 시인인 사토 기요시 군과 한 하숙에 머물며 도움을 받았다는 것, 사토 군에게 일본의 바쇼에 준하는 대서정시인으로 영시에선 누구를 치는가 라고 묻자 워즈워드라는 답변을 듣고 굳이 그의 고향인 호반에까지 갔다는 것 등등. 그리고 경성제대 동료로서의 사토 교수의 모습을 이렇게 묘사했다.

경성에 가서도 교수회 같은 데서도 당당히 대하는 시인 기질의 사내, 아니 저명한 시인이거니와 사토 군은 최(재서―인용자) 군을 썩 귀여워하고 말았다. 졸업 후 그는 강사가 되기도 했는데, 내가 있는 곳에 놀러 오곤 했다. 학생 시대는 친일파로 보여 조선인 학생들로부터 얻어맞기까지 한 위인이다. 그런데 이 최 군이 어느 정월 휴가에 맥주병을 두세 병 들고 맹렬한 형상으로 밤늦게 내 처소에 와서 "선생들이 아무리 협박해도 우리들 조선인의 혼을 뺏을 수는 없어요!"라는 처절한 문구를 늘어놓고 건들건들 나간 바 있다. 그의 주벽이 나빴다고 하면 그만이겠으나 나는 그렇게는 여기지 않는다. 곧 내가 14년 간 의식해온 민족의식도 되짚어보면 역시 이러한 것이 아니었던가 생각된다. 그것은 끝까지 따져보면 자멘호프의 사고방식에 따르는 것으로 그가 대국어(大國語)에 의한 세계어의 창설을 부정하고 에스페란토를 고안한 그 사상을, 나는 조선인과의 민족의식의 교류같은 것을 이른바 본바닥에서 체험한 것이라고나 할까. 나의 이 체험은 민족문제의 해결은 코스모폴리타니즘 쪽이 아니라 인터내셔널리즘에 의하지 않으면 안 된다는 오늘날 요란히 논의되는 것으로 향하는 것인지 모르겠으나 나는 그러한 정책 같은 점은 잘 모른다. 내 나름으로 말하면 그러한 경험이 역시 내 국문학(연구)에 있어 성장했음이라 할 수 없을까.

『국문학 50년』, pp.140~141.

훗날 경성제대 법문학부장을 역임한 다카키 이치노스케 교수의 이러한 회고록에서 보듯 제국대학 교수되기로서의 2년간의 외국 유학은 경우에 따라서는 썩 고통스러운 것이었음이 판명된다. 그러나 이러한 외국 체험이 특히 경성제대에서는 각별한 의미를 띠었다는 사실은 학문과 국가를 동시에 논의할 때 빠뜨릴 수 없는 중요한 지적인 지표의 하나라 할 것이다. 그것은 경성제대가 가진 국내 다른 제국대학과의 변별점으로 설명될 성질의 것인 만큼 이를 떠나면 아베 요시시게를 비롯 사토 기요시의 '조선 사랑(이해)'의 정체를 올바로 파악하기 어렵다. 위에서 보듯 외국 체험 두 해 동안이란 민족의식과 이 코스모폴리타니즘과의 거리 인식을 알게 모르게 가져 오게끔 한 것으로 보이기 때문이다. 예과(1924년) 때부터 경성제대에 근무했다가 1941년 센다이(仙台)에 있는 도호쿠(東北) 제대로 전임한 바 있는 헌법학 교수 기요미야 시로(淸宮四郎)의 증언도 이 점에 관련된다.

> 경성제대의 한 가지 특징으로 여겨지는 것은, 도호쿠 제대에 와서 알아차린 것인데, 경성에 있음이란 국제적 훈련을 하고 있었던 것이지요. 도호쿠에 와서 보니 도호쿠 대학이란 센다이 대학이라는 그런 느낌이었거든요. 이것이 다른 대학과 매우 달랐다고 생각됩니다. 시야가 넓었지요.
>
> 경성제국대학 창립 50주년 기념지 『紺碧遙かに』, 耕文社, 1974, p.720

일본 고전문학 전공 다카키 교수의 학문이 원리적으로 지닌 국수주의를 어느 수준에서 벗어날 수 있었던 것도 외국 체험 두 해와 14년간의 경성 체험과 무관하다고 보기 어렵다고 할 때, 이 시선 속에 놓인 사토 기요시 교수의 위치는 어떠할까. 경성제대 영문과 주임교수이자 시인 사토 기요시와 식민지 조선의 관계항이란 이 위치에서 찾아질 성질의 것이다.

이 글은 단지 사토 기요시라는 사람의 일생을 극히 피상적으로 묘사해 보이기 위해 씌어진다. 만일 이 글 속에서 한 일본인이 세계 최강의 나라의 문학인 영문학을 배우고 이로써 일본의 문학을 제국의 수준으로 이끌어 올리고자 시도했을 때 그가 직면한 식민지 조선이라는 존재가 어떤 작용을 했던가를 조금 엿볼 수 있다면 이는 단연 필자의, 분에 넘치는 바람이 될 터이다.

2. 연보를 통해 본 사토 기요시의 생애

다카키 교수가 "영문학자이자 시인인 사토 기요시 군이 내 체영 중 유일한 지도자였다"라고 했을 때 여기에는 특별한 의미가 잠겨 있다. 이는 사토 기요시가 두 번째 체영 중이었음과 무관하지 않다는 사실이다.

연보(『사토 기요시 전집』, 詩聲社, 1964. 이하 전집이라 함)에 따르면 사토 기요시가 태어난 것은 1885년 1월 11일이었고, 곳은 미야기(宮城)현 센다이(仙台)시였다. 한학자인 아비와 와카(和歌)를 읊는 어미 사이에서 장남으로 태어났다. 4살 때 누이가 태어났고 5살 때 또 하나의 누이가 태어났다. 8살 때 센다이 시립 심상고등소학교에 입학하여 14살 때 졸업하고 바로 미야기 현립 제2중학에 들고 이때 이미 잡지 『소국민』에 시를 실었다. 16세 때 센다이에 있는 침례교회에서 세례를 받았다. 조모가 기독교 가정이었다. 17세에 동인지에 관여했고, 18세에 신체시, 하이쿠, 단가 등을 발표했다. 19세에 중학을 마치고 막바로 센다이 제2고등학교에 들었고 시작(詩作)과 영어, 독어 공부에 힘썼다. 그가 졸업과 더불어 상경해서 도쿄제대 문학부 영문과에 입학한 것은 1906년(22세) 9월이었다. 기독교 청년회 기숙사에 들고 하이쿠와 결별했고, 「실험적 신앙」(『The Japan Baptist Record』)을 발표했다. 「죄의식의 가치」, 「기독의 인경의 빛과 힘」 등을 발표했고, 병과 학자금 관계로 일시 휴학했다가 복학한 것은 1909년이며 졸업한 것은 1910년, 26세 적이었다. 이어서 사립 도쿄학원에 직장을 얻고 한문을 가르쳤다. 이듬해 직장을 옮겨 이바라키(茨城)현의 중학교 교사가 되고, 외국인 목사집에 머물며 성서 연구 및 교회 일에도 관여했다. 기독교계 간사이(關西) 학원(현 간사이학원대학) 고등부의 문학부로 옮긴 것은 1913년이었다. 번역도 하고 희곡도 썼다.

1917년(33세)은 사토 기요시에게 특별한 해로 다가왔다. 기독교계 간사이 학원에서 파견하는 영국 유학 2년의 기회가 주어졌기 때문이다. 제1차 세계대전 중이라 희망봉을 경유, 런던에 갔다. 그해 『주홍글씨』(호손)를 번역했다. 공습 아래 놓인 런던에서 대영 박물관에 드나들며 영문학을 연구, 일본인의 모럴에 관한 글을 옥스퍼드 대학 학술잡지에 기고했고, 「전시 중의 애란의 반란과 애란 시인들」(『육합잡지』)을 국내에 발표했다가 검열에 걸려 잡지가 발행 중지되기도 했다. 그해 11월 11일 하숙에서 종전을 맞았다.

1919년(35세) 3월에 귀국했고 간사이 학원에 복귀했고, 동 6월에 결혼. 1922년 장녀가 태어났고 왕성한 논문집필, 시작, 번역 작업이 이루어졌으며, 그 이듬해 장남이 태어났다. 같은 해 직장을 도쿄 여자사범학교로 옮겼고 도쿄제대에서 개최한 '셸리 백 년 기념 강연회'에서 사이토 다케시(齋藤勇), 도이 고치(土居光知)와 함께 발표했다. 이로써 그는 영문학계에 크게 두각을 드러냈다.

1924년(40세)은 그에게 아주 특기할 만한 한 해였다. 3월엔 차녀가 태어났고 4월에는 『키츠의 예술』(研究社)이 간행됐으며, 동 7월엔 경성제대 예과 교원 촉탁이 되었다. 관례에 따라 영어 및 영문학 연구를 위해 8월에 런던으로 향했다. 그가 만 1년 6개월을 공부하고 귀국한 것은 1926년 5월이었다. 바야흐로 개학한 경성제대 교수로 부임하기 위해 서울에 왔고(5월 19일) 외국문학 강좌(영문학) 담당 주임교수로 나아갔다. 이때가 바로 쇼와(昭和) 원년이었다. 가족을 본토에 둔 채 아파트에서 혼자 기거했다(결혼 초기엔 고베[神戸]에 거주, 후엔 도쿄 오쿠보[大久保]의 이노카시라[井の頭] 공원 근처인 기치조지[吉祥寺] 산조도리[三條通]에 살았다. 서울에서는 독거생활을 한 것으로 보인다).

1927년에 삼녀가 태어났고 「블레이크의 그림」, 「환상의 시인 워즈워드」 등을 발표했고, 이듬해 『경성일

사토 기요시(1921년, 고베)

보』의 '경성시단(京城詩壇)' 선자로 되고 일본 영문학회 평의원이 되었으며, 제4시집 『구름에 새』를 냈고 『경성제대 영문학회 회보』를 발간(1934년 15호까지 냄)했다.

1930년엔 「조선에 있어 시제」(『경성일보』)를 발표했는바 훗날 이를 시집 『벽령집』의 후기로 삼았다. 『조선시단』(1934)을 발간했고 중등교육여자 국어독본(총독부 발행)에 시를 실었고, 시집 『부용시화』(1935), 「키츠」(『경성제대 창립 10주년 기념 논문집』, 1936) 등 영문학 연구와 시창작에 몰두했다.

『국민문학』(최재서 주간)이 창간(1941. 11)되자 여기에 시와 평론 및 수필을 발표했다. 제6시집 『벽령집』(1942)이 인문사에서 나왔고 「신체시의 기원과 현대시의 장래」를 『국민문학』 1주년 기념 강연으로 했으며, 조선 문인보국회 이사로 됐고 「구어시의 성립과 의의」(『국민문학』, 1944. 5·6·7, 5월호 게재논문의 제목은 「문어시인가 구어시인가」)를 발표했고 경성 아서원

에서 영문과 졸업생을 상대로 고별강연을 했다(1944. 11. 30). 환력 축하식
과 정년 퇴관 기념회가 경성제대 제1회의실(1945. 1. 25)에서 열렸고 조선
문인보국회 회원을 사임했으며 고별의 심사를 그린 「빙창에 기대어」(『국
민문학』 5권 2호)를 게재했고 경성을 떠난 것은 1945년 2월 11일이었다.
일본으로 돌아가 「조선에서 돌아와서」(『도쿄아사히신문』, 1945. 6. 8)를 썼고
도요(東洋)대학 영문학 교수로 취임(1946. 2), 다시 아오야마가쿠인(靑山學院)
대학 문학부 영문과 주임교수(1949)로 옮기고 「경성제대 문과의 전통과
학풍」(『영어청년』, 1959)을 썼고, 교통사고로 타계한 것은 1960년(76세) 8월
17일이었다. 아오야마가쿠인 본부 예배당에서 영결식이 있었고 공동묘지
인 다마레엔(多摩靈園)에 안장됐다. 사토 기요시 전집(전3권)이 그가 창간한
『시성』이 나오던 시성사(詩聲社)에서 간행된 것은 1964년이었다. 향년 76세.

3. 사토 기요시의 그 다음의 내력

이상은 일본의 도호쿠 지방 센다이에서 태어나 영문학자로서도 또 시
인으로서도 독자적 위치를 구축했다가 76세를 일기로 삶을 마감한 한 일
본인의 생애를 연보에 따라 피상적으로 정리한 것이다. 연보 작성자들은
물론 전집 편찬자들인바 그들의 시선은 이 독특한 인간을 전면적으로 보
여주고자 했음이 확연히 감지된다. 가령 전집 속에는 「학도출진」(『국민문
학』, 1943. 12)을 비롯, 「제국해군」(『국민문학』, 1943. 5) 등 군국주의에 동조
한 것으로 읽히는 작품들이 누락되어 있음을 볼 수 있다. 그러니까 전집
이라 하나 따져보면 일종의 선집이라 할 것이다. 이러한 배려 자체는 관
례적인 것이기도 하며(가령 제국주의적 시각으로 씌어진, 도키에다 모토키[時枝誠
記]의 「조선에 있어서의 국어」[『국민문학』, 1943. 1]가 그의 전집에서 누락된 것과

學徒出陣　　佐藤　清

天を蔽ふもみぢの中、
まだ青い雑草を踏んで、
一千の學徒は歌ふ。
征くもの、殘るもの、
たぎる血をしづかに抑へ、
決河の如く、はげしい思を、
しばし校歌に托して歌ふ。
國難のために、

血と魂をさゝげ、
國難のために、
青春を燃やしつくすものよ、
これを知れ、
國に死ぬは生きることであり、
眞に生きるとは國に死ぬことであるを。
だが、雄々しいきみたちの背後には、
きみたちの親、兄弟、姉妹、

「학도출진」(『국민문학』, 1943. 12)

사정이 같다), 그 자체로는 비판의 대상이라 하기는 어려울 터이다. 그러나 만일 사토 기요시 본인이 생전에 직접 전집을 만들었다고 가정한다면 어떻게 되었을까. 필시 그는 비범했을 것이다. 그는 아마도 「학도출진」은 물론 「제국해군」도, 또 「조선학도 출진부」(『국민문학』, 1944. 8. 최재서 소개 글)도 전집 속에 수록했을 가능성도 아주 배제하기 어려워 보이기 때문이다. 이러한 가설의 성립근거로는 다음 사항을 들 수 있다.

(A) 기독교인이라는 점. 그의 전집을 검토해 보면 기독교적인 것을 소재나 내용으로 한 것은 많지 않다. 그러나 그는 엄격한 청교도적 모럴 감각에서 시를 창작·운용했다.

(B) 영국 유학을 두 번씩이나 했다는 점. 기독교계 교수 요원으로 영국 유학에 나아갔고, 뒤에는 경성제대 교수 요원이 되기 위한 유학이었다.

(C) 시인이자 영문학자로서의 균형감각을 엄격히 유지했다는 점. 그의 지론은 일본문학을 위한 영문학이어야 한다는 것이었다. 이 경우 결정적인 것은 이것이 그의 시인으로서의 역량에 달린 과제라는 사실. 이 역량의 어떠함은 누구보다도 자기 자신이 제일, 그리고 확실히 할 수 있는 사안이다. 나이 67세(1951년)에 이른 그가 쓴 미발표문은 이 점을 특별히 상기시키고 있어 주목된다.

나는 앞에서 말한 대로, 이른바 일본에 있어서의 상징주의 운동이란 것에서 아무런 영향도 안 받았음을 차라리 고맙게 여기고 있는 바이다. 따라서 일본의 상징주의 운동 이외에 시란 없다고 하는 편벽된 견해로 뭉친 사람들 쪽에서 보면 나의 존재 같은 것은 벌레 같은 것에 지나지 않으리라. 그러나 거꾸로 내 쪽에서 그들의 작품이나 행동을 볼 땐 모두 유한 계급의 횡설수설이며 맹목적 행위라고밖에 여겨지지 않는다. 가령 애욕을 읊을 때도 진지함을 결한 것이어서 전혀 유희에 지나지 않는다. 내가 젊었을 때 우에다 빈(上田敏)의 『해조음(海潮音)』(서양 상징주의시를 번역한 시집으로 일본 시인들에게 막대한 영향을 끼쳤다―인용자) 따위를 가까이

하지 않은 것은 참으로 다행이었다고 여겨진다. 나는 저러한 께느른한 북을 치는 듯한 음조를 듣기만 해도 구토가 날 지경이다. 시는 때로는 맑고 차디찬 얼음 같지 않으면 안 된다. 소박한 들풀 같아야 하고 굽히지 않고 다함 없는 흙담과 같지 않으면 안 된다. 시의 생명은 리듬에 있다. 그러나 리듬의 생명을 참으로 느낄 수 있는 사람은 극히 적다. 이른바 인류나 민족의 운명에 깊은 관심을 갖는 시인들은 그들의 관여하는 바가 아니다.

「회상기」, 『전집(3)』, p.162.

이 대단한 자신감과 자부심은 단연 일본 문단의 시대적 주류와 상응되지 않는다. 이 대단한 정신력은 어디서 말미암은 것이었을까. 시를 '생명의 리듬'이라 보는 견고한 신념에서 온 것이라 한다면, 이는 (가) 기독교적인 정결주의와 자기 통제의 엄격성과 결코 무관하지 않을 것이다(「내 가슴에 철저한 신」, 「막달라 마리아의 성애(聖愛)」 등의 종교시). 이러한 정신력을 그에게 가르친 것은 (나) 영국이라는 당대 세계 최강 문명국의 문학이었다. 그만큼 영문학의 진수를 간파한 자가 일본 천지에는 없다는 자신감이 그의 논문에서 새삼 확인되고도 남는다. 그는 도쿄대 영문학의 창설자인 터주 대감 사이토 다케시와 나란히 설 때도 있었다. 두 번씩이나 무려 4년에 걸쳐 「돌의 도시 런던」, 「크리스마스 아침 런던의 어떤 침례교회에서」 등의 체험과 워즈워드 시에 대한 논문에서, 또 키츠론에서, 또 이단적 시인으로 알려진 W. 블레이크의 시에 대한 애착과 깊은 이해에서, 또 T. S. 엘리엇에 이르기까지 그는 어느 제국대학 영문학 교수보다 이 방면에 본격적이었다. 그러나 이것만이 전부가 아니었다. 그의 전 활동을 초기, 중기, 후기로 나눌 수도 있겠지만, 특히 제일 중요한 중기에 결정적인 영향을 받은 곳은 바로 경성제대였다.

나는 언제나 내 생애에 가장 큰 은혜를 받은 두 기관이 있었음을 기억한다. 하나는 간사이 학원이며 다른 하나는 경성제국대학이다. 그러기에 간사

이 학원장 베츠 박사와 경성제국대학 총장 고 핫토리 우노키치(服部宇之吉)
박사에게 내 깊고 두터운 감사의 뜻이 영구히 돌아기길 기도하는 바이다.

「회상기」 부기

「회상기」를 마침에 있어 굳이 이 「부기」를 단 점에 주목할 것이다. 침
례교의 간사이 학원이 기독교와 영문학에 관여된 것이라면 경성제국대
학이란 무엇이었을까. 그것은 (다) 영문학이자 동시에 '조선'이라는 미적
현실 그것이 아니면 안 되었다. 목을 조르는 듯한 조선의 차가움, 황토에
쏟아지는 햇볕, 그리고 검게 투명히 빛나는 조선의 벽공, 그것이 그의 시
적 자존심의 중심부에 있었다. 『벽령집』(1943)이 그 증거가 아닐 수 없다.
   그렇다면 저 「학도출진」은 대체 무엇이며 「담징」, 「혜자」, 「사신사호
본생도」, 「시신무게본생도」란 대체 무엇인가. 이는 그의 수제자 최재서
의 「仕奉하는(받드는) 문학」(1944. 4)과 함께 논의될 성질의 것이자 동시에
한·일 문학의 관련양상에로 향하는 길목에 놓인 난문(aporia)이 아닐 수
없다. 이에 이르는 그의 정신적 경사 과정을 잠시 묘사해 보이는 일이
결코 무의미하지 않음은 이 물음의 울림에서 온다.

4. 경성제대 교수로서의 자의식

   경성제대 교수로서의 사토 기요시는 조선을 어떻게 인식하고 있었을
까. 이런 식의 물음은 당연히도 정치적 답변을 요구하기에 이르게 된다.
경성제대라 했을 때 그것은 일본 제국이 여섯 번째로 세운 고등교육기관
을 가리킴인 것이며, 물론 제국대학 일반의 설립 목적에 의거한 것이지
만, 식민지에 세워졌다는 점으로 말미암아 모종의 정치적 제약(1940년 이
후)도 주어졌음이 사실이다.

제국 일본이 도쿄, 교토, 도호쿠, 규슈, 홋카이도에 이어 여섯 번째로 경성제국대학을 개설한 것은 1926년이었다. 당초 조선제국대학으로 계획된 것이었으나 돌연 경성제국대학으로 명칭이 바뀐 것에 대해서는 다음과 같은 곡절이 있었다. 총독부가 제출한 대학 관제안이 내각 법제국에서 심사를 거칠 때, 법제국의 반대에 부딪혔는 바, 이유는 만일 조선제국대학으로 한다면 "조선에 제국이 성립된 것 같이 해석할 자도 있다는 점"에 있었다. 하루라도 빨리 심사를 마쳐야 할 총독부는 원안을 밀고 나가지 않고 법제국의 의견을 수용하여 경성제대로 한 것이다. 어디까지나 제국대학으로 창설코자 한 총독부와 조선교육령에 의한 보통의 대학으로 족하다는 법제국의 의견대립에서 전자가 진 결과였다(『紺碧遙かに』, 耕文社, 1974(비매품), p.16).

고등학교가 없는 조선인지라 예과를 설립한 것은 1924년이었다(당초는 2년제. 3년제로 된 것은 1939년). 문학과에는 14개의 전공이 있었는바 조선에 관한 것은 조선사학, 조선어문학 이외에 종교학·종교사와 사회학도 조선을 그 연구대상으로 한 것이었고, 설립목적에 걸맞게 동양학으로서의 중국학 강좌도 큰 몫을 했다. 민립대학운동을 잠재우고 설치된 이 대학이 민족운동의 모태로 되는 것을 두려워한 조선총독부는 대학 규모가 커지는 것을 엄중히 제한함과 동시에 당초 제국대학령 제1조를 1940년에 와서는 더 강하게 규정하고 있었다.

> 대학은 국가에 수요한 학술 및 응용을 교수하며 아울러 그 온오를 연구하여 특히 황국(皇國)의 길에 기초하여 국가사상의 함양 및 인격의 도야에 유의하며 그로써 국가의 주석이 됨에 족할 충량유위의 황국신민을 연성함에 힘쓰는 것으로 한다.(윗점이 대학령보다 강한 규제임)

이러한 식민지적 규제 밑에서 세워졌기에 학생 구성면에서도 그다운 제약이 주어졌다. 1929년 제1회 법문학부 졸업생 총 67명 중 조선에 적을 둔 학생(조선인)은 28명이었다. 의학부는 45명 중 12명이 조선인이었다. 1940년의 경우 법문학부 입학생 81명 중 조선인은 30명이었고, 의학부는 70명 중 27명이었다. 이는 해양연구를 목표로 세운 타이페이 제대와는 현저히 다른 것이다(이즈미 세이치泉靖一, 「구식민지제국대학고」, 『中央公論』, 1970. 9). 경성제대 법문학부의 문과 분야는 문학과, 철학과, 사학과로 구분되며 그 각 분야별 전공과 강좌를 보이면 아래와 같다(참고로 말하면 전공은 1학년 말에 결정한다).

- 문학과 : 국어학·국문학(2강좌), 조선어학·조선문학(2강좌), 지나(중국)어학·지나문학(1강좌), 영어학·영문학(1강좌), 외국어학·외국어문학(1강좌, 전공은 없음)
- 철학과 : 철학·철학사(2강좌), 윤리학(2강좌), 심리학(2강좌), 종교학·종교사(1강좌), 미학·미술사(2강좌), 교육학(2강좌), 중국철학(1강좌), 사회학(1강좌, 전공은 없음)
- 사학과 : 국사학(2강좌), 조선사학(2강좌), 동양사학(2강좌), 서양사학(1강좌, 전공은 없음)
     (총 3학과, 14전공, 27강좌―『경성제국대학일람』, 1931년판)

이러한 문과 분야의 다양한 전공과 강좌는 당시의 법문학부 부장 하야미 히로시(速水滉, 훗날 제5대 총장)의 말대로 사치스러울 정도였다.

내지의 대학에서는 한 강좌뿐인 학과가 경성대학에서는 두 강좌로 되어 있는바 이는 내지의 대학에는 정교수 외에 조교수 또는 강사가 필요하면 뜻대로 얻을 수 있거나 적어도 쉬웠다. 그 때문에 강좌가 하나라도 조교수 또는 강사를 적절히 할 수 있어 실제로는 두 강좌 또는 세 강좌로 할 수 있었다. [……] 그런데 단 경성대학 쪽은 토지(지리) 관계상 곤란했다.

『경성일보』, 1927. 2. 27.

그렇기 때문에 경성제대는 이토록 많은 강좌를 확보했는데, 그로 인해 65만이라는 장서와 더불어 동양학 관계의 연구기관으로 만들어질 수 있었다. 사토 기요시 교수는 이러한 일본 제국의 기반 위에 선 지적 권력자의 한 사람이었다.

지성인이자 근대인으로서 그는 이 문제에 대한 자의식을 어떻게 처리하고자 했을까. 이 문제는 물론 사토 기요시에게만 던져지는 것은 아니다. 초대 법문학부 부장을 역임했고, 훗날 제1고교장 및 문부대신을 지낸 저명한 철학자 아베 요시시게는 이 문제를 직시하지 않고 교묘히 피해 나갔다. 그가 조선의 풍물과 조선인의 풍속에로 나아간 것이 그 증거이다. 그는 아주 조심스럽게도 이렇게 고백했다. "오직 조선인과 일본인 사이에는 너무도 생생한 여러 가지 문제가 충만해 있어 그것에 끼어든다는 것은 유쾌하기보다는 오히려 고통이 많다. 나도 조선에서 일하고 있는 사람이라 이것을 피할 수 없지만 여기의 글들은 그러한 소식에는 닿지 않고자 한다"(『청구잡기』 서문, 岩波書店, 1932)라고. 또 이렇게도 고백했다. "나는 지금 조선의 학교의 한 교수로서 조선의 일부분을 담당하는 당사자라는 것(사실)을 강하게 느끼고 있다. 이런 의식에는 기쁨과 자랑스러움이 하나도 없다고는 할 수 없으나 그러나 괴로움과 부끄러움 쪽이 많다. 나는 당사자로서의 노력하는 생활, 당위에 쫓긴 생활의 다른 면에, 나그네로서의 바라보는 생활에 나의 해방을 구하지 않을 수 없다"(위의 책, p.82, 강조는 아베)라고.

법문학부장을 역임한 바 있는 국문학자 다카키 교수는, 회고록을 쓴 종전 후라는 시점에 힘입은 것이겠지만, 이렇게 말해 놓은 바 있다.

이런 관계를 내 경험으로 말하면 처음 도착한 다음 날이 바로 이왕가의 장례식 날(순종 국장일, 1926. 6. 10. 이날 이른바 '6·10 만세사건'이 일어나 학생 160명이 검거된 바 있음—인용자)이었다. 나는 때마침 그날 청량리에 신축된 대학 예과를 처음 방문했다. 가는 전차가 있어 그것에 타자 승객이 너무 많았는데 하나빠짐없이 흰 옷의 조선인이었다. [……] 그 속에 나 혼자 달랑 놓여 무언가 기분 나쁜 민족적 위압감을 느꼈다. 도착하자마자 만난 이민족으로서 또한 지배자의 한 조각 책임을 이 몸으로 느낀 이 인상은 아마도 평생 잊지 못할 것이다.

『국문학 50년』, p.136.

이들에 비해 사토 기요시의 교수로서의 식민지 현실에 대한 자의식은 어떠했을까. 이에 대해 논설이나 심경토로의 에세이는 찾을 수 없지만 시 가운데에서는 다음과 같은 작품이 거론될 수 있다.

포플러 가지 흔들거려, 휘어져, 땅을 쓸 것 같은 비다,
눈사태 같은 지붕지붕이 물보라에 까치의 젊은 나래가 날아가버릴 비다,
벌써 북한산의 저 잘난 척함도 물보라에 가려졌다,
총독부의 흰 벽 따위도 여기서조차 뵈지 않는다.
비는 한국인의 저주보다 격렬하게, 쉼도 없이, 내린다,
뱀처럼 대가리를 쳐드는 정복자의 검은 의식에,
얼굴을 돌리며, 유리문짝에 미친듯 불어제치는 비를 보았다.
북한산의 기분 나쁜 모습은 비에 가려져
총독부 벽 따위란 어느 새 뵈지 않고,
뇌신경을 깨부수는 두려움 앞에,
머리를 드리우고 깊이 생각해도, 누구에게 용서를 빌어야 좋단 말인가.
비여, 언제까지 내릴 것인가. 나는 울고 싶었다.

「경성의 비」 전문, 『전집(2)』, pp.212~213.

이 작품의 발표시기에 먼저 주목할 것이다. 『森林』(1927. 1)에 발표된 것인 만큼 쓴 시기는 1926년으로 볼 수 있겠거니와, 이 시기는 그가 경성에 부임한 바로 그 해에 해당된다. 1926년 5월 영국에서 귀국하자 가

족을 일본에 둔 채 혼자 경성에 정착한 지(그는 재직 기간 내내 아파트에서 독신으로 체류한 것으로 추정됨) 불과 수개월이 지난 시점으로 볼 수 있다. 낯선 식민지 땅 경성에 온 영문학자이자 시인 사토 기요시 교수에 비친 경성은 맹렬히 쏟아지는 빗줄기로 표상되었다. 모든 것을 휩쓸어버릴 듯한 맹렬한 여름 폭우 앞에 총독부의 흰 벽이 보이지 않을 듯했다고 시인은 느꼈다. 뇌신경을 파괴할 정도의 두려움을 느낀 이 시인은 아무리 깊이 생각해도 그 두려움에서 벗어날 방도를 알 수 없었다. "어떤 사람에게 사죄해야 좋은가" 시인은 그 방도를 알 수 없었다. 탄식이 나올 수밖에 없음은 그가 절망을 느꼈기 때문이다.

"비여, 언제까지 내릴 것인가. 나는 울고 싶었다"라는 감정은 아베 요시시게 교수에게서도, 다카키 이치노스케 교수에게서도 볼 수 없는 격렬함이라 할 것이다. 혼의 울림에 육박한 증거인 까닭이다. 이러한 원점에서 시인 사토 기요시는 어떻게 스스로를 시인으로 건져 내었을까. 이 물음에 대한 제일 정확한 해답이 시집 『벽령집(碧靈集)』(1943)과 『내선(內鮮)의 율동』(인문사, 1945. 미간) 속에 가감 없이 들어 있다.

5. 무엇을 위한 영문학인가

영문학자로서의 사토 기요시 교수는 어떠했을까. 제국대학 영문과의 주임교수이자 두 번씩이나 영국 유학을 체험한 침례교 신앙을 가졌던 사토 기요시 교수는 영문학을 어떤 시선에서 보고자 했던가. 이 물음에 대해 사토 교수는 다음 두 가지 점에서 분명하고도 확고했는바, 이 두 가지 사실의 중요성은 그 실력에서 오는 자신감에서 찾아질 성질의 것이다.

첫째, 자국(일본) 문학을 위한 외국(영) 문학이어야 한다는 것.

나는 대학의 외국문학이라는 것은 미술학교나 음악학교에서와 같은 점
이 있지 않으면 안 된다고 여기고 있었습니다. 문학적 창작이나 비평의
방면에 일할 수 있는 사람들을 위해서도 준비를 하지 않으면 안 된다고
여겼기에 언제나 이러한 마음가짐으로 해왔습니다. 외국문학을 위한 외국
문학이 아니고, 자국문학을 위한 외국문학이라는 생각으로 해왔지요. 나
의 이러한 태도의 옳고 그름을 떠나, 나는 그렇게 여기고 해왔습니다.

「경성제대 문과전통과 학풍」, 『전집(3)』, p.258.

이러한 진술 속에는 실로 단호함이 두 가지 들어 있는바, 그 하나는
영문학자이기 이전에 그는 일본 시단의 주요 시인으로 일가를 이루었음
을 들 수 있다. 제국대학 영문과 교수 가운데 시인으로서 사토 기요시에
견줄 만한 인물이 없고 보면 여기서 그 자신감을 능히 엿볼 수 있다. 다
른 하나는 이 점이 한일 간의 이중어 글쓰기 공간에서의 중요한 대목이
거니와, 유일한 일어 순문예 월간지 『국민문학』(1941~1945, 최재서 주간)에
작품 및 시론을 발표했고, 또 『경성일보』의 시단에서도 지도적인 위치에
서 활동한 점을 들 수 있다.

나아가 나는 문학은 실천이라 여겼기에 나 자신 조선에 있어서의 문학
운동의 어떤 국면에 관계해 왔습니다. 이는 앞에서 말한 대로 미술학교나
음악학교의 선생이 그림을 그린다든가 작곡을 하지 못한다면 곤란한 것
처럼 문학을 말하는 자가 하이쿠 하나 짓지 못하고 노래 한 편 읊지 못하
고 한 편의 시도 짓지 못한다면 곤란하다고 여겼던 까닭입니다.

위의 글, pp.258~259.

조선문학에 관여한 것이 아니긴 해도 일제 말기 『국민문학』에 관여한
그의 활동에 대한 변명이기도 하지만 여기에는 숨은 나름대로의 자신감
이 따로 있었다. 그가 쓴 『벽령집』, 『내선의 율동』(이미 『국민문학』지에 발
표된 것을 묶은 것. 따라서 미간이긴 해도 그 내용은 능히 밝혀낼 수 있음)과는 별

80

도로 그는 일본 시단에서 활동하는 시인이었다는 사실이 그것이다. 이 점에서 그는 『경성일보』나 『국민문학』 주변에서 맴돌던 재조선 일본시인들과는 결정적으로 구분되었다. 그러나 『벽령집』, 『내선의 율동』은 식민지를 소재로 한 것이자 동시에 일본적인 것을 소화한 것이어서 그의 본격적 영역이라 할 것이다. 「혜자」, 「담징」 등이 보여주는 고대 한일 양국의 정신적 문화적 감각을 다루었음이 그 증거이다. 이러한 고대인에의 열정은 그가 전문으로 한 영문학의 낭만적 상상력과 그 핏줄이 닿아 있었다.

대체 영문학자 사토 교수의 영문학의 중심부는 어디였을까. 이 물음에 대해서도 자신감 넘치게도 그는 명쾌했다.

> 영문학 그것의 취급방법에 관해서는 나는 영문학의 가장 왕성한 시대, 곧 셰익스피어─밀턴 시대와 18세기에서 19세기에 걸쳐 발흥한 낭만주의 운동에 집중해 왔습니다. 한편으로는 직접 텍스트에 의해 곧 '연습'에 의해 작품의 문학정신을 포착고자 했지요. 또 하나는, 문학비평의 역사를 희랍에서 현대에 이르기까지의 자취를 더듬음으로써 비평의 원리와 방법을 찾고자 했지요. 이러한 연구에 의해 언제나 일본문학, 동양문학과 비교를 하고 또 비교함으로써 자기를 비판, 반성할 수 있게끔 노력했습니다.
>
> 위의 글, p.258.

그가 영문학에서 관심을 가진 데는, (1) 셰익스피어─밀턴 시대와, (B) 18, 19세기의 낭만주의 문학임이 드러났다. 여기서 잠시 영문학이 놓인 자리를 엿볼 필요가 있다. 영문학의 주류가 소설이나 희곡 쪽이기보다는 시분야라는 사실을 늘 염두에 두어야 좀 더 논의가 유연해질 수 있을 것이다. 가령 독문학의 주류가 희곡 쪽이라면 불문학은 소설 쪽에 그 비중을 둠이 일반적이다. 사토 교수의 영문학이 영시 쪽에 기울어져 있음은 따라서 그 자체로 영문학의 중심부에 닿았음을 가리킴이라 할 것이다.

青山學院大學에서 강의 중인 사토 교수(1955)

그럼에도 불구하고 그는 이 때문에 오랫동안 영문학계에서 크게 홀대받지 않으면 안 되었다.

20세기에 접어들면서, T. E. 흄으로 대표되는 반낭만주의 사조가 크게 대두되었고, 그 여세를 몰아 T. S. 엘리엇의 세력이 신고전주의(주지주의)라는 이름으로 크게 떨쳤던 것이다. 미국 중심의 뉴크리티시즘도 이 계보에 이어지는 것으로 낭만주의적 영문학의 주류는 숨도 쉴 수 없는 궁지에 몰린 바 있었다(최재서의 「T. E. 흄의 비평적 사상」[『사상』, 1934. 12, 일문]과 「현대 주지주의 문학이론의 건설」[『조선일보』, 1934. 7. 8~17] 등은 이런 풍조를 전면적으로 부각시킨 것이었다). 사토 교수로서는 그가 심도 있는 「T. S 엘리엇 시 연구」(1937)를 쓴 장본인임에도 불구하고 엘리엇 중심의 영시의 흐름에, 특히 전후에는 큰 불만을 갖고 있었다. 그러한 풍조에 항거하여 영시의 주류를 낭만적 상상력에서 되찾고자 하는 그의 주장이 실로 자신감

에 차 있음을 볼 때, 그 자신감이 실력에 연유되었음이 잘 드러나 있어
인상적이다.

> 나의 영문학은 앞에서 말한 대로 갈대의 구멍보다 작은 구멍으로 엿본
> 영문학이다. 따라서 나의 영문학 따위란 아예 믿을 만한 것이 못 되리라.
> 단지 나의 영문학은 적어도 다른 영문학과는 적지 않게 다른 영문학이다.
> 말을 바꾸면 무서운 영문학인 것이다. 무서워서 가까이 할 수 없는 영문
> 학이다. 혹은 경멸하고 혹은 아주 싫어하고 혹은 미움 받는 영문학이다.
> 영문학이란, 상식문학이며 건전한 문학이며 신사, 숙녀의 문학이라 하지
> 만, 나의 영문학은 참으로 이와는 반대의 영문학인 것이다. 아마도 유럽
> 문학을 보는 자는 거기에는 '동(動)'과 '반동(反動)'의 조류가 있음을 놓칠
> 수 없다. 영문학에 있어서도 '동', '반동'이 강하게 파동을 치며 움직이고
> 있는 것이다. 우리들은 그 '반동'만을 보고 이것만이 참된 영문학이라 하
> 는 것은 잘못이다. '동'이란 '반동'과 합쳐 보아야 하며 '반동'은 '동'과 더
> 불어 볼 것이다. 자기에게 유리하게 '반동'만을 고마운 듯 거드름 피우는
> 몸짓을 하며 내세워 그것만이 영문학인 듯 선전하며, 안전지대를 만들고
> 거기에 진을 치고, 비열한 냉소를 띠며 이쪽 세계를 눈 아래로 보는 것은
> 참을 수 없이 화가 난다. 그렇다면 나의 영문학은 무엇인가. 그 무서운 영
> 문학이란 무엇인가. 그것은 밀턴에서 시발하여 18세기에 이르러 고조에
> 달한 '자유'를 추구하는 문학의 흐름이다.

『전집(3)』, p.251.

그가 「영문학이라는 것」(1949)에서 이렇게 성난 목소리로 외쳤을 때
그는 65세로, 도요대학 영문학부를 접고 새로이 아오야마가쿠인 대학 문
학부 영문학과 주임교수로 부임했다. 영문학계는 온통 엘리엇 중심의 신
고전주의 쪽으로 기울어져 있었다. 그것은 사토 교수의 처지에서 보면
한갓 '반동'에 지나지 않았다. 영문학의 일면만을 전부인 듯이 휘몰아가
는 세상 풍조를, 정통 영문학파라 자부한 그로서는 참을 수 없었다고 볼
것이다. 그가 말하는 정통적 영문학이란 밀턴에서 비롯되어 18세기에 이

러 최고조에 달한 '자유'를 추구하는 문학의 흐름이었다. 이를 정통으로 이은 것이 수제자 최재서였다. 최재서의 졸업논문은 'The Development of Shelley's Poetic Mind'(1930)였고, 1931년 대학원에서의 전공은 'Romantic Type of the Poetic Mind'였다.

그렇다면 최재서가 T. E. 흄과 주지주의를 도입하여 「리얼리즘의 확대와 심화」(1936)를 써서 당시 한국문단에 크게 활동한 것이나 그 결과물인 평론집 『문학과 지성』(1938)을 낸 것은 어떻게 평가할 수 있을까. 사토 교수의 처지에서 보면 '반동'의 측면이라 할 것이다. 그러나 그 제자답게 훗날 최재서는 영문학의 '동'과 '반동'을 함께 어우르는 지점에로 나아갔다. 역작 『문학원론』(1957)에서 이 점을 영문학의 상상력으로 승화시켰던 것이다. 이러한 사실들에서 주목되는 것은 사토 기요시 교수의 영문학에 대한 역량에서 왔다는 점이다.

6. 『벽령집』의 내공(內攻)

영문학자 사토 기요시의 역량이란 위에서 보았듯 영문학의 '동'과 '반동'을 동시에 바라보면서도 그 중심점을 잃지 않는 균형감각에서 왔음이 확연하다. 그렇다면 시인 사토 기요시의 역량은 어떠했을까. 이 물음은 많건적건 시집 『벽령집』과 『내선의 율동』에로 향하지 않을 수 없다.

경성제대 교수로 부임한 1926년의 시점에서 교수 사토 기요시는 제국의 고급 관리의 한 사람으로 식민지 조선의 서울에 군림했다. 이 엄연한 사실 앞에 독실한 기독교인이자 시인인 42세의 일본인 중년의 양심적 감각은 「경성에 내리는 비」에서 잘 엿볼 수 있었다. "뇌 신경을 파괴하는 듯한 무서움", "누구에게 사죄해야 좋을지 모르는 아픔"이 거기 있었다.

이 은밀하고도 엄연한 사실을 앞에 두고 그의 양심은 어디에서 균형감각을 찾았을까. 이 물음은 다음의 두 단계의 변모로써 해명될 수 있다.

(1) 『벽령집』의 단계

식민지 수도 경성을 시적 체험으로 승화시킴으로써 시인 사토 기요시가 제국대학 교수 사토 기요시의 양심문제를 극복한 것이 『벽령집』이다. 이 사실은 강조될 필요가 있는바, 법문학부장 아베 요시시게나 다카키 이치노스케와 변별되는 지점인 까닭이다. 시인의 감수성은 조선체험을 오직 미적 현실로 국한시킴으로써 이 미학적 범주를 세울 수 있었는바, 그 방법론은 다음 두 가지 형태로 나타났다.

① 조선의 옛 예술품에 대한 미적 음미

> 엷은 연보라색의
> 가느다란 줄기,
> 제비꽃,
> 자주빛이 펼쳐져 있는
> 고색 깊은 자개
> 칠촌(七寸) 쯤의 소우주에
> 소곤소곤 가고 있는 소박한 미여
>
> 「나전화문소상 – 이왕가 미술관」

시인은 일찍이 「고려자기」를 비롯 「고려의 하늘」, 「삼국불」(현재 국보 83호 금동반가사유상을 가리킴. 국립중앙박물관 소장. 당시는 이왕가 미술관 소장) 등에서 조선 고미술의, 현실을 초월한 미로서의 영원성을 읊고자 했다. 그것은 식민지적 현실을 외면하는 방법이기도 했지만 동시에 시인으로서의 시적 현실이기도 했다. 시공을 초월한 것이 예술인만큼 고대 조선

의 예술은 그것이 조선과는 무관한 미 자체의 반열에 올라 있었던 까닭
이다. 이것은 조선 민예품을 기린 야나기 무네요시(柳宗悅, 1889~1961)의
생활미학과는 구별되는 것으로 한층 본질적인 영역이라 할 것이다.

② 조선적 풍물에 몰입하기

시인 사토 기요시는 일본 동북 벽촌에서 자랐지만 조선에 와서 '추위'
의 진수를 맛보았다. 이 '한랭의 미'를 두고 그는 "목을 조르는 것 같은
청명한 엄한(嚴寒)"이라 읊었다(「한권의 책」). 그는 또 이 한기에 버금가는
것으로 조선의 햇볕을 들었다.

> 가을풀 듬성듬성한 데를 밟고 교외의 황토 위에 서서 초가가 흩어져 있
> 는 풍경을 향해 용서없이 직사하는 햇볕에 얻어맞고 있으면, 나도 모르게
> 눈물이 괼 때가 있다. 이는 무엇을 뜻하는지 나는 모른다. 단지 이 위압하
> 는 듯한 무서운 햇볕의 강렬함. 이 강렬함을 읊은 시인은 과연 누구인가
> 를 생각하는 것이다.
>
> 『벽령집』 후기

냉한과 강렬한 햇볕만이 시인을 압도한 것은 아니었다. 이를 아우르면
서 그 중심점을 이루어낸 것이 따로 있었는바, '벽공'이 그것이다.

> 여기저기 높은 건물의
> 불빛이 뵈기 시작하는,
> 박명 속에서 번쩍번쩍
> 기쁨의 불빛이
> 움직이기 시작한다.
> 박명과 함께,
> 하늘의 초록빛이,
> 무거운 벽옥(碧玉)의 장막처럼,

땅에 내리기 시작한다.
광화문 광장의 작은 분수가
하늘을 향해 새하얀 입맞춤을 보내는,
지치지 않고, 피로함도 없이,
첫사랑을 안 젊은이보다 격렬히
끝없는 입맞춤을 하늘 향해 던진다.
하늘은 입맞춤을 받으면서, 잔뜩,
살집 좋은 처녀처럼,
시원스럽게, 부드러운 위압(威壓)으로써
땅에 아련한
분수는 더욱 격렬히 입맞춤을 뿜어 올려,
입맞춤 속에 하늘이 녹아내린다.
이윽고, 여기저기의 높은 건물의
불빛이 구석구석 맑아져
밤새도록 축제의 목소리가 이어진다.

「광화문 광장, 6월」 전문

박명과 함께 하늘의 자색이 벽옥의 그리움으로 군림하는 조선의 밤하늘, 이를 읊은 시인은 대체 누구인가. 맑디맑게 밤새도록 사라지지 않는 이 밤의 창공을 본 자는 대체 누구인가. 바로 시인 사토 기요시이며 일본인 시인이다. 어째서 사토 기요시만이 이 벽공을 볼 수 있었고 또 읊을 수 있었던가. 대답은 두 가지이다. 그가 선천적으로 뛰어난 감수성의 소유자라는 점이 그 하나. 다른 하나는 그의 영국체험을 들 수 있다. 적어도 그가 두 번씩이나 영국 체험을 가졌음에 주목할 것이다. 간사이가 쿠인 교수 요원으로 지목되어 주어진 영국체험(1917~1919)과 경성제대 예과 교수 촉탁으로 임명된 두 번째 영국체험(1924~1926)은 다른 어느 시인이나 영문학자보다도 유별난 것이다. 영문학에 대한 그의 자존심의 근거도 이와 결코 무관하지 않다. 그는 런던의 박명과 일본의 박명, 그리고 조선의 박명을 견줄 수 있는 체험을 갖고 있었다.

> 런던의 7·8월이 언제까지나 새어나오고 있는 박명의 미로써 우리들에게 주는 깊은 감명을 잊을 수 없다. 물론 조선의 박명 시간은 런던만큼 길지 않으나 박명 시간을 읊고자 하면 런던에서 읊는 쪽이 좋다. 조선에서 읊는 것은 결코 박명 시간에 있지 않다. 조선에서 읊어야 될 것은 박명시간에서 한밤에 걸쳐 그 한밤의 어둠에도 압도되지 않고, 나아가 다시 깊이에서 새벽하늘에 걸쳐, 맑게 남아 사라지지 않는 벽공, 이것이야말로 조선에서 읊어야 할 하늘의 미이리라.
>
> 『벽령집』 후기

시집 표제를 '벽령집'이라 한 소이연이 여기에 있다. 조선의 밤하늘의 벽공, 그것은 그 자체가 정신이고 혼이 아닐 수 없다는 것. 여기에 시인 사토 기요시의 시적 근거가 놓여 있었다. 이 초월성의 확보에서 그는 식민지 현실의 "울고 싶은 심사"를 자기식으로 초극할 수 있었다.

시인으로서의 사토 기요시의 존재는 최재서의 지적대로 범할 수 없는 준엄함, 냉한의 미학으로 표상되었다. 이는 사토 기요시 자신을 위해서도 구원이지만 『국민문학』지에서 보아도 그러했다. 두루 아는 바『국민문학』지의 목표 (1) 시국문제, (2) 예술성, (3) 진보성 중 (2)의 충족에 해당된다(권두언 「조선문단의 혁신」, 창간호). 시인 사토 기요시의 존재는 이에 멈추지 않았음에도 주목할 것이다. 그것은 그가 재경성 일본인 시단의 지도적 인물이었음과도 무관하지 않다. 사토 기요시가 역량있는 시인으로 인정한(사토 기요시, 「가와바타 슈조의 시」, 『국민문학』, 1944. 9) 재경성 시인 가와바타 슈조(川端周三)의 지적이 이를 잘 말해준다.

> 선생의 존함을 처음 안 것은 쇼와 4년(1929년-인용자) 정월, 선생이 경일시단(『경성일보』의 시단-인용자)의 선자로 되었을 때이다. [……] 그러

나 쇼와 6년엔 '흥미없는 조선 시단'이라 하여 일시 경일의 선자를 사퇴할 정도였다. 그러나 이 극히 짧은 기간이긴 해도 대학 중심의 아카데믹한 다소 주지주의적인 경향의 젊은 시인군이 선생에 의해 발탁된다. 후에는 조선시단의 주류는 여기에 모아져 선생의 성실성과 정열에 이끌려 실로 조선시단 오늘의 융성을 터 닦았던 것이다.

가와바타 슈조, 「사토 기요시와 조선시단」, 『국민문학』, 1944. 1, p.23.

당시 재경 일본시단은, 시 잡지만 하더라도 『赭土』(후엔 『駱駝』)를 거쳐 『조선시단』으로 발전했고, 『아시아 시맥』(후엔 『水脈』), 『궤도』(후엔 『원시집』, 『에오리토』), 『魚』, 『당랑』, 『형과 천사』, 『군상』, 『피에리아』, 『루타기』, 『세세라기』, 『목양신』, 『모형』, 『소묘』, 『고려시인』 등으로 요란히 피어 올랐다. 그러나 이러한 융성기는 신체제(新體制) 이래 하이쿠, 단가 등에로 기울어져, 혼미 속에 위축되어 갔다. 어느 면에서는 이러한 장면을 타개하는 길은 예술성 일변도로는 역부족이었다. 『벽령집』이 가진 한계에 대한 인식에 마침내 도달한 것이었다. 과연 『벽령집』의 시인은 어째야 했을까. 『국민문학』지에 그의 해답이 펼쳐졌다. '내선일체'의 시적 수용이 그것이다.

'내선일체'라는 이 강렬한 정치적 현실 앞에 제국대학 교수이자 시인인 사토 기요시는 어떻게 변신해야 했던가. 그 동안 『벽령집』이라는, 고고한 상아탑에 '내선일체'의 이데올로기가 창끝처럼 쳐들어왔을 때 과연 그는 어떻게 대처했던가.

(2) 『내선의 율동』의 단계

『벽령집』의 초월성이 '내선일체'의 정치적 사상 앞에서 어떻게 굴절되었으며 또 굴절되지 않고 일관된 부분은 각각 무엇인가. 이 물음을 탐구하면, 최재서의 정신적 굴절과 관련지어 논의할 때 두 사람의 사제 관계에서 오는 그 시대적 의의 및 민족적 국가적 한계도 어느 수준에서 드러날 수 있을 터이다.

7. 미간 시집 『내선의 율동』의 내용

『내선의 율동』(인문사, 미간)이 조판되어 광고란에 오른 것은 『국민문학』(1944. 9)이었다. 그 내용은 이렇게 소개되어 있었다.

> 조선의 벽공과 고려 청자의 시인이 대담하고 솔직하게 내선 공동의 운명을 읊다. 시대의 필사적인 진전을 묘출한 미묘하고 또 심각한 율동을 여기서 본다.

이 광고는 『국민문학』 매호마다 최신간란에 소개되어 있거니와 이것만으로는 그 내용의 구체성을 알아내기 어렵다. 그러나 '7월 상순 발매'라는 광고(『국민문학』, 1945. 5. 이것이 『국민문학』지의 종간호가 됨)에는 다음에서처럼 그 내용을 구체적으로 엿보게 해주고 있다.

> 조선에 산 지 20년. 조선을 사랑하고 내선의 공동운명에 깊은 생각을 가졌던 저자는 조선을 떠나는 마당에 남겨줄 선물로서 이 한 권을 남겼다. 「담징」과 「혜자」에서 먼 고대의 내선문화교류를 떠올리고, 「시신문게본생도」와 「사신사호본생도」에 사신숙명(捨身宿命)의 깊은 진리를 읊어내고 「학도출진」에는 만강의 열성을 기울인다. 격조고매, 시상 역시 장중하기가 저 밀턴을 연상시키며 그 서사시적 수려함에 있어 아득히 현대시의 군봉(群峰) 가운데 우뚝 솟아 있다. 이 한 권의 시집이 연주하는 필사적이자 미묘한 내선의 율동은 또 싸우는 국민에 있어 천래의 묘음(妙音)이리라.

이에 대해 사토 기요시 전집 편찬자들은 이렇게 지적해 놓아 인상적이다. "시집『내선의 율동』을 인문사에서 출판 예정으로 이미 조판까지 되었으나 원고는 종전의 혼란에 의해 유실되었다"(『전집(4)』, p.273)라고. 그러나 이는 사실과는 조금 다르다. 실상『전집』속에는 몇 편을 빼면『내선의 율동』에 수록된 것 대부분이 고스란히 재수록되어 있기 때문이다. 『전집(2)』에 사시(史詩)라는 제목으로「쇼토쿠태자 기타」로 분류되어 있는 이 속에는 장대한 서사시「담징」,「옥충주자」,「혜자」등이 커다란 얼굴로 빛을 발하고 있다. 어쩌면 사토 기요시의 시적 역량이 최고조로 드러났을지도 모를 이들 시적 위업의 달성이 '내선일체'의 산물이자 그것의 '율동(시)화'라는 사실은 이 시인의 본질을 규명하는 데 멈추지 않고, 나아가 한일 고대인의 문화사 및 정신사에 관련된다는 점에서 논의의 대상이라 할 것이다.

'내선일체' 이데올로기가『벽령집』속으로 스며들어올 때 일본시인으로서 또 제국의 교육자로서의 사토 기요시의 몸짓은『국민문학』지에서 잘 엿볼 수 있다. 싱가포르가 함락되었을 때(1942. 2. 15) 그는「獅港」(『국민문학』, 1942. 3)을 썼다. "싱가포르 물길을 달리는 쇠로 된 배들에 신호가 올려지자 / 獅港은 시방 최후의 고민을 맞았다"로 시작되는 이 시는 콧대 높은 대영제국의 처칠과 그 쌍생아인 루즈벨트의 몰락을 읊은 것으로 최재서는 이 시를 두고 "풍부한 상상력으로 시각화한 것"(『전환기의 조선문학』, p.256)이라 했고, 전집 편집자들은『전집(2)』에 버젓이 이 시를 수록해 놓았다.「학도출진」(『국민문학』, 1943. 12)이라든가, 조선학도병을 향해 "인간 중의 꽃, 꽃 중의 꽃"이라 외치며 아래와 같이 읊었던「조선학도 출진부」등을 전집에서 깡그리 제거한 것과는 대조적이라 할 것이다.

이천년
내선의 피와 문화가 섞여
끊을래야 끊을 수 없는 숙명을 지어올려
단지 오늘은 단지 피와 문화의 교류만이 아니고
내선 전일로 되지 않으면
도저히 살아갈 수 없는 막판에 와 있다.
[……]
우리들의 사랑하는 자여
그대들이 일어서 국란에 나아감으로써

우리들의 역사의 목적은
조용히 힘있게 실현되어
둘이 하나로 되며 온전히 새로운 하나의 생명이
새로운 생명의 세계가 생겨나리라.

「조선학도 출진부」 ; 최재서, 「징병과 문학」, 『국민문학』, 1944. 8,
pp.15~16에서 재인용

이것은 아래와 같은 「학도출진」에 비하면 너무도 격이 떨어진다.

하늘을 가리는 전나무길 가운데,
또 푸른 잡초를 밟고,
일천 명 학도는 노래한다.
출정하는 자도, 남은 자도
끓어오르는 피를 가만히 누르며,
강뚝이 무너지듯, 격렬한 생각을
잠시 교가에 부쳐 노래한다.

국난을 위해,
피와 혼을 바쳐,
국난을 위해
청춘을 불태우는 자여,

이를 알라.
나라에 순사하는 것은 사는 것이라는 것을,
참으로 사는 것은 나라에 순사하는 것임을.

하지만 사내다운 그대들의 배후에는
그대들의 부모, 형제, 자매,
친척, 벗, 지인들이 포개어져 있어
그 불타는 생각은
그대들이 가는 어떤 곳에도
그대들을 뒤따라가서
결단코 그대들을 놓치지 않으리.
어찌 그뿐이랴
눈에 뵈지 않는 영혼의 손은 그대들을 찾아내어,
그대들을 강렬히 받쳐주리.
영령은 그대들의 전도를 축복하고,
그대들의 선조의 영혼은,
그대들의 혼을 분발케 하리.
영혼의 세계는
그대들의 방패되고 칼이 되리.

삼천 역사는
시방 그대들 속에 되살아나,
그대들은 수억 만의 선조의 영혼과 같이 숨쉬고 있다.
오늘이야말로 생사의 세계가 하나로 되어,
삼천 년은 일각 속에 실현되고 있도다.
출정하라, 출정하라.
그대들 뒤에는 이러한 힘이
구름처럼 충만해 성원하고 있다.

용감하게, 그러나 흐트러짐 없이,
격렬히, 그러나 정숙하게,

출정하라, 출정을.
아아, 우리들의 사랑하는 사람들아,
그리하여 그대들의 청춘을
아낌없이 불태워라.(12월 5일 경성제대 회춘원에서)

「학도출진」, 『국민문학』, 1943. 12, 『전집』 미수록

위의 두 작품이 실패작으로 전락한 것은 '시적 장치'를 제거한 데서 말미암았다. 이러한 실패작의 원인을 그가 알아차리지 못했을 이치가 없다는 사실은 장시이자 훗날 사시(史詩)라 분류한 「담징」, 「혜자」에서 유감없이 드러났다. 상대인(上代人), 그러니까 삼국시대의 고구려 승려 담징이나 혜자 등이 일본과 맺은 문화적·정신적 관계란, 그 자체가 '시적 장치'에 해당되는 것이어서 시간적 거리가 깡그리 제거된 자리이기도 했다.

(예술에 있어서는 천 년도 일각이다. 일각도 천년이다)
오오 커다란 목소리가 들려오도다.
위대한 예술이 나를 초청하도다.
나는 간다!

「담징」 종결부, 『국민문학』, 1943. 1.

이 고대인의 목소리 속엔 시간이 없다. 시적 현실이기에 그것은 환각이 아닐 수 없다. 여기엔 '내선일체' 따위의 현실이 끼어들 틈이 없다. 이 '시적 장치'로 그는 담징과 관련지어 호류지(法隆寺) 소장 「옥충주자(玉蟲廚子)」(옥으로 만든 벌레조각의 두지)에 그려진 불교설화를 내용으로 한 그림을 읊었다. 「사신사호본생도(捨身飼虎本生圖)」(『국민문학』, 1944. 1)는 굶주린 호랑이에게 몸을 던져주는 부처의 전생을 읊은 것이며 「시신문게본생도(施身聞偈本生圖)」(『국민문학』, 1944. 3)는 굶주린 악마로 분신한 제석천의 입에서 나온 진리를 얻기 위해 몸을 던지는 행자를 읊은 것이다. '내선일

체’에서 ‘학병출진’에까지 이르는 이 시적 전개가 종교에로 치닫는 것까지도 염두에 둘 수 있고 여기서 한 발자국만 나서면 바로 천황의 종교화에 닿게 마련이지만, 사토 기요시에겐 여기까지 나아간 흔적은 찾기 어렵다. 이 점에서 기독교인 사토 기요시의 완강함이 보석처럼 잠겨 있었을 터이다. 그의 제자 최재서가 막판에 가서는 ‘천황＝종교＝자연’이라는 모토오리 노리나가(本居宣長)의 『직비령(直毘靈)』에 매달렸음과는 구별되는 점이기도 하다.

사토 기요시의 시적 위엄의 정점에 놓인 것으로는 「혜자」(『국민문학』, 1943. 8)를 꼽을 수 있다. “예술에 있어서는 천년도 일각이다. 일각도 천년이다”의 시적 장치에서 「혜자」는 단연 특출하다. 『일본서기』(권22)에 따르면 고구려 중 혜자(慧慈)는 쇼토쿠(聖德) 태자가 죽자 저 세상에 가서도 모시겠다고 따라죽은 인물로 되어 있다. 고대 한일 관계의 깊은 정신적·문화적 유대가 종교의 차원으로 승화되어 있을 정도이다. 역사 장시 「혜자」에는 「벽공정도」, 「대화건통사」, 「숙명에서 천명에로」, 「성(聖)」, 「공새」 등으로 구성되어 있다. 고대인의 한일 관계란 이처럼 시간을 초월한 영원 속의 일이며 따라서 현세적이기에 앞서 전생적(前生的)이며 이른바 본생도에 해당된다.

여기까지 이르면 기독교인이자 엄격한 영문학자인 사토 기요시는 끝내 천황과 종교에까지 나아가지 않았음을 엿볼 수 있다. 『내선의 율동』속에는 「학도출진」 등도 들어 있지만, 그를 그 정도로 멈추게 한 힘은 그가 지키고자 한 예술성 그것에서 왔을 터이다. 『벽령집』에서 『내선의 율동』까지의 거리를 재는 일은 고대인의 목소리 듣기에서 판가름이 났다. 끝내 그는 ‘내선일체’와 ‘고대인의 목소리’를 소화해 낼 수 없었다. 이는 살아서 시대를 숨 쉬는 인간의 한계에 다름 아니다.

8. 사토 기요시의 '내선의 율동'과 이광수의 '내선의 율동'

사토 기요시의 '내선의 율동'의 명암을 한층 선명히 해보임으로써 이 글을 맺고자 한다. 지금까지 살펴온 것은 제국대학 교수, 영문학자이자 또 일본 시인인 사토 기요시의 '내선의 율동'에 이른 과정과 그 시적 달성에 관한 검토였다. 이 '내선의 율동'의 위상을 드러내기 위해서는 또 다른 '내선의 율동'과의 비교를 떠날 수 없다. 식민지의 최고 문인 중의 하나로 평가된 이광수의 '내선의 율동'이 그것이다.

대동아문학자대회 제1회 대회가 도쿄에서 개최된 것은 1942년 11월 3일이었다. 이 대회에 참석한, 香山光郎으로 창씨개명한 이광수는 고대 수도 나라(奈良)에서 대취한 장면을 이렇게 적은 바 있다.

저녁 식사 후 일행은 산책을 나갔다. 중지(中支, 중부 중국-인용자) 대표 周化人씨도 일행에 뒤처지지 않으려고 언덕을 뛰어 내려갔다.

나는 호텔 뜰에 초승달이 지는 것을 바라보며 옛날을 떠올렸다. 그 초승달이 아주 크게 보였다. 그것이 지는 곳은 이코마야마(生駒山)일까. 가와카미 데쓰타로 씨도 함께 달을 바라보았다.

나는 가와카미 씨에게 이끌려 호텔 술집으로 갔다. 구메 마사오 씨가 동경에서 갖고 온 산토리(일본 위스키 상표-인용자) 한 병이 남아 있었던 모양으로 위스키 소다로 해서 마셨다. 썩 맛이 좋았다.

"마셔 마셔"라는 가와카미 씨의 권유로 대여섯 잔을 거푸 마셨다. 가와카미 씨는 내가 취하기를 바란 모양이다. 하야시 후사오 씨의 수완이다. 가야마(香山)란 자식, 한번 속내를 드러내 보라는 투였다. 혹은 가와카미 씨도 나도 나라 시대에 아라이케(荒池, 나라에 있는 연못 이름-인용자) 기슭에서 함께 마시다 대취한 구연(舊緣)이 있었는지도 모른다. 내가 혜자이거나 담징의 수행원이 되어 왔는지도 모를 일이다. 행기(行基)와 동반해서 왔는지도 모른다. 훌쩍훌쩍 울고 있는 산새 소리를 미카사야마(三笠山, 나라에 있는 산 이름-인용자)에서 들었는지도 모른다. 그리하여 나는 나

라가 한없이 그립다. 가와카미 씨도 동경에서 일부러 와서 나와 나라라는
수도의 초승달에 가슴이 뛰었던 것이리라.

　　좋다. 마시자. 속내 뿐 아니라 마음속 진흙을 토해도 좋다. 나에게는 중
생에 대해 감출 어떤 일도 없다. 취해서 보여줄 추함이 있다면 그것이 나
의 참된 모습이리라. 나에게 진심을 구하는 벗에게 내 있는 그대로를 안
보이고 어쩔 것인가.

「삼경인상기」, 『문학계』, 1943. 1 ; 번역은 졸역으로 『일제말기 한국작가의
일본어 글쓰기론』[서울대출판부, 2003, pp.375~ 376]에 실려 있다

여기 나오는 가와카미는 대동아문학자대회의 사무총장인 평론가 河上
徹太郎이다. 두 가지 점이 금방 지적될 수 있다. 고대 한일 관계의 층위
가 그 하나이다. 『고대 조일관계사』(김석형)의 가설을 빌리면 반도의 삼국
이 각기 일본에 분국을 세웠을지도 모를 일이거니와 그만큼 이 무렵의
한일관계란 밀접했던 것이다. 혜자, 담징, 행기 등으로 대표되는 불교적
층위가 그 다른 하나이다. 불교란 그러니까 국가종교이자 또 문화 및 정
신적 지주 몫을 했던 것이다. 대동아문학자대회에 볼모로 잡혀온 식민지
문학자 이광수이지만, 고대 수도 나라에 와서 보면, 더구나 불교의 삼세
(三世) 연기설의 처지에서 보면 어떠할까. 일본 국가의 국빈으로 초빙된
혜자나 담징이 아닐 것인가. 너희들이 나 이광수에게 술을 퍼먹여, 속마
음을 토해 내고자 온갖 교묘한 방식으로 협박하지만(실제로 이 술자리를 목
격한 대만 작가 하마다 하야오[(浜田隼雄]의 기록에 따르면 가와카미와 구사노 신페이
[난징정부 문화공작원]가 이광수를 협박하고 있었다. 하마다 하야오, 「대회의 인상」,
『문예대만』, 1942. 12, p.21), 고대의 시선에서 보면 또 불교의 삼세 인연설
에서 견주어 보면 어떠할까. 볼모냐 국빈이냐의 차이란, 언제든지 역전
될 수 있는 인연에 지나지 않을 것이다. 이것은 적어도 불교도의 처지에
있던 이광수의 시선에서 보면 환각이 아니라 현실이었을 터이다. 장편
『원효대사』(1942)에서 그는 이 사실을 문학으로 증명코자 했다. 이러한

마음의 흐름이 이른바 이광수의 '내선의 율동'이라 규정될 수 있다면, 이는 족히 저 사토 기요시의 '내선의 율동'과 짝을 이룬다고 할 만하다. 그 매개항이 담징과 혜자였음에 주목할 것이다.

그러나 뜻있는 논자들이라면 이 비교의 유사성보다 그 차이성에 주목할 것이다. 그것은 가해자 측의 자기 희생과 피해자 측의 자기주장으로 정리될 수도 있는 성질의 것인지도 모른다.

사토 기요시에 있어 「혜자」, 「담징」이란 새삼 무엇이었던가. 이 물음은 침례교 신자 사토 기요시의 내공(內攻)에 관련되는 사항이었을 터이다. 이 내공이 그에겐 구원이었을 터인데, 왜냐면 훗날『전집』속에 큰 얼굴로 들어간 「사시 쇼토쿠태자 기타」에로 수용될 수 있는 시적 위업으로 군림할 수 있었던 까닭이다. 이에 비해 자기 주장을 앞세운 이광수의 경우는 어떠했던가. 「무정」(1917)에서 사용한 '춘원'의 이름으로 총독부 기관지『매일신보』에 한글로 쓴 장편『원효대사』속에 그 해답이 들어 있다. "파계승 원효가 나다!"라는 자기주장은 "나는 곧 민족이다!"만큼 너무 큰 얼굴이고 울림이었다. 그만큼 그에게는 자기 주장이라는 큰 울림이 요망된 증거이었으리라. 이 우위성으로 말미암아 이광수 전집 속에 당당히 또 큰 얼굴로『원효대사』가 수록될 수 있음은 물론이지만 그것이 과연 문학적 밀도에서도 그러할까 라는 의문을 던져놓고 있다고 볼 것이다.

결론을 맺기로 한다면 어떠할까. (A) 사토 기요시의 '내선의 율동'과 이광수의 '내선의 율동'이 있다는 것. 이 둘 사이엔 (B) 유사성과 차이성이 있다는 것. 그리고 또 하나. (C) 고대인의 시적 공간이 오늘에도 장래에서도 모르는 사이에 새로운 '내선의 율동'의 파문을 일으킬 수 있다는 것.

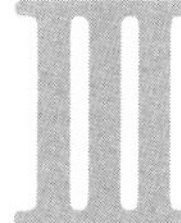

III

최재서의 일어창작

부싯돌(燧石)

최재서의 일어비평

태양을 우러러   사봉(仕奉)하는 문학
아기야 평안하거라   국민문학의 요건
시인으로서의 佐藤淸 선생

부싯돌(燧石)

전쟁은 많은 것을 발명했지만 또 많은 것을 부활시켰다. 부싯돌도 그 하나이다.

요즘 시골에 가면 부싯돌을 사용하는 백성들이 왕성하게 늘어났다. 짧은 담뱃대에 담배를 눌러 채우며 천천히 주머니 속에서 때 묻은 돌과 쇳조각을 그리고 쑥을 — 쑥도 부족하다고 보아 헤어진 솜조각을 사용하는 자도 있거니와 — 꺼내어 재깍재깍 두세 번 치면 미세한 불꽃이 쑥에 옮겨 붙는다. 그러다 쑥을 쥔 왼손으로 똑바로 동그라미를 그리듯 하여 두세 번 태우면 쑥은 연기를 내면서 붉게 타오른다. 이래서 결국은 담배의 불씨가 피어진다. 명백히 전쟁이 낳은 새로운 풍경의 하나이거니와 이는 결코 대용품이라고 말해지는 한심스런 명칭으로 부를 성질의 것이 아니다. 오히려 반대로 이것은 일종의 예스런 아취와 따뜻한 맛을 지닌 그리운 것이다.

오늘날 이러한 부싯돌이 되살아나 꽃 피는 것이란 그 얼마나 세월의 변천을 말하는 것이랴. 내가 철날 소년시절, 집안에서는 언제나 7, 8명의 머슴들이 있어 부싯돌을 쓰는 자는 그중 상투를 튼 여(呂) 노인 한 사람

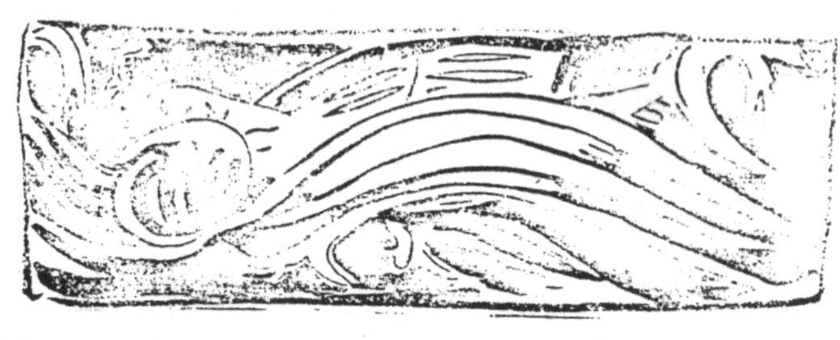

燧石

崔載瑞

戰爭は多くのものを發明したが、又多くのものを復活した。燧石もその一つである。

この頃田舎へ行くと、燧石を使ふ百姓がぼつ〳〵殖えて來た。短い煙管に刻み煙草をつめる

と、おもむろに巾著の中から手垢のついた石と鐵片と、そして艾を――艾も少いと見え、ぼろ綿

の片を使ふ連中もゐる――取り出して、カチッ〳〵と二三度打つと微かな火花が艾に燃え移る。す

ると、艾をつまんだ左の手で、丁度圓を描くやうにして二三度あふると、艾は煙を立てながら赤

々と燃える。それで結構煙草の火種になるのである。明かに戰爭が生み出した新しい風景の一つ

ではあるが、これは決して代用品などと云ふ寒々しい名稱で呼ばるべき性質のものではなく、寧

ろそれとは反對に、一種のさびと溫味とを持つに懷しいものである。

それにしても今頃燧石が返り咲くなんて何と云ふ時勢の變遷であらう。私が物心づいた少年の

頃、家にはいつも七八人もの作男がゐたが、燧石を使ふのはまだ丁髷を戴いてゐる呂爺一人しか

「부싯돌」(『국민문학』, 1944. 1)

뿐이었다. 내 기억에도 누런색 인(燐)으로 된 성냥이나 그보다 오래된 것으로 닭날개 꼬리 같은 엷은 나무 조각의 끝에 콩알만한 유황을 칠해 붙쳐 그것을 불에 가까이 하여 불을 지피어 불꽃을 내는 부목도 있기는 해도, 무엇보다 안전성냥의 진출은 놀라운 것이었다. 부싯돌을 꺼낼 때마다 여노인은 언제나 젊은 층으로부터 놀림 받지 않으면 안 되었다.

이러한 30년 전의 기억도 되살아났고, 좌우간 돌을 치는 백성들의 모습은 내게는 참기 어렵게 그리운 것이었다. 필요에서이기보다는 일종의 수집벽에서 이즈음 시골에서 살 수 있을까 물어보니, 그것은 경성에 갖가지 것이 얼마든지 있고, 종로의 야점이나 돈암정 야점에 가면 미술적으로 만들어진 쇠와 돌이 함께 산처럼 쌓여 있을 정도라고 말해주는 사람이 있다. 과연 그런 것인가, 하고 나는 다시 한 번 놀라지 않으면 안 되었다.

그런데 부싯돌을 사용하는 백성들도 단지 배급하는 성냥 대용이라는 것만의 기분이 아니라 나와 같은, 아니, 나보다 훨씬 강한 애착으로써 이 고풍스런 도구를 깔보지 않고 있음을 발견했다. 경주에서의 얘기다.

학도출진의 큰 명령이 내린 지 이미 보름. 후배 중에서 대국의 판단을 잘못하여 마침내 국가의 기대에 반하는 자가 나온다면 변명할 수 없는 일이라 22일에 경성에서는 학도선배단체가 졸지에 조직되었고, 이튿날엔 백여 명의 단원이 13개 반으로 나뉘 전 조선에 보내졌다. 나는 경상북도에 배당되어 네 명의 단원을 인솔하여 그길로 대구로 향했다.

대구에는 도(道)의 간부들과 만나고 나아가 현지의 응원을 얻어 두 반으로 갈랐다. 제1반은 경주, 포항, 영덕으로 해안선을 따라 내려오고 제2반은 안동, 의성, 영주로 경경선(京慶線)을 북상하기로 했다.

사흘 뒤에는 우리들 제1반은 소정의 땅에서 좌담회라든가 호별방문을 마치고 되돌아와 포항에서 경주행 기차에 탔다. 기차라 하나 저 성냥곽 같은 경편철도이다. 우리들이 탔을 때는 이미 만원이었다. 국민학교 아동들로부터 자리를 양보 받아 잠시 허리를 걸치는 형국이었다.

여하튼 남조선이라 하나, 10월 말인데도 이렇게 따뜻한 것은 역시 바다에서 따뜻한 바람이 불기 때문이리라. 무엇보다 무더운 속에 기차 속에서는 또 기묘한 냄새가 코를 찌르는 것이었다.

타고 있는 승객 대부분이 장사꾼으로 보이는 남자와 소수의 부인들. 부인들은 장사꾼 부대임을 곧바로 알아차렸지만 대부분의 남자는 복장도 갖가지여서 단번에 그 정체를 알기 어려웠다. 선반 위나 좌석 밑이나 입구의 자리 속에 갖가지 포장된 상자들, 좌우간 어울리지 않는 큰 화물이 비좁도록 쌓였는데, 냄새는 이 화물에서 배어나는 것 같았다. 일행 중 민감한 U(유)군이 재빨리 질문의 화살을 날렸다.

"이 냄새 코를 쥐게 하는군. 이게 뭔가요?"

하자, 터키풍의 젊은 사내가 눈을 부라리며 대답했다.

"갈치라오."

"갈치? 그러면 당신들, 암거래하고 오는 길인가?"

"뭐라고? 이 벌건 대낮에 암거래라니, 분에 넘치는 소리 축에도 못 드는 소리! 굶주림에 먹고자 하여 거저 명색뿐으로 조금 사서 온 것인데."

이번엔 옆에 앉은 호인 풍의 중년 남자가 눈을 크게 뜨고 변명했다.

"이것이 모두 아이들에 줄 선물인가? 너무 왕성한 것은 아닌지."

이로써 암거래의 일건은 웃음으로 날려버렸다. 포항을 떠날 때 얻은 감을 두 개쯤 먹자 나는 졸음이 와서 졸았다.

차 속 한 구석엔 그 억세게 높은 경상도 사투리가 요란했다. 눈을 떠 보니 어디서 탔는지 기골이 장대한 노인이 은색 수염에 싸인 낯에 시원히 홍조를 띠고 지팡이로 좌석을 두드리며 뭔가를 위세 좋게 떠들어대고 있다. 턱뼈가 빼어나고 코가 납작하며 수염이 입술을 덮을 듯이 난 전형적인 조선의 얼굴이었다. 전체의 골격은 컸으나 단지 눈만이 의외로 작았다. 그 눈이 백설의 눈썹 아래서 흡사 대리석 속에 박힌 혹 금강석처럼 이상한 매서움을 쏘아냈다.

"부싯돌의 가치란 쇠에 있지 않고 돌에 있어요. 알겠소? 극단적으로 말해 쇠는 녹만 슬지 않으면 뭐든 상관없지. 불을 일으키는 것은 돌이니깐."

그는 옆에 앉은 낡은 중절모를 쓴 터키풍의 젊은 사내에게 열심히 설명하고 있었다. 이 사내는 전부터 아무래도 쑥에 불이 붙지 않아 약간 초조해져 쇠와 돌을 흡사 마주치게 할 정도로 합치고 있었다.

"그렇게 그렇게 무턱대고 두들겨서는 안 되지. 그거야 말로 석공이 두들겨 돌을 쪼아내는 꼴이지. 진짜 부싯돌이란 이렇게 손가락에 끼고 가볍게 본래 이런 정도 두세 번 갈작 갈작 긁으면 불이 싹 붙거든. 자, 내게 빌려 주실까."

그렇게 말하며 그는 젊은 사내로부터 쇠와 돌을 뺏듯이 하여 자기 눈 앞에 가져 왔다. 잠시 음미한 뒤, 그는 장중한 목소리로 내 뱉었다.

"과연 이 쇠는 잘 갈았군요. 囍(기쁠 희자. 상표. 혹은 상서롭다는 뜻－역주)까지도 잘 새겨져 있어 아름답게 되었군. 그러나 이 돌은 잡석과 진배없군. 무엇보다 돌에는 정히 그 본바탕이 있으니까. …… 나는 지금 저 보따리 속에 하나 갖고 있거니와 흡사 영물 같지. 쇠에 닿기만 해도 불을 토해 내거든."라고 말하며 그는 홀딱 반한 눈으로 선반 위의 보따리를 처다보는 것이었다.

"아무리 그렇더라도 돌인데, 쇠에 닿기만 해도 불이 난다고? 말이 너무 지나치지 않소. 이 돌만해도 일금 3원 주었으니까." 이번에 젊은이가 받아들이기 어렵다는 듯 말했다.

"뭐라고? 말이 너무 지나치다고? 이 늙은이가 거짓말을 한다고? 그렇다면 보여줄 수밖에. 그 대신 내기를 하면 어떠할까. 만약 저 돌이 내가 말한 대로 불을 토하지 않는다면 지금부터 앞으로 갈 기차비를 지불해 주겠소. 또 만일 바라는 바대로가 아니 되면 내 부싯돌을 그대로 드려도 좋소. 그 대신 내가 말한 대로 된다면 어쩔테요? 젊은 양반.”

지금까지 노인의 얘기를 듣고 반한 차속의 사람들의 시선이 이번엔 일제히 젊은이 위에 쏟아지자 그는 낯을 피하며 우물쭈주물 고개를 숙이고 말았다.

“이 돌의 성품이란 어떤 것인가요?”라고 마침내 얘기에 걸려들어 나도 은근한 목소리로 물어보았다.

이번은 본 적 없는 또 도회인 모습을 한 내가 질문한 것이어서 노인은 내 쪽으로 향하면서 만족스런 미소를 흘렸다.

“에, 또, 부싯돌에는 정히 성품이란 것이 있거든. 아마도 이 부근에서 말한다면, 의성(義城)의 밀석(密石)이라든가 단양(丹陽)의 흑석이라든가⋯⋯ 특히 밀석이란 불가사의한 놈이지.” 그는 부싯돌을 가볍게 치는 흉내를 해 보이며 또 계속했다. “내가 시방 갖고 있는 놈이 바로 그 밀석이지.”

“어디서 그놈을 손에 넣었소?” 나는 급히 수집욕망을 암시하며 추궁해 마지 않았다.

“바로 얼마 전 대구에서 손에 넣었소. 괴상한 뒷골목에 부싯돌이랑 실패 따위 아무렇게나 벌어놓은 점방이 있지 않겠소. 그 앞을 지나자 묘하게 불기운이 오르고 있는 돌이 눈에 띄지 않겠는가. 글쎄 하고 서서 보니까 이거야말로 얼이 빠질 수밖에. 부싯돌이 아니겠소. 값을 따질 수 없는 그 밀석. 20년간 찾아 헤매던 밀석이 오롯이 잡석 속에 구르고 있지 않았겠는가.”

그렇게 말하는 노인의 얼굴 위에는 기쁨의 빛이 천천히 빛나고 있었다. 그는 여기서 얘기를 꺾어, 무엇인가를 회고하는 듯 잠시 눈을 감았다가 천천히 얼굴을 펴며 말을 이었다. “세상 속이란 재미있는 것. 전쟁이

106

터지면 부싯돌이 세상에 나오고 짚신이 인기가 있고 소달구지가 위세를 부리는 판이니까. 고마운 세상이야!" 그는 무릎을 치며 쾌재를 외쳤다.

"이 늙은이, 아직 부싯돌이 불편하다고 하여 냉대하던 치들도, 요즘엔 배급 성냥이 모자라 머쓱해지지. 또 고무신이다 지카다비(일본식 신발—역주)다 하여 요즘 백성은 짚신을 짜는 방법도 알지 못하지. 이래서야 백성이 잘 해낼 수 있을까. 이천년 이래 짚신을 신고 일 해온 백성이 아니었던가. 또 소달구지는 어떤가. 화물자동차가 넘쳐 소달구지는 즉시 쪼개서 온돌에 사용한 소양 없는 자들이 동네에도 두세 명 있지. 말은 바른 말이지 덕도 보지 않았을 터. 그런데 나라가 전력을 기울여 전쟁을 하는 단계가 되자 이러한 편리한 것들이 또 자꾸자꾸 나타나서 고마운 일이야…… 그러나 그 가게주인 영감은 20전을 주자 이 밀석을 내 던져주지 않았겠소. 너무 죄스러워 뒷맛이 안 좋아."

이번엔 모두가 놀라마지 않은 듯한 큰 소리로 웃었다.

나는 노인의 정열적인 말솜씨에 감동받아 다시 한 번 그 얼굴을 똑바로 보지 않을 수 없었다. 눈처럼 희고 풍부한 수염에 싸인 붉은 얼굴은 그렇다 치고 또한 탐스러웠다. 그의 젊디젊은 생명의 불꽃은 세월의 물결을 크게 뛰어넘어 언제까지나 지속할 것처럼 보였다. 그리고 그의 복장은 보통의 백성들의 그것과는 크게 다르지 않으나 아무래도 그를 그냥 백성이라 볼 수 없는 기품이랄까 기골(氣骨)이랄까 할 그런 것을 온몸에 띠고 있었다. 그리고 보면 이 주변 일대의 마을 마을에 아직도 가늘게 몇 백 년 가문의 전통을 이어온 무슨무슨 마을의 누구누구 씨라 일컫는 명문의 출신이 아님을 그의 말씨의 격렬한 억양만으로도 알 만했다. 생각이 여기까지 미치자 나는 그의 정체를 알고 싶어 잠시의 여유도 참지 못할 것 같은 초조함을 깨달았다.

"영감님, 실례지만 올해 연세가 어떻게 되시는지요?"라고 물었다. 그

러자 노인은 큐히 어색힌 얼굴을 하고 머리를 기울여 귀를 기울이는 것
이었다. 내 질문이 조금은 정중함이 지나쳤던 것일까 라고 생각하고 있
자니 노인은 하소연하듯 말했다.

"귀가 멀어서!"

옆에 앉은 터키풍의 젊은이가 내 질문을 경상도 사투리로 번역해서 큰
소리로 외쳤다.

"할아버지 나이를 묻고 있소."

"……" 그는 무엇인가 어눌하게 두세 번 알아차린 표정을 보였지만
점점 서글픈 미소를 띠며 오른손의 엄지를 접어 네 손가락을 펴 보였다.

"아홉이오. 아홉. 일흔 아홉이오."

"하아!" 나는 뒷말을 이을 수 없었다.

"여든 노인이라니!" 차 속의 사람들도 다시금 그 건장함에 멍한 표정
들이었다.

"여든이 되면 아무것도 할 수 없소. 귀가 바보처럼 되고 말이오. 원수
같은 귀라는 놈!"라고 말하며 그는 장난칠 듯 오른손으로 가볍게 자기
귀를 때렸다.

"꽤나 아름다운 것이 아닙니까? 우리들 젊은이가 부끄러울 지경이오."
나는 위로하느라고 말했다.

"아니. 그런데, 눈과 다리만은 이놈들은 아직 누구에게도 지지 않을게요."

과연. 그의 눈은 세월의 구름을 뚫고 나온 별처럼 날카로운 빛을 뿜는
것처럼 보였다. 나는 말없이 그 눈빛에 마음을 빼앗기고 있었다.

노인도 이를 눈치 챈 듯 방긋 웃으며 말했다.

"나는 소싯적엔 '포시'를 했거든. 그 덕분이야."

"포시?" 내가 뜻을 묻자 내 옆에 앉은 현지 출신 N씨가,

"포수(砲手)라는 것이야. 사냥꾼 말이외다."라고 표준어로 번역해 주는

것이었다.

"여기를 보소. 이것이 그 증거요."

자세히 보니 오른쪽 눈 밑에 3센티 정도의 상흔이 있어 엷은 살이 붉게 도톰히 솟아 있었다.

"이것은 저 토함산(경주의 산 이름 – 역주) 산속에서 멧돼지와 정면으로 맞섰던 때 생긴 것이지. 23살 때였지요."

"하아, 23살 때라?"

"그렇소. 아무튼 열두세 살 경에서 '포시' 따라 다녔으니까요. 나는야 평생 쇠포수격을 했지. 그래서 철포에서 떠나자 아무 쓸모없는 신세가 되었지."

"주로 무엇을 잡았습니까?"

"그야 말할 것도 없이 멧돼지지. 나는 '노루'도 잘 겨냥했지. 재미없었지. 그 대신 멧돼지 사냥은 진검승부지!" 얘기가 점점 자기 본령에 든 것으로 보여 노인은 주먹을 쥐고 무릎을 세우며 말을 했다.

"이상한 일이야. 산에 들어오면 이미 무엇이든 잊고 몸 전체가 두둥실 해지고. 다리는 흡사 날개가 난 듯하여 십 리도 이십 리도 개 뒤를 따라 힘들이지 않고 달리게 되지. 사냥의 반쯤은 개가 해주지. 이놈들이 앞으로 점점 달려가면서 사냥감을 찾아내주지. 오늘날의 세파트(사냥개의 일종 – 역주)처럼은 아니지만 조선개도 훈련된 놈은 잘 해주었지. 사냥감에 다가간 두 마리의 개는 ― 멧돼지 사냥에는 두 마리가 아니면 안 되거니와 ― 열심히 짖으면서 멧돼지 앞을 좌우로 달리며 갈 길을 방해해. 그러면 멧돼지란 놈, 씩씩 성이 나서 획 방향을 바꾸지. 멧돼지란 참 재미있는 놈이지. 일직선으로 나아가는 것밖에 모르니까. 소위 저돌맹진(猪突猛進)하는 놈이어서 옆길에 빠져 도망칠 줄 모르지. 이쪽은 바위라든가에 숨어서 가만히 철포를 겨누며 기다리지." 그렇게 말하면서 그는 급히 쥐고 있던 지팡이를 흔들어 올려 가만히 무릎 위에 쏘는 자세를 취했다. 한쪽을 감고 뜬 왼쪽 눈으로 창밖의 한 점을 응시하는 모양은 흡사 진짜 멧돼지가 시방 저쪽에서 달려오고 있는 것처럼 진지했다.

"그렇게 하는 도중 가작가작 하는 소리 속에서 검은 물체가 확 나타나 그 놈이 조준 속에 딱 맞게 들어오지. 이렇게 되면 벌써 이쪽은 참을 수 없지." 가슴 속이 벌렁벌렁하는 것처럼 노인은 주름진 얼굴을 웃음으로 무너뜨리며 온몸을 와들와들 떠는 것이었다.

"그런데 이 겨냥이야말로 큰일이야. 사냥은 그중에도 특히 멧돼지는, 어디에 탄알이 맞을까 예측할 수 없지. 가령 등이라든가 배 옆구리에 맞았다고 치자. 비계층이 7분 8분까지 되는 멧돼지의 몸인지라 잘 죽지 않지. 줄줄 폭포처럼 피를 흘리면서도 도망쳐 버리지. 그래 그 피 흔적을 따라 하루나 이틀을 걸어서 잡는 경우도 있지만 대체로는 실패지. 또 급소를 피하면 멧돼지는 미친 듯이 날뛰어 이쪽의 가슴에로 달려 들 때도 있지. 사냥꾼이 당하는 것은 보통 이런 경우야. 얼마 전 시마다(島田)의 주인이 상처 입은 멧돼지에 옆구리를 치여 드디어 죽었거니와, 애처로운 일이었지."

경주를 방문한 일이 있는 사람이라면 누구나 알고 있는 시마다 집 여관의 주인이 바로 4, 5일전 사냥 길에 나섰다가 멧돼지 이빨에 찔려 죽었다는 소문을 대구를 떠날 때 안내하던 N씨가 들려주어 알고 있었다. 무릇 얘기가 너무도 생생하게 들리는 것이었다. 노인은 눈 밑의 상흔을 가리키며 얘기를 이었다.

"내가 여기를 당한 것도 바로 그런 경우이지. 옛날 총은 오늘날의 것 같은 연발식이 아니었지. 급히 장전할 수 없었지. 끝장이라고 여길 때 멧돼지의 몸에 내 얼굴에 닿아…… 그러나 행운이었지. 이빨이 뺨을 스쳐 나를 밀어 넘어뜨린 채 멧돼지는 멀리 도망쳤으니까. 실수란, 전에도 후에도 이 한 번 뿐. 그 덕분에 명예로운 상처자국을 남겼지.”

“그러면 어디를 겨누어야 되나요?”

“그야 말할 것도 없이 관자놀이지. 관자놀이에다 힘주어 겨냥하여 꽝하고 한발 쏘지. 놈은 있는 대로 뛰면서 뻗어버리지. 간단하지.”

．

나는 눈을 창밖으로 돌렸다. 엷은 검은색에서 점점 검어 가는 산봉우리가 흡사 나라(奈良, 일본의 옛 수도 — 역주)에서 본 것 같은 곡선을 그리며 경주를 빙 둘러 싸고 있다. ‘京中十七万八千九百 四十六戶, 一千三百六十坊, 五十五里’(서울 안에 178946호, 1360동네, 길이는 55리 — 역주)나 되던 넓은 경주는 나라가 그러했듯 하나의 분지였다. 시가지 정 서쪽에 솟은 금오산을 경주의 미카사산(三笠山 나라의 산이름 — 역주)이라 부르는 것은 최근 30년을 넘지 않지만, 그러나 이렇게 서로 닮은 산이 동과 서에 있다는 것은 불가사의한 인연이라 하지 않으면 안 된다. 이뿐이 아니다. ‘나라’는 조선말. 국가 또는 나라의 수도를 의미하는 것. 두 말의 어원이 같다는 것은 학자들의 학설에 의거할 것도 없다. 이러한 나라의 수도라는 말이 두 민족에 있었다는 것은 그 명칭에 있어서도 그 관념에 있어서도 또 그 이상(理想)에 있어서도 공통되어 있었다고 말하는 것이 무엇인가 커다란 의미를 갖는 것이라 나는 양쪽을 방문할 때마다 늘 깊은 사색에는 이끌린다.

오늘날 나라에 가면, 모여 사는 유명한 사슴들이 있어 신과 더불어 있는 세계를 보여주고 있거니와 경주에는 그러한 아취 있는 것이 없다. 그러나 고대에는 어떠했을까?

『삼국유사』는 신라 제일대왕 박혁거세의 탄생을 아래와 같이 묘사하고 있다. “剖其卵得童男. 形儀端美. 驚異之浴於東泉. 身生光彩. 鳥獸率舞 天地振動. 日月淸明. 因名赫居世.”(알을 깨보니 사내아이가 나왔는데 모양이 단정하고 아름다웠다. 놀라고 이상히 여겨 그 아이를 동천에서 목욕을 시켰다. 몸에서 광채가 나고 새와 짐승이 따라 춤추며 천지가 진동하고 해와 달이 청명해지므로 그 일로 인하여 혁거세왕이라 이름했다—역주) 역시 같은 풍경이 있었던 것 같다.

경주에는 사람이 모였듯 짐승들도 모였다. 태백산맥은 단숨에 조선의 등줄기를 달려와서 여기에서 쫙 펴졌던 형국이다. 인류가 뭔가에 야기되어 이동해간 흔적은 짐승들에게도 통하지 않을 수 없는 법. 혹은 그 반대로 말할 수도 있다. 좌우간 이리하여 인간과 짐승이 경주를 중심으로 갖가지 역사상의 교섭을 가졌다. 『삼국사기』를 열면 자주 몇 년 몇 월 며칠 금지된 동산에 호랑이가 나타났다는 기사가 흡사 사람의 기사처럼 태연히 기록되어 있다. 여기에서도 호랑이에 대한 조선인의 경외심과 동시에 친애감이 나타남을 볼 것이다. 그리고 여기에 더하여 우리의 흥미를 끄는 것은 불국사 중수에 얽힌 곰의 전설이다……

가을도 깊어, 활짝 갠 높은 하늘이 청자색으로 깊어 가면 갈수록 산들의 단풍은 점점 그 선명함을 더해간다. 오늘도 앞마당 나무 가지에 작은 새 울음소리가 들리자 사냥 좋아하는 귀공자 김대성(金大城)은 벌써 참을 수 없게 되어 읽던 책을 덮고 벽에 걸린 활을 내리고 초당을 나와 곧바로 뒷문을 빠져나갔다. 향하는 곳은 귀족청년이 도도히 깔보는 들판, 불국사의 평원. 어제 당당히 도망친 한 마리 곰을 아무래도 잡아야 했다.

대성은 하루 종일 토함산 기슭 일대를 헤매었다. 마침내 찾던 그 곰을 만나 화살 하나로 보기 좋게 쏘았을 때는 이미 경주의 도성은 노을 속이었다. 그러나 염원을 이룬 대성은 피로도 잊고 유유히 산을 내려와 그 밤은 친구의 민가에서 잤다. 그런데 그 날 밤 곰의 혼이 귀신이 되어 꿈에 나타났다.

"너, 김대성, 너는 무슨 원한이 있어 나를 죽였는가! 나는 짐짓 그대를 잡아먹겠다."라고 뇌이면서 곰은 이빨을 드러내며 달려들었다. 놀란 대성이 필사적으로 손을 비볐다.

"아, 내가 잘못했다. 아무쪼록 용서해주게. 그 대신 그대의 요구를 뭐든지 듣겠다."

"좋다. 그렇다면 절 한 채를 세워 나를 위해 명복을 빌어다오."

"좋다! 칼로써 맹세하마!"라고 하며 베개 밑의 단검에 손을 대는 순간 꿈에서 깼다. 온몸에 땀이 나 무릎까지 젖어 있었다.

그로부터 대성은 발심하여 밥보다 좋아하던 사냥을 버리고 꿈의 약속대로 죽은 곰을 위해 웅수사(熊壽寺)라는 절을 곰을 죽인 그곳에, 또 장수사(長壽寺)라는 절을 처음 곰을 본 곳에다 세웠다.

이윽고 김대성은 아비 문량의 뒤를 이어 재상이 되었다. 경덕왕이 불심이 독실해 스스로 절들을 순례하며 경을 듣기도 하고 혹은 시주가 되어 공양을 열심히 하는 그런 때였다. 따라서 나라 안에는 사원의 신축이 뒤따르고 그 융성함이 전대미문이라 불렸다.

불국사는 제23세 법흥왕 22년에 세워졌지만 경덕왕 때에 이르러 그 면목을 일신할 정도의 큰 개축을 했다. 이는, 일찍이 곰의 망령에 감동되어 불교에 귀의한 김대성의 발안으로 된 것이었다. 이것은 양친의 장수를 겸해 국가의 태안을 축복하기 위함이었다.

그런데 김대성의 탄생담에는 불가사의한 얘기가 전해지고 있다. 대성은 원래는 모량리라는 마을에 경조(慶祖)라는 과부를 모친으로 하여 빈궁하게 자랐다. 머리가 유달리 크고 또 네모꼴이어서 대성이라 이름 지었다. 모친은 대성을 등에 업고 아침에서 밤까지 주인집에 가서 잡일을 하지 않으면 안 되었다. 어느 때 한 중이 주인 복안의 집에 와서 시주를 청했다. 그때 중이 이런 뜻의 노래를 읊었다.

"하나를 보시하면 만 배를 얻고 안락 장수하도다." 대성 소년은 이를 듣고 바로 집으로 달려가 호기심 가득 찬 눈을 빛내며 모친에게 묻는 것이었다.

"어머니, 지금 주인집에서 스님이 하는 경을 듣자니, 하나를 보시하면 만 배를 얻고 안락 장수한다고 했는데 정말인가요?"

"정말이고 말고! 스님 말씀에는 틀림이 없어요."

"그러면 우리 집에도 스님께 뭔가 보시하면 어떻습니까? 집이 이렇게 가난한 것은 틀림없이 전생에 아무것도 보시하지 않아서인지 모르지요."

너무도 어른스런 아이의 말에 모친은 어떤 불안의 그림자에 싸이면서도 감심한 눈짓으로,

"아아, 좋은 것을 알아차렸군. 뭔가 보시해라."

모친의 승낙을 얻자 온통 기운이 난 대성은 겨우 남아 있는 마늘 밭한 떼 분량을 스님에게 보시하고 말았다. 그런 일이 있은 지 곧바로 대성은 병이라 할 만한 병도 없이 흡사 어린 가지가 꺾이듯 죽고 말았다.

그런데 그 밤 바로 같은 시각에 재상 김문량 집에는 하늘에서 소리가 있었다.

"모량리의 아이 대성이 이 집에 태어난다."라고.

급히 사람을 시켜 모량리를 조사해보니 과연 평판 난 대성이 그 밤에 죽었고 김재상 부인도 그때 잉태하여 달을 지나 태어난 아기는 용모 훌륭한 사내 아이였다. 웬일인지 왼손을 꽉 쥐고 있었다. 이래가 지나 가까스로 펴보자 금으로 된 표에 대성 두 글자가 새겨져 있었다. 이로써 하늘의 고지가 적중했음을 알고 아이 이름을 대성이라 지었다. 동시에 모량리의 아이 대성 앞에서 슬피 우는 경조를 집안으로 맞이하여 후히 부양했다. 전설은 이러했다.

그런데 우리들은 이 전설을 어떻게 해석해야 좋을까? 위인이라 불리고 영웅이라 불릴 정도의 사람이 일시 장난삼아 길거리의 버들을 꺾듯 길거리의 여자에 손을 댔다가 가시에 찔려 곤란에 빠진 얘기는 오늘날도 옛

날에도 끊임이 없다. 그렇지만 신라왕조 시대에는 그런 사례가 많았다. 사냥에서라도 돌아오는 길에 비천한 여자에 접근하여 아이가 생겨 갖가지 파문이 이는 것, 그것도 영웅의 생애에 상응하는 삽화라고 말하는 것도 없지는 않았다.

그러나 이렇게 생긴 대성은 서자로서 생애를 초토 속에 매몰되기엔 됨됨이가 너무 뛰어났다. 그의 괴위한 풍모라든가 비범한 지력이라든가 특히 솔직한 마음씨라든가 무엇 하나 아비 문량의 감식안을 자극해 마지않는 것이 없었다. 여기서 마음먹고 대성을 집안으로 불러들여 적자(嫡子)로 삼고 동시에 그 생모도 유모라는 명목으로 맞이하기로 한 것이다. 이리하여 그의 입적을 정당화하고 하늘의 소리전설을 꾸며내는 일을 잊지 않았다. 그러나 다른 한편, 자기 애를 아프게 하여 낳은 자식을 내 아들이라 부를 수 없는 경조의 쓰라림이라니! 그럼에도 더욱 본처의 노골적인 증오의 불꽃을 태우는 눈초리와 슬며시 심부름꾼으로 모욕의 기색을 머금은 눈매! 경조의 생애는 결코 즐거운 것이 아니었고 화려한 것도 아니었다. 영리한 대성이 언젠가는 이러한 어른들의 비밀을 잘 알고 그것을 가슴 깊이 새기고 있었다.

그리하여 재상 김대성은 국왕에 헌책하여 불국사의 중수를 했다. 그 무렵 그의 가슴 속에는 슬픈 한 사람의 여인을 위해 보잘 것 없지만 진실이 실린 절 한 채를 세우고자 하는 비원이 끓고 있었다. 어린 자기를 얻고 늘 악전고투한 모친의 모습, 본가에 받아들여졌지만 냉담한 감시 속에 이를 악물지 않으면 안 되었던 모친의 모습! 이 모친의 자세를 어떻게 하면 기릴 수 있을까!

대성은 드디어 뜻을 정하고 땅을 물색해 석불사(石佛寺)를 지었다. 장소는 토함산 양지바른 산꼭대기의 기슭. 거기는 흰 구름이 떼 지어 모이는 곳. 영험스러운 샘이 솟는 곳. 아침햇살이 쏘는 곳. 저녁달빛이 비쳐오는 곳. 거기에다 석굴을 만들고 본존석가불에 여러 천불들을 배치하여 이로써 시방 정토의 나타남을 빌었다. 비원의 일단이 가득했다.

이것은 우연한 기회에 입수한 『불국사고금창기』의 기사를 토대로 하여 내가 상상하여 멋대로 본 공상세계였다. 어쨌든 장려할사, 동쪽 수도 제일이라 불리는 불국사를 세우고 나아가 불가사의한 생명의 약동을 천 년 후의 오늘에까지 전하는 석굴암을 창건한 김대성을 불교에로 인도한 것은 한 마리 곰이었다. 이러한 전설이 어느 종교사에 있단 말인가?

이렇게 여기고 보면 이는 그렇게 불가사의한 일은 아니었다, 라고 하는 것은 곰이 조선신에 다루어진 신앙의 대상이었으니까. 단군 전설에 따르면, 태백산에 강림한 환웅은 곰의 비원을 들어 여인의 몸으로 화한 곰과 혼인하여 단군왕검을 낳은 것으로 되어 있다.

조선인의 곰 숭배는 멀리 일본 땅에도 전해졌다. 규슈(九州)에 있어서는 끊임없이 신라를 통해 예(맥)족을 곰의 승격으로 불렀고 또 일반 한국인을 '고마'족이라 했다. 아마도 태백산맥을 따라 남하해온 예족, 맥족이 오늘의 강릉이나 울진 근해에서 바다로 나와 일본해의 흑조(黑潮)를 타고 단마(但馬)에 이르고 또 다른 일파는 남해안에서 직접 규슈로 건너갔으리라. 좌우간 곰도 임금도 신도 고조선어에서는 함께 그 발음을 같이 할 정도의 관계에 있었다.

후에 신라의 재상이 될 정도의 김대성의 일인지라 이런 사실을 그가 몰랐을 이치가 없다. 혈기에 내맡겨 충분히 곰을 사살했으나 이번만은 (아마도 그것은 그의 정신적 전환을 보이는 중요한 순간이었으리라) 죽을 때의 곰의 원망스런 눈초리가 늘 붙어있어 밤이면 잘 수가 없었으리라. 그것이 동기가 되어 그는 아직 눈뜨지 않은 신앙심이 눈뜨게 되어 다시 새로이 들어온 불교와 습화되어 무인 김대성은 인생 행로에 있어 다시 격심한 길에 비로소 오르게 되지 않았을까?

116

"그즈음에도 철포가 있었을까요?" 누군가가 이러한 바보스런 질문을 하자 나도 상상의 세계에서 이끌려 내려왔다. 노인은, 하고 돌아보니 멍하니 상대도 안 된다는 표정.

"그것은, 자네, 일본에서 조선에 처음 철포가 보내져 온 임진의 난 직전이었으니까 벌써 삼백년이나 되지 아마. 그렇긴 하나 오늘날의 훌륭한 연발총이 아니지. 그렇지만 기막히게 적중했것다. 하고 보면 포수란 단순한 사냥꾼이 아니지. 나라에서 부르면 전쟁에 나아가지. 이게 또 용병과는 비교도 안 될 정도로 멋진 충성을 이루었지. 하여 조선 포수라 하면 그 명성이 청나라에까지 뻗쳤지 않았겠소. 내사 배운 것이 없어 자세히는 모르나 효종 연간에 청나라가 아라사(러시아─역주)와 흑룡강 상류에서 싸울 때 조선에서 함경도 포수 50명을 빌려주어 그들을 물리쳤지. 여하튼 아라사 놈들은 뜻밖에서 철포탄이 날아와 점점 아군을 죽이니까 당황하여 내뺐다나. 방약무인한 아라사 병사에 한방 먹일 것은 다름 아닌 조선 포수였지. 그런데 이듬해가 되자 청나라에서 또 조선 포수의 원병을 청해 왔다. 당시 아라사는 흑룡강 이남으로 나오고자 끈덕지게 쳐들어 왔던 모양이야. 이에 청나라는 일만 명의 군대를 출병시켜 아라사 근거지인 호마이성을 에워싸고 20일간에 걸쳐서도 함락시키지 못해 별 수 없이 후퇴한 바였다. 거기에다 조선의 북방 9읍의 포수 2백 명에 군속 60명을 보냈다. 이들이 청나라 대군과 영고탑에서 합류해 가라강을 따라 내려갔다. 그런데 청국군 수는 일만 명 갖추어져 있었으나 철포를 갖지 않았다. 근본적으로 싸움이 안 되는 형국. 그때 조선 포수가 나서서 휩쓸어 버렸것다. 마지막엔 화전으로써 적선의 화약을 폭발시켜 10여 척을 뒤집었다. 도망친 것은 단 한 척뿐. 이 전투에서 적은 스테하노프 대장을 잃고 우왕좌왕, 결국 청군의 승리로 되었다. 그러기에 조선 포수의 승리로 되었다. 그러기에 조선 포수가 귀환할 때 "이번 전투승리는 전혀 조선군의 덕분이다"라는 청국 측의 감사의 말을 들었다. 출정한 자 중에는 청국 조정에서 작위를 얻은 자도 있었다나. 내가 어릴 때 이 얘기를 선배 스승인 강선생으로부터 몇 번이나 들었는지 모를 지경이야."

얘기를 들으면 들을수록 맛 나는 노인이었다. 그렇기에 먼젓번 젊은이의 무모한 질문은 그 질문의 당사자가 내 자신인 것처럼 되어 스스로 야단치는 생각이 들어 내 신경을 자극하는 것이었다. 여기서 나는 사죄하는 기분이 되어 노인을 향해 말했다.

"좋은 얘기이군요! 오늘날의 젊은이들이 이런 좋은 얘기를 점점 잊어버려간다는 것은 서글픈 일입니다."

"얘기 따위만이 아니지. 혼도 점점 잊어가는 것처럼 보이더군. 나는 오늘 딸네 집에 갔다 오는 길이오. 딸년은 한포(汗浦)에 살고 있지. 사위 놈은 제법 손이 넓어 어업을 하고 있소. 나로서 보면 사치스럽게 여겨지거니와 외손자 놈을 경성의 전문학교에 보내고 있지 않겠소. 그런데 저번에 애국반장님이 찾아와서, 금번 조선의 전문학생들도 일본 본국 학생과 같이 육군에 특별지원하기의 길이 열렸다, 이번 지원 나오는 학생들은 국토의 신인 황군(皇軍)의 간부가 될 자격이 부여된다는 것이어서 절호의 기회다, 조선인 학생은 모두 나가지 않는다면 거짓말이다, 라고 말하지 않겠소. 정신이 번쩍 들어 외손주 놈은 어떻게 하겠다고 하는가를 물어보았더니 자, 이게 우물쭈물하지 않겠소. 고향에 (외손주 놈이) 왔던 모양이나 (애국반장님과는) 아무런 상담도 하지 않았다는 얘기.

나는 이미 정나미가 떨어졌소. 성을 참을 수 없어 딸년에게 편지까지 낸 바 있지. 그런데 딸년도 무엇을 해보려는 단단한 뜻이 없어요. 본인의 뜻이 정해져 있지 않은 것 같다고 구차스럽게 말하지 않았겠는가. 아무 말도 지껄이지 않은 채 집을 나와 70리길을 톺아 달려왔지. 적어도 하루 120리를 걷던 다리야. 70리길이란 길도 아니니까."

나는 저런 저런 하고 여기서 드디어 여기까지 노인의 얘기를 들었으나 이젠 입을 다물 처지가 아니었다.

"그래서 어떻게 되었습니까?"

"어떻고 저떻고가 있겠소. 가자마자 이불을 젖히고 (이놈) 어떠냐 항복 할건가 여부를 밀어붙였지. 그러자 손주 놈, 후후후 하고 신묘하게도 머리를 숙이며, 할아버지 졌습니다 하더군."

"참잘 됐군요!" 나도 정신이 들어 환성을 질렀다.

"한밤중에 도착했으니까. 잠자리를 습격한 것이라 모두 당황하고 있었지. 조금은 불쌍하기도 했지."

"세상의 부모가 모두 그대같이 훌륭한 분이라면야."라는 말이 목에까지 차올랐으나 나는 침묵해버렸다. 이 노인의 말속에는 흔히 찬사 따위를 붙이지 못할 격정적인 것이 불고 있었다.

"어떻게 될 것 같소? 선생 쪽은 뭔가 알고 있어 보이는데. 삼천 몇 명이라 말해지는 학생들, 모두 기운차게 출정할까요?" 노인은 침통한 기분으로 묻는 것이었다.

"나가겠지요! 기일까지는. 아직 그 취지가 철저하지 않아 우물쭈물 하는 학생들도 있겠지만도." 나는 한편으로 내 신념에서 다른 한편으로는 이 노인을 낙담케 하지 않기 위해 단호히 이렇게 말했다.

"나는 배운 게 없어 아무것도 모르지만 이렇게 좋은 세상에 젊은이가 우물쭈물 하는 것은 썩 재미없소. 정직한 얘긴데, 조선의 젊은이에게 이렇게 좋은 세상이 일찍이 있었던가? 내 젊은 시절은 집에서 밥 먹기도 어려울 정도여서 공부를 할 수 없었지. 그렇게 편리한 것이 없었어. 도리 없이 사냥꾼이 되어 산으로 들어갔지. 그래 철포술을 익혀 경주의 배포 수(裵砲手)라면 모르는 사람이 없을 정도 솜씨가 있었지. 그래서 어떻게 되었던가. 일생 백년 중 해마다 짐승 상대였지. 가지고 태어난 피를 바칠

데가 없었지. 굳이 외부에서 공훈을 세울 데가 없시. 그래서 절치부심이었지. 우리들은 그래도 선조를 따지면 버젓한 무가 집안이지. 그 손자가 모처럼 철포를 쥔 사냥꾼이야. 첫 번째 조상님에 대해서는 미안한 말씀이지만……." 노인은 여기서 말을 끊고 조용히 눈을 감는 것이었다. 노인은 잠시가 지나자 서서히 눈을 떴다.

"내 나이 36살 때였지. 일본 수비대가 여기에 처음 왔을 때지. 아주 근사한 군복에 번쩍번쩍 빛나는 총을 메고 당당히 걷고 있는 것을 보자니 너무너무 부럽고 부러워서 한번만이라도 좋으니 저 옷을 입고 철포를 쏘아보고 싶었지. 참으로 진지하게 생각했지. 하하하."

"과연 그렇군요!" 나는 크게 긍정해 보였다.

"그런데 이번엔 우리들에게도 그렇게 될 수 있게 되지 않았겠소. 당연히 이번 나가는 학생들은 모두 위대한 군인으로 만들어 주신다는 말씀이야. 이렇게 고마운 얘기가 있으니까. 우리 외손주도 이리하여 전쟁에 나아가 서양놈들의 큰 코를 꺾어놓을 것을 생각하니 나는 비로소 조상님께 낯을 들 수 있는 듯 여겨지거든."

어느새 서늘해지기 시작했다. 해가 걸려 있지 않고 어둠이 벌써 스민 것 같았다. 기차가 경주에 가까워지는 것을 보자 들떠 내릴 차비를 하는 사람들도 있었다.

"그런데 선생, 어디까지 가시오? 뭣하면 경주에 하루 머물면 어떨까. 경주에는 아직도 돗고기를 파는 집이 있거든. 내가 모실테니, 경주의 막걸리라도…"

"고마운 말씀. 허나 우리들 일행은 아무래도 오늘밤 대구까지 돌아가지 않으면 안 되니까요."

이러는 사이, 나는 노인과 헤어지지 않을 수 없는 때에 이르렀다. 노인을 향해 거수경례를 했다. 국민복을 입었으니까. 그리하여 진정을 담아

이별의 말을 했다.

"노인장, 아무쪼록 건강히 사십시오. 그래서 꼭 한 마리 곰을 사냥해 주십시오."

그러자 노인은 놀라운 표정을 지으며 내가 올린 오른손을 두 손으로 꽉 잡으며,

"하하하, 멧돼지 말씀인가. 그렇게 해보지. 꼭 해보겠소! 아하하." 그의 웃음은 끝날 줄 몰랐다. 그리고 눈에는 부릿부릿 빛나는 것이 있었다.

『국민문학』, 1944. 1.

태양을 우러러

오라, 즐거운 청춘이여,
보라, 밝아오는 새벽,
진리의 모습인 광명의 아들을.
의혹은 맑아진다―이성(理性)의 구름도,
어두운 논의도, 영리한 듯한 야유도 모조리.
우매함은 끝없는 미로인가
뿌리는 헝클어진 길을 덮어
거기에 넘어질 사람은 시간문제인 것을!
그들은 밤에 기대어 죽은 자의 뼈에 구르고
세상에 근심을 그려 두고 모른 체하며
인도되어야 할 몸이 사람들을 이끌어 감을.

「고대 시인의 목소리」

이것은 블레이크(W. Blake, 1757~1828―역자)의 『체험의 노래』에 실려 있는 한 편이다. 이성의 악몽에 쫓겨 밤중 이리 구르고 저리 구르던 자가 새벽에 찬연한 아침의 밝음을 우러러보며 마음의 어두운 구름이 한꺼번에 불식되는 상쾌함이 잘 나타난 명시이다. 블레이크는 지금부터 150년 전에, 나아가 고대 시인의 목소리로서 이 시를 읊은 것이다.

이 고대 시인의 목소리가 오늘의 우리들에게도 오히려 절절하게 다가옴은 웬 까닭일까. 우리들은 머지않은 과거에 있어 이와 같은 체험을 가졌던 까닭이다. 지난해 12월 8일(1941년의 진주만 습격─역주) 아침 우리들은 외람되게도 선전(宣戰)의 큰 명령을 받들었고, 또 지난 5월 8일 조선에 징병제 실시의 발표를 본 것이다. 우리들 국민은 그 순간 진리의 모습인 태양신의 모습을 받들어 마음의 어두운 구름이 한꺼번에 불식되는 상쾌함을 느꼈던 것이다.

사변발발(1937년 중일전쟁─역주) 이래 세상의 지도자로 지목되어 온 문화인들 사이엔 아직도 의혹과 논쟁이, 때로는 야유조차 그치지 않아, 좌우간 국민적 진군에 부조화를 가져온 듯한 느낌을 보인 것은 그들이 대개 합리주의 속에서 자란 구세기의 아들인 탓이다. 합리주의는 그 발생 당초에 있어서는 어떠했던가를 오늘에 이른 영국과 미국의 세계제패를 웅변하는 사상적 무기로 화하였음에서 명료한 사실이다.

이 명료한 사실을 눈치채지 못하고 오히려 또한 동·서 양쪽에서 생기고 있는 신질서에 눈을 뜨지 못한 것은 합리주의에 눈이 먼 탓이다. 블레이크의 시에서 '이성의 구름'이라 한 것은 바로 이를 가리킴이다.

말할 것도 없이 아무리 완명불령(頑冥不靈)한 문화주의자일지라도 오늘의 전국(戰局)에 눈먼 자는 없으리라. 그러나 문화인 사이에 만연한 합리주의의 뿌리가 일조일석에 뽑히리라고는 생각되지 않는다. "그들은 밤이면 죽은 자의 뼈에 굴러가 세상의 근심을 제쳐 놓고 모른 척한다"라는 참담한 상태가 오히려 계속되고 있는지도 모른다. 그렇지만 이미 밤은 밝아, "진리의 모습인 광명의 아들"은 하늘 높이 솟아오른 것이다. 합리주의적 문화주의자가 이미 (사람들을─역자) 이끌 지도자가 아니고, 지도당할 자라 말해짐을 깊이 밝게 새기지 않으면 안 된다.

특히 조선의 문화인에 있어서는 죽은 자의 뼈에 굴러 갈 위험은 많다.

과거에의 집착이라 말하는 것은 오늘날엔 말 그대로 죽은 자의 뼈에 굴러 가는 결과로 되는 정세에 서기에 이른 것이다. 특히 징병제까지 포고된 오늘의 사태는 이미 논의의 여지를 허락하지 않을 정도로 분명해지기에 이른 것이다. 문화인은 충분히 이 의의를 음미하여 태양을 우러러 명랑한 심경으로 올라가야 할 터이다.

사봉(仕奉)하는 문학

옛날에 천황이 다스리는 세상에는 신분이 낮은 백성에 이르기까지 오로지 천황의 마음을 받들어서 자기 마음으로 여기고, 오로지 천황의 분부를 받잡고 공경하여 따르고 그 자비하신 그늘 밑에서 각자 조상의 신주를 모시면서 분수에 맞게 당연히 할 일만 하고 평온무사하게 살아가는 이외는 각별한 일은 없었기에⋯⋯ (本居宣長, 『直毘靈』)

一. 사봉하는 문학이란 천황을 섬기며 받드는 문학인 것이다.

二. 사봉하는 문학이란 어떠한 문학인을 말하는가, 누구나 제출하리라는 이런 질문에 직접 대답하기에 앞서 우리들은 어떻게 해서 사봉하는 문학을 내세우게 되었는가, 그 경위를 말하기에서 시작하자.

우리들은 소화 14년(1939년 – 역주)의 신체제운동 이래 실로 거친 전환과 혁명의 과도기를 겪어 왔다. 어떤 자는 민족주의에서 혹은 어떤 자는 공산주의·사회주의에서 또 어떤 자는 개인주의·자유주의에서 다시 나

まつろふ文學

石田耕造（崔載瑞）

いにしへの大御世には、しもがしもまで、たゞ天皇の大御心を心として、ひたぶるに大命をかしこみみやびまつろひて・おほみうつくしみの御蔭にかくろひて、おのもおのも神を斎りつゝ、ほどくにあるべきかぎりのわざをして、にぎひしくたぬしく世をわたらふほかなかりしかば……

本居宣長『直毘靈』

「仕奉하는 문학」(『국민문학』, 1944. 4)

아가 많은 무자각, 무사상의 작가, 시인은 거칠게 아무런 사상석 무장을 스스로에 베풀기를 여지없게 만들었다. 이러한 여러 진영에서 움직여 나온 조선의 문인들이었지만 그러나 그 목표하는 깃발은 동일한 것이었다. ××주의에서 국가주의에. 그리하여 생겨난 것이 국민문학운동이었다.

그러나 조선의 평론가나 작가나 시인들이 국가주의에 의해 의미하는 바가 구체적으로 무엇인가? 오늘, 이것을 표시할 수 있는 자료가 충분하다고는 말할 수 없다. 따라서 여기서는 단정적으로 말하는 것을 피할 참이거니와 먼저 그것이 아직 막연한 것이며 추상적이고 매우 관념적인 것이었다고 말하는 것만은 분명하다고 말할 수 있으리라.

그것은 혹은 문학이란 비록 국가적 규범 내지 통제를 벗어날 수 없다는 막연한 외포심에서 나온 것인지도 모른다. 혹은 매우 자각된 상태에 있어 문학은 국민의식에서 지어지며 국가목적에 첨부되게 운영된다는 한층 명확한 사상 밑에서 세워진 생각인지도 모른다. 그러나 그렇다고 해도 그 경우의 국가가 국가일반이기도 하고, 순수한 나치스류의 전체주의 국가이기도 하다는 것을 과연 보증할 수 있는가.

혹자는 한층 툭 튀어나와 그 자각은 국체론과 어떤 점에서 결부되어 있는지도 모른다. 그렇다면 막연하다든가 추상적이라 할 수 없으리라. 그러나 그렇다 해도 역시 이념적임을 면키 어려울 터이다. 이렇게 말하는 것은 국체론의 핵심 — 일본인이라면 하등의 이론적 조작을 거침이 없이도 체현할 수 있는 것의 — 이 결해 있다고 여겨지기에. 그러기에 기·기·만엽(記紀万葉, 『일본서기』, 『고사기』, 『만엽집』 - 역주)이 인용되고 眞淵, 宣長이 조술되고 혹은 신국론이나 팔굉일우(八紘一宇)라든가 내선일체(內鮮一體)가 주장된다 하더라도 요컨대, 그것은 문학론의 전개로서는 이론적으로는 거기까지 갔다고 하더라도 그 밑바닥에는 혈액적 신념과 정열을 동반했다고 말할 수 없다. 말할 것도 없지만 이런 경우에도 소수의 예외는 있다. 그러나 대다수의 조선문인은 그런 주장과 신념 사이에는 좁은 거리(감히 말해 괴리라 할 수는 없지만)라는 것은 졸지에 어쩔 수 없고 이를 메울 속도와 시국진전의 속도가 어긋나서 거기에 약간의 번뇌도 있었던 까닭이다.

나는 감히 번뇌라 했다. 왜냐면 그것은 우리들이 향하지 않으면 안 되는 목표의 지적 이해와 이른바 우리들이 현재 갖고 있는 감성적 습관과의 불일치 내지 간극을 의미하는 것이기 때문에.

이것을 아는 사람들이라면 징병제의 실시에 의해 조선의 문인들이 놀란 기분을 이해할 것이다. 그것은 어쨌든 갖가지 의문이나 번뇌에 커다란 종지부를 찍고 다시 명확한 목표와 거기로 향해 다시 전진할 자신감을 주는 것이었다. 많은 문인들은 이 기쁨을 조국관념의 파악이라는 말에 의해 표현했다. 바로 그것은 조국관념―조선의 문인이 아직 일찍이 가져본 바 없는 그럼에도 치열히 구해마지 않는 것이었다. 자기의 피로써 조국의 역사를 쓰고자 하는 자각은 조선문인에 있어서는 새로운 자각이자 동시에 커다란 정신적 혁명이었다.

그렇다고 거기에 의해 모든 의문과 번민이 끝났음을 고했던가? 사태는 그러나 간단치 않았다.

‘조국관념’은 심히 엄숙한 말이며 또 매우 센티멘탈한 말이다. 조선의 문인들은 이 말이 갖는 센티멘탈한 울림에 도취되어 자기를 방기하지는 않았던가? 적어도 이 말이 갖는 또 다른 하나의 엄숙한 울림에 일부러 귀를 막지 않았던가? 결론을 갖지 않는 문학이 서로 변하지 않고 세상에 행해졌다. 결론을 갖지 않는다고 한 것은 자유주의시대 이래 문학이 스스로 사랑해온 것이거니와, 실제로는 문학의 자기 멋대로에 지나지 않는 부끄러워해야 할 자기 몸의 형편을 보이는 것이었다. 결론에의 의욕을 갖지 않는 생활이란 것은 오늘 우리들의 주변에는 하나도 없다. 혼자 문학만에만 이러한 자기 멋대로를 허락될 도리는 없지 않겠는가?

문제는 언제나 간단명료했다. — 그대는 일본인으로 될 자신이 있는가? 이 질문은 다시 다음과 같은 의문을 일으킨다. 일본인이란 무엇인가? 이 질문은 다시 다음과 같은 의문을 일으킨다. 일본인으로 되기 위해서는 어째야 좋은가? 일본인으로 되기 위해서는 조선인이라는 사실을 어떻게 처리해야 하는가?

이러한 의문은 이미 지성적인 이해나 이론적 조작만으로 어쩔 도리가 없는 최후의 장벽이었다. 그렇기는 하나 이 장벽을 돌파하지 않는 한 팔굉일우도 내선일체도 대동아공영권의 확립도 세계신질서의 건설도 통틀어 대동아전쟁의 의의를 알지 못하게 한다. 조국관념의 파악이라 하나, 그러한 의문에 대한 명확한 해답을 갖지 않는 한, 구체적 현실적이라 할 수 없다.

여기서 나 자신의 체험을 말하고자 한다. 나는 작년(1943년 — 역주) 연말 무렵부터 갖가지 자기를 처리하기에 깊이 결의하고 정월 첫날(1944. 1. 1 — 역주)에는 그 수속으로 창씨(창씨개명)를 했다. 그리하여 이튿날 아침 그 것을 받들어 고하기 위해 조선신궁(남산소재 — 역주)에 참배했다. 신궁 앞에 깊이깊이 머리를 드리우는 순간, 나는 맑고 맑은 대기 속에 호흡하자, 모든 의문에서 해방된 느낌이었다. — 일본인이란 천황에 사봉하는 국민인 것이다.

三. 사봉하는 문학이란 무엇인가?

내가 단지 설날 신궁 앞에서 감득한 저 맑디맑은 기분을 문학상에 구현해가고 싶다고 하는 염원만은 별도로 아무런 이론적 준비가 있을 턱이 없다. 그럼에도 다행스럽게 자기가 말하고자 하는 것의 윤곽 및 요점이 이미 고전 속에 서술되어 있음을 알고 큰 자신을 얻었기에 여기서는 이를 중심으로 조금 소감을 말하고자 한다.

이 글 벽두의 인용문은 모토오리 노리나가(本居宣長, 1730~1801)의 『직비령(直毘靈)』에서의 일절이었다. 두루 아는 바 『직비령』은 마음을 비우고 오직 신(神)에의 길에 돌아올 것을 설한 책이다. 모두의 인용문도 다음 일절을 더하지 않으면 그 의미가 완결되지 않는다.

가령 굳이 求道를 하려면 더러운 漢籍 정신을 떨쳐버리고, 깨끗한 우리나라 정신을 가지고 고전을 잘 배웠으면 한다.

이 문장을 원문에 따라 나눈다면,

1) 옛날에 天皇의 치세에는 일반 서민까지 오로지 천황의 마음을 마음으로 하고,

2) 그저 천황의 분부를 받들고 그 자애의 그늘 밑에서 각자 祖神을 모시면서,

3) 분수에 맞게 최선을 다하고 평온하고 즐겁게 생활하는 것 이외는 각별히 아무것도 없었기 때문에,

4) 새삼스럽게 무슨 진리라 해서 특별한 가르침을 받아야 하는 일이 있을까?

5) 가령 구태어 길을 찾으려 한다면 더러운 漢籍의 精神을 치워 없애고 깨끗한 皇國精神을 가지고 古典을 잘 배워야 한다.

이 일절을 취함으로써 사봉하는 문학론의 출발점으로 삼고자 한다.

四. 천황의 마음을 마음으로 한다 함이란, 한 면에서 보면 심술궂은 사심(私心)을 가지 않음을 말함이며, 타면에서 보면 국민생활 속에 만세에도 흔들리지 않는 대중심이 갖추어졌음을 의미한다. 한 사람 한 사람의 국

민이 그 대중심에 견고히 결부될 때 국민생활상에서는 절대로 잘못이 없는 것이다. 국민생활상에 이렇다 할 분란이 없는 이상, 그 분란을 억제하고자 하는 도덕설이 생기지 않음도 대개 자연스럽다 할 것이다. 선장(宣長)은 이를 『직비령』 기타에서 반복하여 주의를 환기시키고 있다.

중국에는 과연 예부터 훌륭한 도덕설이 많았으나 그것에 의거해 중국의 세계상이 잘 다스려졌다고 보기 쉽지만 사실은 오히려 반대이다. 실제로는 세상이 다스려지지 않았기에 도덕설이 발달한 것이다. 세상의 다스려짐 여부는 도덕설의 발달과는 관계없이 흔들림 없는 대중심이 갖추어져 있지 못했음에서 말이 많은 것이다.

> 亂世에는 戰鬪가 예사가 되어 名將이 많이 나타나는 것 같이, 나라의 풍속이 나빠서 억지로 다스리려고 하기 때문에 각 시대에 그 수단을 이것저것 생각했기에 그러한 현인도 나타난 것이다.(『直毘靈』)

그러기에 이러한 귀찮은 도덕설과 다투지 않아도 자연과 세상이 잘 다스려짐이란 만세일계의 천황을 모시는 황국의 고마움이며, 그리고 여기에는 또 신이면서 말을 하지 않는 그윽한 일본의 전통도 생기는 것이다. 다시 한번 선장(宣長)의 말을 인용하면,

> 皇國의 古代는 그러한 번거로운 가르침도 없었으나 천하는 안정되고 一系의 天子가 영구히 皇位계승했던 것이다. 그래서 中國의 도리로 말할 것 같으면 이거야말로 아주 뛰어난 大道이며, 실은 길이 있기에 길이라는 말이 없고, 길이라는 말은 없으나 길은 엄연히 있었던 것이다. 그걸 과장되게 주장하는 것과 그렇지 않은 것을 생각해 보아라. 주장하지 않는다는 것은 다른 나라와 같이 시끄럽게 주장하지 않는 것을 말한다.(『直毘靈』)

그런데 이런 것은 문학적으로는 어떤 뜻을 갖는 것일까? 구라파 문학

과의 비교에 있어 이를 생각해 보자.

구라파 문학은 개인주의 문학의 대표적인 것이라 말해지거니와 또 그것에 틀림이 없지만, 구라파 문학도 당초부터 개인주의적이었을 이치가 없다. 물론 서양의 문학이 동양의 그것에 비해 그 여명기에서 인간 중심적 색채를 농후히 띠고 있었음은 사실이지만, 그러나 그것이 점점 개인주의 문학에로 되기까지에는 고대에서 중세를 거쳐 근대의 르네상스를 가질 필요가 있었다. 그 사이에 구라파의 개인주의 문학은 두 가지 큰 전통과 싸우지 않으면 안 되었다. 하나는 희랍, 로마의 휴머니즘적 전통이며 다른 하나는 중세의 기독교적 전통이다. 이 두 전통은 반드시는 근본에 있어 서로 일치되지 않고 또 세부에 가서는 자주 충돌해 왔지만 그러나 적어도 구라파 인종을— 원래 개인주의적인 구라파인종을— 끊임없이 혹은 중심에로 향하게 견제하고 억압하고 훈련함에 있어 종시 서로 일치하고 또 위대한 역할을 이루었던 것이다. 전자는 인간적 법칙의 이름에 있어 완전한 인간성을 강조하고 후자는 신의 법의 이름에 있어 끊임없이 인간의 원죄의식을 각성시켜 왔다. 이리해서 그들이 끊임없이 인간의 불완전성을 자각하고 혹은 인간의 원죄를 의식하는 한, 고전에 모방함으로써 완전한 인격에 도달코자 하고 혹은 기독교에 모방하여 신의 지휘에 따르고자 하는 한, 구라파인은 상당히 긴 기간 정신적 질서의 왕국을 유지할 수 있었다.

그러나 르네상스는 과학의 발명과 함께, 인간적 능력 및 가치에 대한 도가 지나친 자부심을 가져왔다. 인간은 동물에서 인류에의 진화의 과정을 다시 반복해 가면 드디어는 신의 예지에까지 도달하리라고. 이는 고드윈 일파의 ‘인간완성설’이다. 이렇게 되자, 인간의 원심적인 욕망을 억제할 아무것도 없다. 없을 정도가 아니라 이러한 부정적인 힘이야말로 실로 악의 근원이라 하여 배격된다. 구라파인의 제국주의도, 구라파 문학의 자연주의도, 루소도, 파우스트도, 기타 일체의 근대적 괴물들이 여기에서 배출되었던 것이다. 그렇다면 이 절대한 자신으로써 시작하는 근대 개인주의 문학은 마침내 무엇을 가져왔던가?

오늘의 구라파 지식계급은 예외 없이 이 개인주의의 피해자라 하겠거니와 그 중에는 그 해를 알고 여기에서 도망치고자 하는 인간이 전혀 없다고는 할 수 없다. 불란서에 있어서의 샤를르 모라스의 일파. 미국에 있어서의 배빗트 일파, 영국에 있어서의 엘리엇 일파. 그들은 무엇보다도 자각한 소수자의 한 사람이리라. 그중 엘리엇은 그 자신 예민한 시인이자 동시에 예리한 비평가이기도 해서 그의 작품은 세기의 병증과 그 극복에의 노력을 아플 정도로 구현하고 있다.

최초 파리 취향의 모더니즘에서 출발하여 한동안 배빗트의 고전적 휴머니즘에 심취했으나 그것도 싫어져 가톨리시즘에로 도망친 엘리엇은 오늘에 있어서는 구라파 지식계급의 정신적 방랑과 고민을 한 사람의 어깨에 짊어지고 있는 형국이다. 그가 이 정신적 방랑에 있어 끊임없이 찾아마지 않는 것은 무엇인가? 과잉한 개성에서 탈각하기(「개성멸각론」, 1917, 이것은 그의 첫 평론이다). 바위와 같이 안정된 것에의 귀의이다(「바위」, 1934). 그는 자기의 입장을 표명해 왈, "나는 문학에 있어서는 고전주의자이며 정치에 있어서는 존왕주의자이며 종교에 있어서는 앵글로·가톨릭이다"라고

나는 여기서 엘리엇을 상론할 생각은 없다. 단지 구라파의 개인주의 문학이 오늘날 어떤 상태에 입각해 있는가를 보이기 위해 그의 가장 예민한 한 사람의 환자를 보이고자 한 것이다.

그런데 구라파 지식 계급의 문제는, 그들의 개인주의의 잘못을 알고 귀의와 충성을 발심한 것만으로 해결될 수 있을까? 제이차 구라파대전 직전에 출판된 그의 평론집을 보면 엘리엇은 고전주의문학에도 존왕주의 정치에도 이미 흥미를 잃은 듯하며 가톨릭 귀의에의 한 길에 정진하

여 가톨릭적 세계 질서의 건설을 생각하고 있는 듯하다. 과연 가톨리시즘에 의해 오늘의 구라파가 수습될까? 아주 작게 해서 엘리엇 한사람의 충성심이 만족될까? 명백한 대답은 이번의 전쟁에 달려 있으리라.

이렇게 생각해 온다면 날 때부터, 만세일계의 천황을 모신 우리들의 행복은 오늘 다시, 비할 것도 없이 고마운 것이다. "신분이 낮은 백성에 이르기까지 오로지 천황의 마음을 받들어서 그 자비하신 그늘 밑에서 평온무사케" 그리하여 "알맞게 행동하여 즐겁게 세상을 건너는" 그런 것이 되는 것이다. 마음 바르지 못한 사심(私心)조차 갖지 않는다면 우리들은 구라파인이 밟아온 것 같은 곤란한 길을 밟지 않아도 그만인 것이다.

五.

'사봉하다'란 귀순과 복종을 의미하는 말이거니와 이는 원래 '받들다'에 계속을 표시하는 조동사 '후(ふ)'를 첨가한 말로서 『만엽집(萬葉集)』에서는 '사봉하지 않음'을 '불봉사(不奉仕)'라 하고 있다. 곧 '벼슬(받들기)을 안함'의 뜻이다. 이렇게 해서 사봉함이란 권력을 기초로 하는 지배와 복종의 문제가 아니라 신을 공경함을 근거로 하는 교화와 봉사의 문제라는 것이 이미 어원적으로도 암시되어 있다. 따라서 숭신천황(崇神天皇)이 사도장군(四道將軍)을 파견하실 때의 정경을 서술하길 "그 마도루파노인 등을 평(平)하게 화(和)하여"라고 『고사기(古事記)』에는 적었다.

平이란 언취이며 '고도'는 '일에 의거한다'는 '고도'와 같은 것. '무게'는 등지고 있는 것을 이쪽으로 향하게 한다는 뜻이다. 和한다는 것은 말할 것도 없이 거친 마음을 모아 기쁘게 복종케 함을 뜻한다. 평하게 화하면 만족할 만큼 평화적 교화적인 일이며 거기에는 어떤 권력적 패도적인 것은 포함되지 않는다. 그러나 그것은 결코 평화적 교화 이상으로 나아가지 않음을 뜻하는 것이 아니라 만족할 만큼 교화를 받지 않겠다는

완미 불령한 무리에는 신무(神武)의 힘을 발휘한다는 것도 역시 황도(皇道)
의 일면이다. 이 양면의 작용을 가장 잘 보이는 것은 앞에서 든 숭신천
황의 다음과 같은 조서이다.

> 백성을 이끄는 근본은 교화에 있다. 지금 여러 신에게 제사 지내어 재해
> 가 모두 없어졌다. 그런데 먼 나라 사람들은 아직도 王의 신민이 되지 않
> 았다. 아직도 王化가 미급하다. 그러니 卿을 여럿 뽑아서 사방에 보내어 朕
> 의 가르침을 알게 하라. 만일 가르침에 따르지 않은 자는 군사로써 쳐라.

정치하기와 떠받들기가 단지 그 어의에 있어 귀일될 뿐 아니라 그 실
제적 나타남에 있어서도 바로 이러했다는 것을 말하는 증거는 무엇보다
앞에 든 신무천황의 동쪽 출정의 사적 속에 역력히 관찰되는 바이다.

> 지금 나는 日神의 자손인데, 해를 향하여 적을 치는 것은 이는 천도에
> 어긋난다. 일단 퇴각하여 약한 것처럼 보이고, 하늘과 땅의 신에게 제사지
> 내고, 등에 일신의 위광을 지고, 적을 습격하는 것이 좋을 것이다. 이렇게
> 하면 칼날에 피를 묻히지 않고, 적은 저절로 패할 것이다.

[중략]

(중략된 『고사기』, 『일본서기』 등에 나오는 여러 구절들과 宣長의 구
절들은－역주) 단지 즐기는 것의 형용만이 아니다. ‘아하레’, ‘오모시로’,
‘나노시’ 등은 무엇보다 문학의 특질을 규정하는 중요한 말이며, 나아가
‘아하레’는 일본문학의 본질이라는 것도 宣長의 설함이 이와 같다. 이리
하여 미술, 연극, 문학의 실체 및 명칭이 실로 신들의 절실한 기원과 제
사 속에서 생겨난 것임을 우리들은 알 수 있다. 이로부터 생긴 예술 및
문학은 어디까지나 제사의 정신 — 신의 권위를 두려워하고, 신의 덕을
우러르는 정신 — 을 담고 있어 명랑하며 활달하고 청명하며 정직하다는

136

것은 일본문화의 전통에서 보이는 그대로이다.

宣長가 상대 생활의 모습을 묘사하여 "은근하게 숨어서 즐겁게 세상을 건넌다"는 표현을 사용한 것은 깊이 음미할 것이라 생각한다. 특히 서양문학의 전통과 비교할 때 그 진가가 한층 분명히 엿보이는 것이다.

서양문학에 있어 보통은 리얼리즘과 로맨티시즘을 전혀 상반된 문학이라 여기고 있다. 그리하여 리얼리즘은 "네 가지로 갈라진 로맨티시즘"이라 말해진다. 요컨대 양자는 서양의 개인주의가 낳은 쌍둥이문학임을 알 것이다. 요컨대 인간의 기질적 동물적 자아가 아무런 종교적 및 윤리적 억제를 가함이 없이 본능 그대로 무제한 방임할 때 그것은 그 기질에 응해서 반항적 리얼리즘에 달려가든가 혹은 센티멘탈한 로맨티시즘에 떨어진다. 세상의 로맨티스트들에 있어 무한한 고무가 되고 위로가 된 바의 프로메테우스는 희랍 신화에 나오는 영웅으로, 말하자면 신화시대의 리얼리스트였다. 그는 그 교활한 지능에 있어 인류를 능가할 뿐 아니라 실로 주신(主神) 제우스조차 때려눕힐 정도였다. 여기서 제우스는 프로메테우스에게 복수하기 위해 인류로부터 불을 빼앗아버렸다. 그러자 프로메테우스는 다시 지혜를 짜내어 하늘에 올라가 태양의 전차(戰車)로부터 불을 훔쳐 왔다. 그리하여 인류에게 불의 사용법을 가르침과 동시에 갖가지 식물이나 가축의 사육법을 가르치고 그래서 인류의 은혜자로 되었다. 드디어 제우스는 성내어 그를 코카서스 산상의 바위 위에 쇠사슬로써 묶어, 낮에는 독수리가 와서 그 생간을 쪼게 하고, 밤에는 그것이 치유되며, 이튿날 다시 쪼아먹게 하는 식으로 하고 말았다. 이 반항의 영웅, 수난의 거인은 인류의 구제자로서 희랍의 에스쿨로스를 비롯 셰익스피어, 셸리, 브라우닝, 브리치즈 등 거의 모든 시대의 극작가, 시인에 의해 읊어졌다. 요컨대 프로메테우스는 리얼리스트로서의 면모와 로맨티스트의 면모를 겸비한 형국이었다.

여기서 우리들의 염두에 떠오르는 것은 '바위열기(일본 개조천황 이야기 —역주)'의 얘기다. 마찬가지로 인류에서 불을 빼앗는다는 중대사건을 다루면서도 양자는 그 경과에 있어, 또 그 결말에 있어 어떻게 다른가. 하나는 하늘 맑음으로, 아아 재미있다, 아아, 즐겁다고 외치는 쪽이라면 다른 쪽은 인류의 마음속에 영원한 원한과 반항심을 심는다. 매일 독수리가 와서 생간을 쫀다는 얘기. 이럴 정도 음참한 얘기가 있을 수 있겠는가? 이렇게 말하는 전통 속에 자란 문학이기에 서양 문학은 인간의 지성을 극도로 주장하는 리얼리즘이든가, 아니면 고독을 견디고 겸하여 축축하게 썩은 센티멘탈리즘에는 나아갈 수밖에 없을 정도이다.

이런 사정으로 일본문학의 전통을 고찰해 보면, 그것은 가요에 있어서도 축사에 있어서도 밝고 광명적이며 집단적 화신적이며 높이 오르고 활달하다. 특히 산문문학의 모체가 되는 축시(祝詩)는 시각에서부터 인간의 제과를 씻어 사하고 맑게 하며 청정결백한 신체와 정신으로써 신을 제사지내고 그 가호를 우러르고 하는 선의와 언령(言靈)의 문학이다. 이는 인간의 욕망을 충분히 통하게 하고자 하는 인간중심의 문학이 아니라 어디까지나 신의 권위를 두려워하고 신의 덕을 우러르고자 하는 신중심의 문학이다. 그러므로 거기에는 서양문학과 같은 심각한 곳은 없으나 그 대신 깊이 혼의 기쁨이 맑게 나오는 것이다. 문학이 말하는 것은 19세기 구라파 소설밖에 알지 못하고 이따금 기쁨을 주면 오히려 괴상한 얼굴을 하는 현대의 문학애호가에게는 宣長의 '은근히 즐김'이란 말에 한층 반성하지 않으면 안 된다.

六.

앞장에서 보아온 바와 같이 일본의 문학은 귀순봉사에서 출발하여, 사봉하는 문학에로 발달해 왔음이 분명하거니와, 동시에 또 그것이 정(치)

의 문학에로 발전함도 쉽사리 긍정되리라. 제사하기가 사봉하는 것을 말함이라면 제정일치라고도 하리라. 몇 번이나 지적했듯 '사봉함'(복종귀순)이란 '귀순, 복종'에 계속되는 조동사 '후'가 첨가된 말이다. 지속화된 일상생활화된 귀순, 복종 그것이 사봉하는 것이기도 하다. 또 천황에 귀의, 수순하고 천황의 마음을 마음으로 하여 천황에의 귀의, 복종을 보좌하고 받드는 것이 정치의 의의라고 한다면 그것은 필경 사봉하는 것의 실제적 내용이 되지 않으면 안 된다. 이리하여 사봉함이란 거기까지 구체화되어, 사봉하는 문학의 논의는 이 구체화의 문학론에까지 전개된다.

宣長은 고대인이 "천황의 자비하신 그늘에 숨어서……"라고 말하면서도 동시에 "각자 분수에 알맞게 할 일만 하고……"라고 부가한 것을 잊지 않았다. 이것이 중요한 점이다. 정치는 신과 각각이 천황심을 마음으로 하여 각자의 능력을 경우에 따라서 할 수 있는 한 알맞게 행동함에, 곧 그 가장 엄밀한 의미에서 신하의 도리를 실천함에서 성립되는 것이다. 사봉하는 것은 결코 천황의 그늘에 숨어서 무위무책함을 의미하지 않는다. 그것은 어디까지나 천황심을 창조적으로 드러내어, 천황의 아름다움을 도와서 올려 빛나게 함을 요청한다. "신은 사람의 공경에 의해 위신을 증가하며 사람은 신의 덕에 의해 운명을 더한다"라고 貞永式目은 그 제일조에서 설명했다.

일본의 문학이 그 출발점에서 제사의 문학이며, 전통적으로 사봉하는 정신으로써 영위되어 왔다고 하는 것은 일본국체가 만세일계의 천황을 모시고 국민전체가 협심진력, 황운(皇運)을 떠받쳐 받들어옴과 함께 세계에 유례없는 일로서 크게 선양치 않으면 안 된다. 동시에 이것은 제사지내는 것의 면에 있어서도 같은 정도로 유례 없는가, 적어도 세계를 안고 한지붕으로 하는 웅대고매한 천황심을 체현할 수 있는 것 같은 대문학을 산출할 것인가 아닌가, 크게 반성치 않으면 안 되리라 여긴다.

이것이 오늘날 특히 반성치 않으면 안 되는 것은 말할 것도 없이 세계 신질서 건설전이라는 대동아전쟁의 필연의 결과로서, 일본문학이 적어도 대동아 십억의 문학으로 되지 않을 수 없다고 말하는 절박한 필요에서 다. 이러한 이민족을 대상으로 신일본문학은 지난날과는 다른 외관과 내용을 갖는 것은 말할 필요도 없다. 그렇다고 해서 일본문학이 저들의 안이한 다른 민족에 영합하거나 또는 자기를 방기하는 것 같은 안이한 길을 취해서는 안 된다. 그것은 자기의 본질— 사봉하는 문학으로서의 본령— 을 만족할 만큼 견지하면서 아니, 오히려 그 본질에 철저함으로써 십억의 대동아 민족을 사봉하고자 하는 적극적, 진취적 태도에로 나오지 않으면 안 된다. 그렇게 되면 어찌 십억의 대동아 민족만이겠는가. 오늘 교만불손한 미망한 꿈에서 깨어나지 못한 적 미국과 영국인도, 드디어는 우리의 황도에 사봉하는 것에 이르지 않으면 이 전쟁은 끝나지 않으리라는 것을 오늘에 와서 깊이 깊이 각오할지이다.

금년은 결승의 해라 말해지고 있다. 필시 그렇게 될 것이며 또 반드시 그렇게 되지 않으면 안 된다. 그렇지만 황도를 세계에 선포한다는 고원한 이상에서 볼 때 지금은 아직 서전의 시대라고 할 것이다. 우리들은 일찍이 자유주의나 공산주의가 우리들 속에 들어와 얼마나 맹위를 떨쳤는가를 알고 있다. 거기에 더하여 격렬한 싸움이 황도의 이름에 의해 적 국민의 마음속에 행해지지 않으면 안 된다. 황군은 이미 황도 선포의 첨병으로 되어 각지에서 싸우고 있지 않은가. 그 다음에 이어지는 것은 문화이며 그 중 문학이 되지 않으면 안 된다.

제사에서 생겨난 문학이 사봉하는 문학으로 발달하고 다시 오늘 제정일치(祭政一致)의 문학으로 발전했다고 말하는 것은 일본의 역사를 구현하는 것으로 감격의 극치인 것이다. 그러나 오늘의 일본 문학은 제정일치의 문학으로 과연 충분히 그 자격을 갖추고 있는 것일까? 일본문학의 결함으로 누누이 지적되는 바, 그 규모의 작음, 상상력의 약함, 구성의 단조함 등등은 아무래도 오늘날 일본문학이 짊어진 커다란 사명으로 덧붙여져 있다.

그렇지만 이런 것을 논함에는 또한 적당한 기회가 따로 있으리라. 여기서는 단지 제사의 문학으로서 발생한 우리 일본의 문학이 지금엔 제정일치의 문학으로서 세계에 웅비코자 함을 대망하고 그 전통인 사봉하는 정신에 철저히 하는 것에 독자의 주의를 제촉하고 끝으로 宣長의 말을 한 번 더 감상해 보이고자 한다.

저마다 조상신을 모시며 분수에 알맞게 당연히 할 일만 하고⋯⋯

(1944. 3. 3)

『국민문학』, 1944. 4.

(B) 『국민문학』 주간 시대

『문장』과 『인문평론』의 폐간과 더불어 나온 『국민문학』은 일어로 창작함을 원칙으로 했다. 여기에는 다음과 같은 논리적 단계가 요망되었다.

(1) 특수한 사명감을 띤 문학으로서의 국민문학. 식민지 지식인으로서 종주국 언어로 문학함이란 논리적으로 규정할 수 없었다. 그러기에 그는 단지 '국민의식의 문제', '비평의 문제', '기능의 문제' 등을 국민문학의 요건으로 조심스럽게 탐색했다.

(2) 고민의 종자인 조선어. 일어로 하는 문학이 국민문학일 때 제일차 난관은 조선어문제였다. 조선어를 어떻게 처리할 것인가. 이 물음만큼 결정적인 난관은 달리 없었다. 그는 이 난관을 돌파하는 길은 논리적으로는 불가능했다. 방법은 '신념'의 선택이었다. 일본인으로 되기라는 선택에다 모든 것을 돌렸다. '이론의 먹구름'을 걷는 시적 환각을 이론가 최재서는 블레이크의 시에서 보고 있었다(1943. 6). 이때 이론가 최재서는 아들 강(剛)의 죽음과 더불어 종언된 것이었다.

(3) 조선인 징병제 실시기간. 논리를 포기하고 그 자리에다 '신념'을 올려놓았을 때 문제되는 것은 '핏줄'이 아닐 수 없다. 조선민족이 일본민족으로 된다는 것은 신념만으로 과연 가능할까. 논리에 대한 의미를 몸에 익힌 최재서인지라, '신념'에 대한 논리부여가 요망되지 않으면 안 되었다. 그 논리의 모색을 가능케 한 것이 조선인 징병 실시(1943. 8)였다. 이로써 적어도 논리적으로는 '피의 동일성'(죽음의 논리)이 어느 수준에서 확보되었다.

(4) 일어창작시기 : 피의 동일성을 창작으로 보이는 방도야말로 국민문학이 지향하는 문학적 길이었다. 최재서는 「보도연습반」, 「부싯돌」, 「민족의 결혼」 등의 소설을 썼다. 그것은 고대의 한일문화관계사에서 찾았다. 담징, 혜자 등 삼국시대 반도의 선진 문화인들이 일본과 맺은 인연의 역사성이야말로 '핏줄의 문제'와 창작의 문제를 동시적으로 해결할 수 있었다. 이점에서 보면 이광수의 「삼경인상기」라든가 「원효대사」와 같은 맥락에 섰다고 할 수 있다. 그러나 이론가 최재서는 이것으로는 역시 모종의 불안감을 물리치기 어려웠다. 바로 여기에 이론가 최재서의 그다움이 있다. 곧 다음 단계 모색이 그것이다.

(C) 사봉하는 문학의 단계

여기서 주목되는 것은 최재서가 그동안 창씨개명을 하지 않았다는 사실이다. 1940년 2월에 실시한 창씨개명을 거부하여 본명으로 『국민문학』을 발간하고 또 온갖 친일적 글을 써온 최재서가 드디어 창씨개명을 한 것은 놀랍게도 1944년 1월 1일이었다. 조선인 학도병 강제 입영이 강행된 것은 1944년 1월 20일이었다. 「사봉하는 문학」은 바로 이러한 배경 아래 나온 것이어서 주목된다.

논리 대신 신념이라 하고 또 핏줄이라 하고, 또 그것을 고대 조일 문화관계 속에서 해결점을 찾고자 한 것이 일정한 한계점 그러니까 조·일 동조동근설(同祖同根說)에 흡수된다는 것을 의미하는 만큼 더 이상 나아갈 곳은 없어보였다. 왜냐면 고대적 시적 낭만주의의 환각에 해당되기 때문이다. 여기에서 한 단계 나갈 수는 없는가. 다시 말해 창씨개명을 한다면, 진짜 일본인이 되기로 작심한다면 이 때 문학자는 어째야 하는가. 이 물음 앞에 드디어 최재서는 마주쳤다. 그것은 진짜 일본적 문학정신에로 향하는 길이다. 그것이 바로 '사봉하는 문학'이다.

먼저 최재서는 宮島克一의 「사봉하는 길」(『국민문학』, 1944. 3)을 내세웠다. 신을 제사지내는 것은 천황(자연)을 섬기는 것이며 이로써 스스로 고귀해진다는 것에 그 본질이 있다는 것을 논리적으로 보여준 것이 本居宣長이었다. 특히 『直毘靈』은 그 도(道)를 논한 것이며 그것은 또 '유일신적 성격'과도 다른 것이었다. 이 신국사상은 불교적 보편주의라고 할 수 있으며 또 일본적 자연이라고도 할 수 있다(여기에 대한의 들로 子安宣邦, 『本居宣長』岩波書店 , 2001. 小林秀雄, 『本居宣長』, 新潮社, 1977 등이 있음). 유교라든가 불교도 거부하고 오직 일본적 순수 사상을 체계화한 本居宣長의 사상이야말로 일본적 사상의 정수라 한다면 이를 공부하는 것이야말로 진짜 일본인 및 일본문학자가 될 수 있는 길이지 않겠는가. 여기에 최재서가 서 있었다. 그리고 그 옆에는 은사 사토 기요시 교수의 장시 「혜자」가 나란히 서 있었다.

최재서의 이러한 편력은 논리에 대한 그다운 한 가지 최종적 몸부림이었을 터이다. 그것이 어째서 "민족의 자유와 해방을 외국문학을 통해" 이루고자 했는가라고 말한 은사 사토 기요시 교수의 지적에 대한 모종의 답변이었는지도 모를 일이다. 최재서가 인용한 『直毘靈』은 도(道)를 논의한 저술. 중국의 성인(聖人)의 도(道)를 비판하고 그 대신 순수한 일본의 신(神)의 도(道)를 내세워 그 근본을 밝힌 것이다. 일본의 '자기'의 신성화(神聖化)에 해당된다. 또 이것은 『古事記』가 『日本書紀』보다 한층 높은 단계의 것으로 보는 시선 위에서 전개되었다. 이를 두고 "異國의 反照로서의 자기[皇國 상(像)"(子安宣邦, 『本居宣長』, pp.41~46)이라 규정된다. 한편 도(道)란 통념상 聖人의 道(중국)를 말하는 통념에서 이 道에 연하여 일본 고유의 신(神)의 도(道)를 논하

는 것이 얼마나 어려운 일인가를 本居宣長 혼자만이 알고 논한 것이『直毘靈』의 의의
라고 小林秀雄은 보았다(『本居宣長』, p.411). 자기의 경험에 환원될 수 있는 사상만이
진짜 사상이라는 本居宣長에 小林秀雄이 자기의 얼굴을 발견하고 몸서리친 결과물이
최후의 저술『本居宣長』이었다.

아기야 평안하거라

죽은 아이 강(剛)에 보낸다

　네가 죽은 지 이미 이레가 지났다. 조수처럼 사이를 두고 밀려오는 슬픔과 가슴을 죄고 목을 찌르는 아픔을 나는 지긋이 씹으며 누르며 왔다. 그것은 반드시는 사람들 앞에서 꺼린다든가 언젠가 모르게 잊어버린 듯 뵈는 누나나 형들 체면을 염려해서만은 아니다. 눈물을 흘린다거나 어리석음을 드러내거나 사람에게 호소하는 것이 한없이 공허했기 때문이다. 말이나 몸짓이 얼마나 공허한가를 나는 비로소 알았다.

　한쪽 폐만으로 두달 반이란, 그것만으로도 괴로웠으리라. 그것에는 그 노련한 의사조차 손을 떨 정도의 대수술을 세 번, 주사에 이르러서는 일일이 기억할 수 없을 정도였다. 간호부가 링거주사의 큰 바늘을 들고 들어오자 너는 울면서 팔을 내밀었다. 다리는 이미 견디지 못하거니와 팔에 (주사를) 놓아달라는 네 무언의 표정에 간호부는 언제나 눈을 붉게 뜨며 병실을 나서는 상태였다.……(이것이 죽어가는 아이에 대한 부모의 의무라는 것이다. 이 얼마나 계제 사나움인가.)

　그래도 너는 끝까지 잘 싸워주었다. 말은 안 해도 병과 싸우고자 하는 네 기력은 보기에 한 가지 즐거움일 정도였다. 또 너는 아무리 열이 올라도 세끼 식사는 꼭 먹었다. 끝까지 죽이나 우유를 거부한 네 고집에는 나는 화나면서도 고개가 숙여짐을 기억한다. 그리하여 아무리 기분 나쁘더라도 지그시 눈을 감고 약을 삼키는 네 성실함에 오히려 의사가 미안할 정도였다.

성급한 이 아비는 네 쾌활한 투쟁정신에 격려되어 스스로를 채찍질하며 네 쾌유를 빌었다. 두 달 반 침상에 붙어온 어미는 피로를 잊은 듯했다. 어리지만 근기있는 네 정신은 오히려 우리들 두 사람을 격려하는 커다란 힘이었다.

그러나 병은 결국 너보다 강했다. 그래서 너를 구해야 할 우리들의 힘은 너무나 약했던 것이다. 잘되기를 바라는 나에게도 이 사실이 분명해졌을 때 너는 우리들 두 사람에만 통하는 아주 은밀한 손짓으로 머리맡을 가리키며 좋아하는 건빵을 꺼내 달라 하고 네 개 정도 씹고, 약을 먹던 물과 함께 삼키며 등불이 꺼지는 것 같이 끊어지고 말았다……

— 아가는 좋아하는 기차를 타고, 훌륭한 조부가 있는 이상한 나라에 가고 말았다. 이미 절박한 것도 찌르는 것도 싫어하는 약 삼키기도 없다.

— 아기야, 편안히 신의 가슴에 잠들거라.

조용히 눈을 감으면 혼자서 스며드는 눈물에 나는 어쩔 수 없었다. 그래서 배 아래에서 올라오는 뜨거운 것을 꾹꾹 삼키며 나는 珠數(수를 세는 구슬—역주)를 손톱으로 굴린다. (언젠가 부여의 신궁에 근로봉사 갔을 때 선물로 백마강 기슭의 고란사에서 나온 것으로 너는 이 이상한 물건을 갖고 놀기도 한 그 주수다) 주수를 손톱으로 놀리는 것은 일종의 아첨하는 것이 아닌가. 그렇게 생각을 바꾸자 바로 나는 주수를 던져버렸다. 그러나 다음 순간, 내 손은 또한 주수쪽에로 뻗어가는 것이었다. 지금의 내겐 주수를 손톱으로 굴리면서 네 명복을 비는 길 이외는 어떤 길이 달리 있단 말인가.

—아가야, 평안히 신의 가슴에 잠들거라.

　나는 너와 이별에 대한 느낌을 몇 번이나 고치지 않으면 안 되었다. 어떠냐하면 멍하게도 너와의 즐거운 추억으로 기울어짐을 느낀다. 그러나 다음 순간 홀로 말없이 앉아 있는 자신을 발견하는 것이다. 그럴 때면 낯설음이 몇 배나 가열히 몸에 스며든다. 아니, 그 현실감은 한층 격한 것에 틀림없다. 흡사 안개 낀 밤을 맥진해 오는 급행열차의 헤드라이트와 같은 것이다. 아차 할 사이 나는 현기증이 일어 현실 속에 휩쓸려 등뼈를 얻어맞아 가루가 되는 것이다. 이것을 하루에 몇 번이고 되풀이해 오고 있다. 어느 때에야 이런 헛된 반복에서 벗어날 수 있으랴.
　너를 다비에 부친 다음날 아침, 나는 뭔가 급한 마음에 홍제동 화장장을 찾았다. 그때 그곳 계원으로부터 받은 것은 뼛가루 상자 하나였다. 너의 맑디맑은 이마와 선량함을 드러내는 눈동자와 약하나 선명한 턱과 좋은 것을 보면 저절로 생기는 보조개가 한줌 재로 된다는 것은—. 강(剛)이여, 이것이 현실이란 것인가?
　그러나 네 뼈를 안고 아래의 절까지 오는 동안 나는 자신도 이상하게 견디지 못할 정도로 전혀 무감한 자신을 발견했다. 그것은 이미 인간적 감정이나 말로서는 접근 불가능한 무언가 높고 큰 세계에 네가 이미 도착했음을 보이는 것이었다. 너는 지금 신의 가슴에 안겨 우리들에게 미소를 던지고 있음에 틀림없다.

—아가야, 평안히, 신의 가슴에 잠들어라.

　어제는 미아리의 묘지에 너의 망구를 묻고 왔다. 너의 뼈를 절에다 맡기는 사이, 며칠간 날씨가 따뜻해져 지금쯤 네가 아주 즐겁게 뜰 앞을 아장아장 걸었을 터인데 도리어 마음 사납게도 날씨가 어제 아침부터 갑자기 흐려져 산위에는 찬바람이 휩쓸고 있다. 언덕 위에 귀여운 흙무덤을 만들고 그 위에 온통 잔디를 입히자 나는 갖고 온 국화를 바치고 향을 피웠다. 그만큼 적막한 장례식이었다.

시종 누구도 입을 열지 않아 흡사 너의 엄숙한 길떠남에 가슴 아파하는 것처럼. 그러나 옷을 태우는 일이 시작되자 모두의 입에서 오열의 소리가 새어나오고 눈물은 일시에 뚝이 무너진 듯하였다. 특히 네 어머니가 그렇게도 격렬히 몸부림치는 것을 나는 지금까지 본 적이 없다. 네가 쾌유되면 입히고자 병실 의자에서 짠 쉐타라든가 금년 가을에 산 나사의 오바가 완전히 재가 되어 연기로 사라질 때까지 어머니는 울음을 그치지 않았다. 나도 향이 사그라질 때까지 무덤 앞을 떠나지 않았다.

그러나 그러한 순간에도 인간의 삶이란 조금도 쉼이 없다. 장례식에 모였던 사람들은 우리들 두 사람을 위로함을 잊지 않았다. "죽은 아이는 이미 도리가 없소. 인연 없는 자라 여기고 체념하시오. 그리하여 남은 자식들의 돌봄에 전력하시오" 이런 의미의 말이었다.

그러나 강(剛)아, 나는 네가 전혀 죽었다고는 여기지 않는다. 너는 우리들이 모르는 세계에 가서 평안히 잠들고 있음에 틀림없다. 그래서 네게 가까이 말하기로 몸에 닿기도 할 수 없다고 해서 그게 무엇인가. 그것이야말로 네가 가장 확실히 존재한다고 할 증거이랴. 이미 상처입기도 쓰러지기도 할 수 없는 확호한 세계에 존재하는 증거가 아니고 무엇이랴. 너는 항시 나와 함께 있다. 나는 그것을 믿는다.

나는 너에 의해 영혼의 세계에 눈을 떴다. 너는 죽음으로써 이 귀한 가르침을 내게 준 것이다.

―아가야, 평안히 신의 가슴에 잠자거라.

생각해 보면, 이 잡지와 너와는 얕지 않은 인연이 있을 정도다. 창간호 준비로 뛰어다니는 한가운데 너는 병들었다. 너의 병이 진행됨에 따라 잡지도 각가지 고장을 일으켜 난산에 난산을 거듭했다. 둘 다 몸에 너무 무거운 짐이 되어 나는 자신의 무력함을 징징 탄식하였다. 그리하여 잡지가 드디어 나와 신간 광고가 신문에 발표된 날에 너는 이 세상을 떠났다.

그러나 너의 의식이 아직 분명히 있는 사이에 잡지를 네 머리맡에 꾸며준 것만이 그나마 위안이었다.

나는 너라고 여기고 『국민문학』을 키울 작정이다. 너의 상념과 함께 『국민문학』은 뻗어 나가리라.

— 아가야, 평안히 신의 가슴에서 잠자거라.

(강은 지난 11월 15일 만 세 살로 세상을 떠난 넷째 아들입니다. 죽기 두 달 전 감기가 폐렴으로 되고, 바로 입원시켜 진심으로 치료에 임했으나 체질이 약해 병은 점점 진행되어 폐가 상해, 수술한 결과 잠시 소강 상태였으나 드디어 폐혈증으로 죽었습니다. 부모도 미칠 수 없는 열성으로 치료해 준 김성진(金晟鎭) 박사를 비롯, 선배, 친지 제 씨의 망아 생전에 있어 베푸신 후위에 깊이 감사합니다.)

(11월 24일)

『국민문학』, 1942. 1.

국민문학의 요건

一. 국민문학은 특수한 문학이어야 하는가?

오늘날 우리들은 건전한 국민문학을 건설해야 할 중대한 책무를 지고 있다. 문단의 부침은 이 한 가지 일에 걸려 있다고 해도 된다. 따라서 국민문학론도 많이 논의되어 있으나 그 모양새로 보면 오늘에까지의 현황은 각인각설이어서 거의 귀결되는 바를 알 수 없는 형편이다. 한편으로는 국민문학을 매우 좁게 보아 극히 배타적으로 여기는 사람이 있는가 하면 다른 쪽에서는 또 국민이 읽어 감동하게 되는 작품이면 그것이 뭐든 받아들이고자 하는 관용주의의 논자도 있을 정도이다.

국민적이라 하는 문자를 쉽게 여기는 사람도 곤란하지만 그렇다고 국민문학을 너무 편협히 여기는 것도 금물이다. 국민문학은 이제부터 국민 전체가 쌓아올리지 않으면 안 될 문학인 것이다. 지금으로부터 울타리를 치고 좁게 가둘 필요는 없다. 특히 어떤 한정된 일을 한정된 방법으로 쓰지 않으면 국민문학이 안 된다고 생각하는 것은 실로 국민문학의 앞길을 잘못하는 것이다. 국민문학은 모름지기 높은 목표와 넓은 범위를 가져야 한다. 중심에 국민적 뼈대를 확실히 하고 있으면, 억지로 작고 굳을

國民文學の要件

崔　載　瑞

一、國民文學は特殊な文學なりや？

今日吾々は健全な國民文學を建設すべき厖大な責務を負はされてゐる。文壇の浮沈はこの一事にかゝつてゐると云つていゝ。從つて國民文學論も盛んな譯であるが、有り體に云へば今日までの處國民文學論は各人各說で、殆ど歸する所を知らない有樣である。一方に於いて國民文學を非常に狹いものにして極めて排他的に考へたがる人々がゐるかと思へば、他方には又國民が讀んで感動するやうな作品なら何でも取入れようと云ふ寬容主義の人もゐない譯ではない。

國民的と云ふ文字を無造作に考へる人も困るが、然しこの國民文學を餘り偏狹に考へるのも禁物である。國民文學はこれから國民全體がかつて築き上げなくてはならない大いなる文學である。今から垣を作つて狹く閉ぢこもる必要はない。

殊に或る限られた事柄を限られた方法で背かないと國民文學にならないやうに考へるのは實は國民文學の前途を過まるものである。國民文學は須く高い目標と廣い範圍を持つべきである。中心に國民的背骨さへしつかりしてゐれば無理に小さく固める必要は無いではないか？

これは文學の效用についても云へる事柄である。若し直接且つ即時的に國策の宣傳にならないやうな文學は國民文學でないと考へるとしたら、それは又どう云ふものであらうか？勿論今日高度國防國家體制下にあつて獨り文學のみが孤高の道を許される道理はない。否寧ろ文學こそ自己の天職に目醒めて積極的に國策遂行へ邁進すべきである。然しながら文學の使命は宣傳にのみありと考へるならばそれは未だ考への至らざるものと云ふべきである。文學は意識的にでも無意識的にでも國家の宣傳手段になるのであるが、然しそれと同時に

「국민문학의 요건」(『국민문학』, 1941. 11)

필요는 없지 않겠는가?

이것은 문학의 효용에서도 말해 볼 일이다. 만약 직접 또 시대적으로 국책의 선전이 되지 않아 보이는 문학은 국민문학이 아니라 여긴다면 그것은 또 어떤 점을 말함일까? 물론 오늘날 고도 국방국가체제 하에 있어 홀로 문학에만 고고한 길이 허락될 이치는 없다. 아니 오히려 문학이야말로 자기의 천직에 눈떠 적극적으로 국책수행에 매진해야 할 터이다. 그럼에도 문학의 사명이 선전에만 있다고 여긴다면 이는 아직 생각이 모자란다고 말할 터이다. 문학은 의식적이든 무의식적이든 국가의 선전수단으로 되는 것이나 그와 동시에 문학은 국민의 성격을 형성해 간다고 하는, 예로부터의 근저적인 책무를 지고 있는 것이다. 이 문제는 다음 장에서 말하고자 하거니와, 효용상에서도 국민문학은 가장 깊게 높게 고려하지 않으면 안 된다.

그럼에도 국민문학은 특수한 문학이어야 하는가는 의연히 절실한 문제로 남는다. 국민문학은 단지 문단의 막힌 상태를 타개하기 위해 이런저런 것을 모색하는 도중에서 막연히 선택된 제목이 아니다. 그것은 국민생활의 다른 여러 부분과 같이 오늘의 고도국방국가체제의 필연에 응해 이끌어낸 혁신적 문학상의 목표이다. 그것은 아직 명료한 형태와 성격을 갖추지 못했다 하나 이미 명확한 사명을 띠고 있는 문학이다. 단적으로 말해 구라파의 전통에 뿌리를 내린 소위 근대문학의 한 연장으로서가 아니라 일본정신에 의해 통일된 동서 문화의 종합을 지반으로 한 새롭게 비약하고자 하는 일본국민의 이상을 구가한 대표적인 문학으로서 금후 동양을 지도할 사명을 띤 것이다. 그러기에 이 방면에서 본다면 국민문학은 앞에서 말했듯 제재와 효용에 대하여 어떤 한정된 범위를 설정해서는 안 된다.

국민문학이란 그러니까 지금부터 세워갈 문학인 만큼 그 형태나 성격을 오늘 미리 규정할 수 없지만 그러나 그것이 이미 특수한 사명을 띤 문학이라는 점에서 보면 그 기초적 요건의 몇 가지를 지적할 수는 있으리라. 그 요건은 국민의식의 문제, 주제의 문제, 비평의 문제, 기능의 문제 등을 머금고 있으리라.

二. 작가의 국민의식

국민문학에 있어 결정적 조건이 되는 것은 창작정신으로서의 국민의식이다. 창작정신이 작가에 있어 얼마나 중요한가는 문학 이외의 사람에 있어서는 상상되지 않는 것이다. 창작욕에 불타고 있어도 창작정신이 확립되어 있지 않으면 한 줄도 쓰지 못하는 불행한 작가를 우리들은 자주 본다. 창작정신이란 어떤 통일화된 창작충동이라 할 그런 것인가? 주위의 사물에 대해 작가를 끊임없이 자극하고 긴장케 하는 것도 창작정신이라 한다면 또 작가 전체의 존재방식을 결정하는 것도 창작정신인 것이다.

정작 만주사변, 중국사변, 제이차구주대전 등 일련의 지진에 의해 작가의 창작정신에 큰 균열을 낳았다는 사실은 숨길 수 없는 현실이다. 좋든 궂든 개인의식에 의해 움직여온 것이 근대문학이다. 개성의 선양에서 그 추락에, 다시 개성의 고민에서 그 해탈로, 좌우간 개성을 추구하고 꿰뚫어 마침내 막다른 골목에 간 것이 현대문학인 것이다. 거기에까지 가자 전혀 일변한 생활조건이다. 창작 정신에 분열과 혼란이 생긴 것은 당연하고도 남는다 할 것이다.

그렇다면 작가는 어디에다 창작정신의 기둥을 구해야 할까? 이것을 오늘의 국민 의식에서 구하는 이외의 길이 없다는 것은 말할 것도 없는 바이다. 이것은 국가의 요청이거니와 나아가 골똘히 생각건대 그것은 오늘의 세계가 놓인, 어쩔 수 없는 정세에 의해 그렇게 있게 한 것이다. 이것은 전체주의적 국가든 민주주의적 국가든 할 것이 없다. 따라서 그것은 어떤 국민에 있어서도 자유선택의 범위 밖에 속하는 일이며 거기에 또 국민의식이 금후 창작정신의 통일 원리로 될 수밖에 없는 필연성도 있다고 할 것이다.

문학에 있어 국민의식이란 무엇을 뜻하는 것일까. 자기는 한사람의 개인이 아니라 한 사람의 국민이라는 것을 말하는 의식, 따라서 자기 한 사람으로서는 의미도 가치도 없는 존재여서 국가에 의해 비로소 의미와 가치를 부여받음을 자각함에서 문학상의 국민의식은 출발한다.

국가와 자기가 가치를 부여하는 것과 가치를 낳는 것으로서의 관계에 있어 긴밀히 결부되었을 때 거기서 비로소 문학상의 국민의식은 성립된다. 이리하여 문학에 있어 국민의식에는 어떤 구체적인 가치의식이 따르지 않으면 안 된다.

가령 이상이 없는 국가의 국민을 상상해 보라. 그들도 물론 혈족의식이나 나아가 생활 공동체 의식은 갖고 있으리라. 그러나 그들 속에서는 우수한 문학은 생겨나지 않는다. 그것은 개개의 작가의 창작 정신에 구체적 의미와 내용을 부여할 가치체계가 없기 때문이다. 또 만약 그들 속의 두셋의 이례적인 천재에 의해 작품이 생긴다 해도 그것은 순수히 코스모폴리탄적 혹은 퇴폐적인 작품이어서 인류 문화에 있어 하등 적극적 기여를 할 수 없으리라.

특히 우리나라의 현상을 보면 아직 정치적 단계의 영역을 넘지 못했다 하나, 동양 신질서의 건설이라는, 대동아공영권의 확립이라는, 무엇인가 인류사에 신기원을 긋게끔 하는 대이상이어서 장래 반드시는 국민의식 속에 체계화될 것이다. 그리하여 그것이 무한한 가치의 원천으로 될 것이다. 이에 있어 국민의식은 가치의식에 의해 뒷받침되어 발랄하게 예술심을 자극할 것이다.

오늘의 작가에 요청하는 창작정신은 이와 같은 국민의식에 의해 충전

되지 않으면 안 된다. 그것은 반드시는 드러낼 필요는 없다. 요컨대 국민들의 자각에 철저하고 늘 국가의 이상을 드러냄에 매진하기만 하면 된다. 따라서 국책의 안이한 이해가 아니라 그것에 의식과 가치를 찾아내고 그것을 사상과 예술 속에 생겨나게 함이 문인의 직무가 아니면 안 된다. 그 속에 살고 그 속에서 생각하지 않으면 작가는 국민적으로 될 어떤 것도 얻을 수 없으리라.

　三. 주제의 문제

　주제의 문제는 국민국가에 있어 비로소 생겨난 문제는 아니다. 국민문학의 문제가 일어나기 전에 이미 주제의 빈곤은 만성화되어 있었던 것이다. 조선문단만으로도 이 문제를 에워싸고 논의된 평론의 제목을 일일이 드는 것은 번거로울 정도이다. 그런데 어째서 개인주의적 창작(라고 크게 뭉뚱그려)에 있어 주제가 막혔던가는 한번쯤 검토해볼 가치가 있으리라.

　한동안 사회기구와 그 이면에까지 탐구의 손을 넓혔던 창작은 국내정세의 변화에 의해 그 방면의 길이 막혀 아무리 해도 자기 속에 갇히지 않으면 안 되었다. 더구나 리얼리즘이 쓸모없이 되면서부터 역사소설이나 통속소설로 내달은 작가도 있었으나 대부분의 젊고 유능한 작가는 개성묘사에 틀어박혔다. 이것은 순수예술의 흐름을 흡수하는 영예로움을 업은 것이긴 해도, 그 대신 혹독한 주제의 빈곤에 골머리를 앓지 않으면 안 되었다. 곧 아무리 개인의 내부를 탐구해 보아도 이미 쓸 것이 없었던 것이다.

　개인주의가 전성을 극한 낭만주의시대에 있어서조차 개성묘사는 곤란했던 것이다. 요컨대 작품 이전에 이미 일개의 인물로서 풍부한 또 위대한 인물이 아니면 작품으로 되지 않는다. 빈약한 인간을 아무리 골똘히 묘사해 보아도 거기에는 그 작자의 수법을 과장한 것 이외 어떤 감명도 주지 않는다. 그 위에 사회적 폭풍에 의해 등뼈가 부러져 행동능력을 거세당한 인텔리겐차의 내면 묘사나 자기 폭로란 독자의 흥미를 끌기엔 너무나 생채가 없다. 이 궁경을 타개할 갖가지 시도가 있었음은 사실이나 근본적 타개는 외부의 힘을 기다리지 않으면 안 될 형편이었다.

오늘날 문학에 있어서도 경제에 있어서와 마찬가지로 국민적 입장이 강요되고 있다. 그러나 국민적 입장은 한편으로는 새로운 것을 획득함이지만 반면에 있어서는 이전 시대의 여러 모순이나 병폐를 버리고 해결해야 한다고 하는 일면을 뜻밖에도 가볍게 보고 있는 것은 아닌지? 솔직히 말해 국민적 입장은 그러한 모순을 해결치 않으면 새로운 국민적 신망을 얻지 못하지 않겠는가. 주제의 문제도 그러하리라.

주제의 빈곤이란 요컨대 작가의 작품세계가 막혔음을 뜻하는 것. 작가는 전연 별개의 세계에 속하는 사람으로 되지 않는 한, 문제는 근본적으로는 해결되지 않는다. 국민적 입장은 오늘날 작가에 대해 전혀 새로운 세계를 제공하는 것이다. 또 그렇게 하지 않으면 안 된다.

요컨대 국민적 입장이란 국민의 요구와 이상을 대표하는 입장이다. 문학은 단지 그것을 취하면 된다. 국민이 제일 요구하는 것, 그것이 국민문학의 주제이다. 예컨대 한스 그림의 『토지 없는 백성』이 나치스 독일의 국민문학의 권위로서 선전됨은 웬 까닭일까? 그것은 숨길 수 있는 넓은 토지를 겨냥해서 웅성대는 독일국민의 숨막힐 듯한 요구를 주제로 했기 때문이다. 이는 또 이상이라 해도 좋다. 국민적 이상을 읊었기 때문에 불후의 명성을 쟁취한 국민시인의 이름은 일일이 들 수 없을 지경이다.

이리해서 국민적 입장에 설 때 작가는 무한히 풍부한 국민생활과 국민적 감정을 발견할 것이리라. 그러나 그것은 결코 책 속에서 배우거나 책상 위에서 연구하는 것은 아니다. 우선 좁은 개성의 껍질을 벗고 국민생활 속에 뛰어들지 않으면 안 된다. 그리하여 국민과 함께 기쁘고 국민과 함께 걱정하고 나아가 국민과 함께 걱정하고 나아가 국민과 함께 괴로워함에 의해 국민적 감정은 체득될 것이리라. 그 이외 방법은 없다.

이리하여 유능한 작가는 국민적 입장에 의해 구원될 것이리라. 만약 충분히 옛 껍질을 깨지 못한 자가 있다고 한다면 그는 외부의 폭풍이 와서 깨기 전에는 주제의 빈곤 때문에 굶어죽을 것이리라.

四. 비평기준의 문제

앞장에서 국민적 입장을 말했거니와 이 입장과 관련하여 꼭 다루지 않을 수 없는 또 하나의 문제가 있다. 그것은 곧 비평기준에 관한 문제이다. 이것도 앞의 주제 문제와 같이 전부터 있어온 문제로 개인주의적 입장만으로는 어떻게도 안 되는 것에 주의하지 않으면 안 된다.

지난해 평론가 이원조 씨에 의해 「비평정신의 상실과 원리」(『인문평론』 창간호, 1939. 10 – 역주)라는 논문이 발표되어 이 말은 유명해졌다. 그것은 그 당시에 있어(지금도 대체로 그러하지만) 비평계의 궁상을 단적으로 보인 말이었다. 곧 비평가는 그 지도정신을 잃었기에 확호한 기준을 세울 수 없고 따라서 행해지는 비평은 기껏해야 작품의 해석 정도여서 비평본연의 사명인 가치판단은 생각에 미치지도 못했다. 그 때문에 비평가는 하루 빨리 지도원리를 발견하고 비평의 기준을 확립치 않으면 안 된다는 것이었다. 이렇게 말해버리면 지극히 당연한 것 같지만 이 당연한 일이 오늘에 이르기까지 아무런 해결도 주지 못하고 방치되어 있음을 보노라면 그중에는 뭔가 쉽지 않는 것이 있었음에 틀림없다.

이원조 씨 자신이 분명히 발견이란 말을 사용했는지의 여부는 지금 기억되지 않으나, 새로운 원리란 발견될 성질의 것이 아니라 체득될 성질의 것이라는 사실이 오늘에 와서 분명해졌다. 곧 새로운 비평원리를 발견하고자 추상적 이념 속에서 탐색을 시도해 본 모든 노력이 무로 돌아간 지금에는 지도원리는 국민적 입장에 있어서만 체득된다는 것이 판명되었기 때문이다. 이 간단한 진리가 어째서 오늘까지 도달되지 않았을까? 이것은 결국 연구와 인식의 문제가 아니라 태도와 신념의 문제였던 까닭이다. 국민적 입장을 솔직히 수용하여 국민의식으로써 확실히 파악함이란 오늘 연구나 인식보다도 신념과 용기를 요한다. 이것이 당연한 일 중에 포함된 쉽지 않은 점이었다고 여겨진다.

비평가는 어떤 종류의 지도원리에 따라 일정한 신념을 갖지 않으면 비평은 실제상 되는 것이 아니다. 대개 작품에 대해 일시적 기분으로 좋고 싫음이나 임기응변의 의견을 말하는 것은 가능하나 일정한 질서와 가치 판단으로써 하는 진짜 비평은 되지 않는다. 비평가의 감수성이 예민하고 그 교양이 풍부하면 그에 따라 엄연한 비평원리가 필요해진다. 어쩌면 이러한 내면적 지각을 유효하게 짜내기 위해서는 신념에 의해 뒷받침된 원리를 필요로 하기 때문이다.

그런데, 앞에서 되풀이한 바와 같이 개인주의적 입장에서는 이러한 원리는 이미 절대로 불가능해졌다. 아무리 감수능력을 세련시켜 문학적 수련을 쌓아도 이미 타개의 여지는 없다. 이는 근본적 태도와 신념의 문제인 까닭이다. 국민적 입장은 창작의 경우에 있어서와 같이, 비평의 경우에 있어서도 수많은 유능한 사람을 구제할 것이며 또 그렇게 하지 않으면 안 된다.

이렇게 말한다 해서 국민적 입장에 선 곳에서 당장 유효한 비평원리가 나오지 않음은 말할 것도 없다. 앞에서도 언급했지만 문학에 있어서는 국민의식은 막바로 문학으로 번역되는 것이 아니면 안 된다. 살아 있는 국민의식을 어떻게 문학에 적용하는가, 이러한 문제를 취급하는 것에 의해 새로운 비평원리는 서서히 이루어지는 것이리라. 그리하여 이 점이야말로 금후의 비평가의 임무인 것이다.

끝으로 주의할 것은 국민적 입장상 비평원리를 세운다는 것이 소위 저 준승규구(準繩規矩)가 되어서는 안 된다는 것이다. 비평의 기준을 하나의 기준에만 의거하는 융통성 없는 것으로 하는 것은 어떤 경우에도 냉소주의 같은 것이어서 배척되어야 하지만 특히 이번 경우에는 비평의 기준에 넉넉함이 있었으면 한다. 모처럼 싹이 트고자 하는 국민문학이 편협한 측도 탓에 굳어진다면 큰일이다. 비평은 문학을 살려낼 수도 있지만 죽일 수도 있기 때문이다.

五. 국민 성격 형성력으로서의 문학

국민화에 의해 문학은 새로운 기능을 획득한다고 하기보다는 오히려 낡은 기능을 부활하는 것이리라. 그 본래의 윤리적 교육적 기능을 부활하는 것이리라. 그러나 단지 평면적으로 교훈적이기보다는 차라리 역사적으로 국민적 성격의 형성력으로서의 문학이 강조돼야 하리라.

시는 최초 무지몽매한 인민에게 법률을 가르치는 수단으로 고안된 것이라 한다. 이는 명백히 교육수단으로서의 문학의 탄생을 입증하는 것이다. 그러나 그 후 인지의 발달은 문학에서 이런 기본적 역할을 빼앗고 윤리학, 정치, 신학 등의 전문적 학문을 독립시키고 말았다. 그리하여 문학은 유락의 수단으로서만 존속을 허락받게 되었다. 시대적으로 다름은 있다 해도 문학적 기능의 축소화는 시대와 함께 나아가 마침내 근세의 자유주의적 개인주의 시대에 있어서 그 절정에 달했다. 이 시대에 있어 문학은 최악의 경우 쾌락의 노예이며 최선의 경우 개성의 탐구 및 그 순화였다. 그리하여 그것은 다시 복잡 미묘한 쾌락을 동반함이 보통이었다. 이래서 고전문학에 있어서와 같은 교육이나 훈련의 요소를 사갈시하여 싫어하고 몇 사람의 고전주의자의 외침에도 불구하고 심미주의는 비평원리의 왕좌를 점하기에 이른 것이었다.

금세기에 들어서부터 문학에는 이런 바람직한 성능을 되찾고자 가장 눈뜬 활동을 한 것은 뭐라 해도 나치스 독일의 이론가들이었으리라. 시가의 근원을 민족의 예지에 있다고 하고 그 시가는 민족성의 형성력으로서 종속을 허락한다는 것이 나치스 문예 이론의 근저를 이루고 있어 보인다. 그러나 이렇게 문학의 윤리적 방면을 강조하는 것은 어쩌면 독일이나 이태리에 한정된 것은 아니다. 데모크라시 나라들에 있어서도 이미 대전 이전부터 휴머니즘 속에 이런 경향이 현저히 나타나 대전 발발 이후에 특히 이것이 농후해진 것 같다. 한동안 전혀 인기 없던 영국의 시인 테니슨이나 브라우닝 등의 교훈시가 비상한 세력으로 부활했다는 것은 이런 사례의 하나이리라.

국가의 존망이 위태로운 비상시에 있어 문학이 쾌락의 수단에서 뚜렷하게 그 본래의 윤리적 사명에 되돌아옴이란 너무도 당연한 얘기다. 전시와 평시를 막론하고 시인이 그 국가와 국민을 위해 읊은 시가가 고난의 시대에 있어서 다시 국민에 의해 회상되고 외경되고 감사된다는 것은 문화국의 특전이자 행복이다. 고난에 있어 일찍이 또 읊어질 시를 갖지 않은 국민은 얼마나 슬픈 국민이랴.

이렇게 말해도, 문학의 윤리성은 고전과 결부되는 것만 여겨서는 안 된다. 오히려 보다 많이 젊은 시인이나 작가와 결부시켜 생각하는 것이리라. 요컨대 우리들은 국사다난한 때 낡은 교훈적 문학을 살펴 말하는 것만이 아니라 다시 나아가 교훈적인 문학을 창조해야 하는 것이다.

그렇다고 해서 교훈적인 문학을 창조하는 것은 단지 표어나 교의나 유행적 사상을 평면적으로 나열한 문학을 짓는 것을 말하는 의미는 아니다. 다음 세대의 국가를 짊어지고 갈 국민의 성격에 어떤 실질적 영향을 주고, 또 그것을 국가적 이상에 따라 형성해가는 그러한 문학을 창조하는 것이다.

그러기 위해서는 무엇보다 먼저 시인이나 작가의 마음의 준비가 제일 중요하다. 단순히 자기나 타인을 즐겁게 하기 위해 혹은 자기의 고민에서 구출되기 위해 문학을 짓는 것이 아니라 국민을 가르치기 위해 국민을 구성하기 위해 쓴다고 하는 격렬한 의욕이 없이는 참된 국민문학은 생겨나지 않을 것이리라. 그러므로 작가는 먼저 문학을 표현이라는 관념을 버리고, 문학은, 아니 문학이야말로 교육이라고 하는 신념을 붙잡지 않으면 안 된다. 그리하여 자기가 쓰고 있는 것을 젊은이들이 읽고 과연 어떤 영향을 받는가를 항시 생각하지 않으면 안 된다. 여기로부터 작가의 국가적 사명은 눈뜨는 것이리라.

(필자는 본지 주간)

『국민문학』 창간호, 1941. 11.

시인으로서의 佐藤淸 선생

『벽령집』의 출판을 기회로 하여

사토 선생이라 부르는 것이 내게 있어서는 무엇보다 자연스럽다. 사토 선생은 사람들이 아는 바와 같이 경성제대의 영문학 주임교수이며 일본의 영문학 연구를 있게 한 몇 명 중의 한 분이다. 그러나 나는 오늘 이 방면에 있어 선생의 공적을 말하고자 하지 않는다. 선생은 처음부터 시인이었음을 특히 강조하고자 한다. 문과의 선생 중엔 더러 시를 짓는 사람이 있긴 하나 사토 선생의 경우, 시짓기란 결코 아무데나 있는 여기적, 부업적인 것이 아니었다. 시작이야말로 선생의 생명이 깃든 일생의 사업이었다. 설사 그 작품이 과소하다 할지라도.

선생은 자주 일본문학을 위해 영문학을 연구한다고 하고 학생들에게도 그것을 권했다(제자들 중에 실제로 문학활동에 뛰어든 자가 나오는 것을 선생은 가장 기뻐했다). 그러나 학생들 중에는 있는 그대로 받아들이지 않고 그것을 선생의 자기변명이라 보는 자도 있었던 것 같다. 그것은 선생의 학자적 일면만을 보고 시인적 일면을 보지 않은 자의 말이었다. 친하게 선생의 생활과 작품에 접해본 자에 있어서는 그것은 조금도 과장없는 말이었다. 그것은 선생이 바로 최근 『국민문학』 주최 「국민문학 강좌」에서 행한 강연(「일본 시가의 전통과 현대시」)을 들은 사람이라면 수긍했으리라 생각된다.

선생의 영문학 연구는 시종일관 영시의 정수를 추구하는 일에 향해 있었다. 그것은 또 영국 본 바닥의 정통적 연구태도 그것일 터인데 그 점에서 선생은 영국비평의 전통에 충실했다고 할 수 있겠다. 좌우간 일본의 외국문학 연구자들이 사조의 흐름을 좇는 것에 급해서 이론이나 체계를 내세우지 않는 반면, 문학정신이라든가 시적 정신의 발전에는 눈을 돌리고자 하지 않는 속에서, 그 학적 생애의 거의 전부를 화려하지 않은 일에 바친다는 것은 선생의 학자적 결벽에 기초된 것은 물론이거니와 동시에 그 비밀을 취해 와서 일본의 시를 살찌우고자 하는 시인적 열정이 없었다면 될 수 없는 일이라 여겨진다. 영문학이라 하면 자유주의 개인주의의 소굴로서 오늘날 지탄의 표적이 되어있는 것 같고 또 그것은 어느 정도 사실이거니와 그러나 결코 그것뿐은 아니다. 그것만이 아닌 증거를 우리들은 바로 사토 선생의 경우에서 보는 것이다.

나는 앞에서 영문학자로서의 사토 선생을 말하고자 함이 아니라고 했지만 이렇게 되면 아무래도 중요한 점만은 지적해두지 않을 수 없다. 선생은 영문학에서 배워 얻은 그 문학론과 나란히 창작 상의 신조로 한 것은 이메지네이션이었다. 말할 것도 없이 이것은 영문학─이라고 하기보다 구라파문학 전체의 본질인 만큼 사토 선생의 창견도 아무것도 아닌 것이지만 이 요소가 일본문학에 있어 제일 결여된 요소이고 따라서 새로운 일본문학은 이 요소를 풍부히 받아들이지 않으면 안 된다고 한 바는 선생의 탁견이라 생각한다. 그런데 그것을 학설이나 논의로서 서술했을 뿐 아니라 실제로 시작을 통해 그것을 보였다는 곳에 선생의 지울 수 없는 공적이 있다고 생각한다.

그렇다면 이메지네이션이란 무엇인가? 여기서도 전문적 논의에 이르는 것을 피하거니와 대체로, 단계적으로는 세 가지 의미를 구별할 수 있다. 첫째는 가장 얕은 단계에 있어서의 상상이라는 의미. 둘째는 이미지(심상)를 짓는 작용이란 의미. 셋째는 모순의 조화(혹은 대립의 종합)라는 의미. 이 셋은 결국은 하나의 심적 과정의 다른 단계인 것은 말할 것도 없다.

그렇다면 이메지네이션의 요소가 선생의 실제 작품 속에는 어떻게 나타나 있는가. 그것을 일일이 보이고자 하는 것은 이 글에서는 짐이 너무 무거워서 (실은 이 글에서 주로 시집 『벽령집』의 작품을 음미함이 나의 목적이다) 그 대표적 작품의 이름을 들고 몇 개의 특징을 지적함에 그치고자 한다.

싱가포르 함락(1942. 2. 15 – 역주)을 기념하는 「사항(獅港)」(『국민문학』 2월호)을 읽으면 흡사 세계지도를 보는 것 같다고 평하는 사람이 있다. 그러한 사람은 아주 동떨어진 감상에 지나지 않는다. 싱가포르 최후의 장면이 그러한 세계 속에서 산산이 흩어지는 적측 도시들에 얼마나 충격과 격렬한 고통과 치욕을 주었는가를 이 시는 풍부한 상상력으로써 시각화한 것이다. 이러한 국민적 감격을 이런 정도로 객관화한 시를 나는 아직 읽은 바가 없다. 「현재(玄齋)」(『벽령집』)는 이와는 다른 이메지네이션의 시이다. 한 장의 그림을 보고 화가의 묘사하는 자세를 방불케 하는 곳, 부주의한 독자는 이를 현실의 장면과 혼동할 터이리라.

또, 『구름에 새』에 나오는 「바다」나 「찰나」의 저 작열하는 듯한 인상은 무엇이랴. 하나하나의 이미지 속에 충분 — 포화상태가 될 때까지 — 감각이 스며들어 그것이 불타오르고 있는 것이다. 또 『바다의 시집』에 나와 있는 「5월」이나 『벽령집』에 수록된 「광화문통·6월」은 아주 느릿하고 상쾌한 것이지만 역시 이메지네이션에 의해 독자의 심안에 강하게 강하게 낙인되는 시이다.

선생의 시집 중, 『바다의 시집』은 가장 양심적인 것으로 여겨진다. 사랑, 죽음, 법열, 동경 등의 형이상적인 주제를 취급하여, 갖가지 모순되는 감각이나 정서나 관념의 조화를 꾀하고 있다. 이러한 시가, 소재에도 불구하고 추상적 관념시에 끝나지 않은 것은 역시 이메지네이션 덕분이리라.

선생의 시를 읽고 있노라면 나는 흄(T. E. 흄―역주)의 말을 상기한다. "시란 무엇인가에 대해 감탄한다든가 징징 우는 말을 나열치 않으면 시가 아니라는 투로 사람들은 생각하고 있는 것 같다. 나는 그러한 구중중한 것에는 반대한다. …… 정확한 묘사만이 시의 바른 목적이라는 것을 그들은 모르고 있다. 시라고 하면 무한이라든가 심각한 것 등으로 말해지는 것에 얽힌 일군의 정서가 들어오지 않으면 안 된다고 그들은 생각하고 있다."(「낭만주의와 고전주의」) 그래서 정확한 묘사라 함에 대해 계속해서 그는 일찍이 아래와 같이 덧붙이고 있다.

> 시의 큰 목적은 정확하고 직재명확한 묘사인 것이다. …… 그런데 여기에는 두 가지 구별할 일이 있다. 먼저 첫째는 사물을 있는 그대로 보기 ― 곧 우리들이 늘 보아온 인습적인 시선에서 벗어나서 보기 ― 라는 마음의 특수기능인 것이다. 이것은 그 자체 완전히 의식되어 있는 일이 극히 드물다. 둘째로, 집중화된 마음의 상태―곧 자기가 본 것을 현실적으로 표현하는 데 필요한 자기파악인 것이다…… 이와 같은 성실성을 얻게 되면 무한이니 진지함이니 하는 것을 끌어들이는 일 없이 올바른 예술의 근본적 특징을 반드시 얻게 되는 것이다.

이런 것은 사토선생의 시를 설명함에 알맞은 말이다.

처음의 독자가 선생의 시에 덤벼들지 않음은 센티멘탈한 달콤함이 없기 때문이다. 여섯 권의 시집을 훑어도 달콤한 시라 할 만한 것은 「기도」한 편 정도이리라. 그것 역시 결코 센티멘탈하다고 할 수 없다. 그렇다면 선생의 시엔 뭐가 있는가. 정확한 묘사―흄이 말한 의미의 정확한 묘사가 있다. 인습적 시각에서 떠나 사물의 진상에 육박하여 그 본 바를 정확히 직재명확한 이미지에로 형상화함이 선생의 시다. 그래서 대상의 참 의미와 가치를 찾아냄이 선생의 시를 쓰는 목적이라 여겨진다. 이리하여 센티멘탈리즘이나 애매함이나 기타 일체의 부속물을 제거하고 (그러나 선생의 시에 상징적인 것이 없지는 않으나) 준엄하고 열렬하고 준엄한 미에 이르고자 하는 경향은 해마다 강해지는 것으로 여겨진다.

여기에 관해서는 다음 같은 이미지가 있다. 이번 『벽령집』 속에 수록된 「고려의 하늘」이 처음 「고려고자부」란 표제로 『조선시단』에 발표되었을 때는 끝부분이 지금과는 조금 달라져 있다. 지금의 텍스트에는

> 청자 굽는 사람의 손의 물방울
> 청자 굽는 열화 속에 놓았으리,
> 별무리 번쩍번쩍임을 새겨넣는
> 투명한 고려의 하늘

라고 되어 있으나 원 텍스트에는

> 별무리 번쩍번쩍임을 새겨넣는
> 투명한 고려의 하늘
> 청자 굽는 사람의 손에 물방울
> 또 그 열화 속에 녹아내서

라고 되어 있다. 나는 이러한 고침에 조금 불만이 있어 언젠가 그 이유를 선생께 물은 바 있다. 선생은 아래와 같이 간단히 대답하셨다. "그야 아마추어에겐 좋겠지, 그쪽이 달콤하니까"라고.

이러한 여러 요소를 받아서 다시 그것을 고도로 갈고 닦는 것이 『벽령집』인 것이다.

저녁 광화문 통에서 태평동, 본정(명동－역주)에로, 평상복으로 표표히 거리를 걷고 있는 선생의 모습을 자주 본다. 얼마든지 거리낌없이, 주위의 사물 일체에 대해 전혀 무관심스럽게 보인다. 그렇나 무관심의 그늘에는 예리한 선생의 눈은 촌시도 움직임을 그만두지 않는다. 그리하여 일체의 진상을－ 전쟁의 진전상태가 새롭게 태동하고 있는 조선문학의 일이라든가 익숙한 풍물 속에 감춰진 곳의 일면 등을 충분히 붙잡아서 돌아온다. 「광화문통 광장·6월」의 청신한 시는 이러한 때에 착상된 것이리라. 이는 멀리는 『바다의 시집』 시대의 감각성을 전하고 있으면서도 전편 속세에 얽매지 않고 마음 내키는 대로의 시심이 스며든 가작이다.

거리의 얘기가 나온 참에 선생의 일상생활의 또 다른 일면을 소개하고자 한다. 선생은 술도 담배도 하지 않는다. 이전엔 담배 때문에 전차를 안 탈 정도로 담배를 좋아했으나 몇 년 전 어떤 심적 변화를 기회로 끊어버렸다. 아파트에 살고 있는 선생에겐 몹시 적적하시리라 여겨지거니와 그러나 선생에겐 식도락의 일면이 있다. 거기까지는 가지 않더라도 사계절 때마다의 음식물에 대해서는 상당히 예민한 신경을 갖고 있어뵌다. 『절로집(折蘆集)』에는 「황주사과」 한 편이 들어있다. "혀 위의 가련함을 저어해, 혀 위의 카타르시스!"라고 해놓고 "세계의 여행 끝에는 이 아름다운 맛이 여기에 있을 줄이야!"라고 맺고 있다. 선생은 결코 조선호텔이나 명월관 밖에 아는 것이 없는 대학교수가 아니다. 이러한 미미구진(美味求眞)도 아마도 조선을 맛보는 위에 있어 얼마간의 도움이 되었으리라.

또 선생은 세속의 글을 가까이하는 풍유스러운 무리에서 보이는 것같이 조선의 도자기와 서화를 요란하게 수집할 턱이 없다. 오히려 나아가 수집을 듣는 일조차 꿈에도 하지 않았다. 그러나 조선 고대미술의 진수를 맛보는 위에 있어서는 발군인 바 있다. 뿐만 아니라 그 예술적 가치를 이해할 뿐 아니라 그것을 지은 이름 없는 예술가들의 마음을 참으로 잘 이해하여 마음에서 악수하는 것처럼 받아들였다. 「현재」는 그림에 나타난 조선의 마음을 얼마나 잘 드러냈는가를 보이는 작품이다. 무위자연인 조선의 마음은 이 시인에 있어서는 아마도 견딜 수 없는 매력이 아니었을까? 남보다 갑절 엄격하고 자기반성적인 선생은 이러한 빼어난 예술품에 접하여 마음에 젖어들어 혼의 안식을 느꼈으리라. 경성의 점두에 한번 본 그 모습을 드러내고 사라진 현재의 그림을 향해 선생은 이와 같이 불러왼다.

> 쓰고 그리고 쓰고 말아올려
> 아무런 거북함도 없는 넋
> 그것에 매료되지 않는 자 누구인가.
> 명성이여, 예술의 신부여.
> 너는 백 년간
> 시집갈 배우자를 잊고 있다.

조선의 고미술을 바라보는 선생의 눈은 항시 이러했던 것으로 여겨진다. 「누세화문소상(螺細花紋小箱)」은

> 7촌 정도의 소우주에
> 가득차는 소박한 미

라고 마치고 있고, 또 「교지유호(交趾釉壺)」에는

> 무의식이 만들어낸
> 서명을 잊은
> 조선도공들

라고 오히려 경탄의 소리를 흘리고 있다.

그러한 선생이 조선에 와서 가장 많이 감동을 받은 것은 다음 크게 네 가지에 대해서이다. 여기에 대해서는『벽령집』후기 속에 상세히 말했다. 그 일절을 인용한다. "추위이고, 일광이고 벽공이다. 조선에 있어 읊을 것은 이러한 요소로 되는 것만은 물론 아니다. 하지만 이 삼종의 요소─ 혹은 여기에 풍우를 가해, 네 종류의 요소는 적어도 조선에 존재하는 모든 예술적인 것을 결정하는 것이며 또 동시에 근본적인 시제가 되지 않으면 안 되리라 생각된다"(무엇보다 이 후기는 훨씬 전에 쓴 독립된 논문으로『벽령집』의 작품들을 설명하기 위해 새로이 쓴 것이 아니라는 점을 덧붙이고자 한다).

『벽령집』한 권을 해석한다면 한사람의 예민한 시인이 격렬한 요소의 위압에 대해 혹은 놀라고 혹은 맞서고 혹은 황홀해지고 혹은 절망하고 혹은 환호의 외침을 한 시혼의 흔들림대로 자기를 맡기고 있는 모습을 보는 것이리라.

심기에 절망한 흙,
바른 생선의 창자같이,
도처를 둘러싸고 있는 시골,
석달간, 한 방울도 내리지 않는,
도회는 흡사 프라이 판이다.
사람은 길가에
커다란 송과(松科)를 먹고 있다.

이것은「팔월」이란 시이다. 르콘트・드・리이일의 시에 같은 팔월을 읊은「대낮」이 있다.

그의 상징적이고 느릿한 드・리이일의 시에 비해「팔월」은 얼마나 간결하고 리얼한가!

저자는 또「후기」속에서 "그러나 조선의 한기의 맹렬하기와 같이, 여기에 지지 않는 격렬한 것은 조선의 햇볕이다. 가을 풀이 따로따로 떨어진 데를 밟고 교외의 황토에 서서, 모옥이 점점으로 흩어진 풍경을 향해 용서없이 직사하는 햇볕에 얻어맞고 있으면 모르는 새 눈물이 날 적이 있다. 그것이 무엇을 의미하는가를 나는 알지 못한다"(이 문장을 읽고 「인천항·가을」을 읽으면 두 가지의 의미가 정확히 파악되리라) 이는 순수시의 경지다. 사람이 꺼리는 가뭄도 황토도 그것에 철저한 자에게는 그것이 시인 것을 증명한다. 그리하여 황토의 시는 일본문학 속에 새로운 요소를 도입하는 것이리라. 그중 선생의 시혼을 가장 깊이 움직인 것은 아무래도 조선의 벽공이다. 하긴 대부분의 내지인(일본인-역주)이 조선의 벽공에 반하는 모양이나 이 점 별반 이상할 것은 아니다. 그러나 선생만큼 그 벽공의 준엄함을 두려움과 미로 체감하고 있는 시인은 아직 한 사람도 없는 것 같다. 벽공을 읊는 한, 이 시인은 실패가 없다. 「하늘」, 「추천희」, 「인천항·가을」, 「청」, 「고려의 하늘」, 그 어느 것도 잊을 수 없는 작품이다. 여름 저녁 무렵, 하늘 가득 푸름이 하늘을 잊어 땅의 끝까지 충일하여 시인의 뇌도 주름주름마다 푸름으로 투영되어 이윽고 그것이 다섯 개의 손가락을 전해 흐른다고 하는 놀라운 환상(「공단(空端)」), 단오날에 소녀들을 가득 태운 추천이,

> 세미한 보석의 분말
> 투명한 공기 속을
> 빙글빙글 흔들려…
> ……
> 비추어 빛나며
> 큰 기운과 하나로 된다.

영묘함(「추천희」)은 언제나 벽공의 예술인 것이다. 시인은 또,

하늘가득 청(靑)에 위압되어
숨을 삼키고 겁내며 (「靑」)

혹은 그 벽공이 너무도 푸른 빛이 과해서 지상의 누추함과의 콘트라스트
가 혹독하게 지나치자 드디어 견딜 수 없어,

그대로 괜찮다네.
그렇게 너무 장엄해지지 않아도 괜찮아.
땅을 비추기 위해서는, 하늘이여,
너무도 지나치게 푸르니까

라고, 가볍게 어르고 있다(「인천항·가을」). 이런 것들은 가장 경묘한 상상
(fancy)의 시이리라.

이러한 일군의 작품의 최고봉에 서는 것은 앞에도 잠시 이름이 나온
바 있는 「고려의 하늘」이다. 앞에서 말한 바와 같이 소화 9년(1934-역주)
「고려고자부」라 하여 『조선시단』에 발표한 것이거니와 이번엔 그 일부
를 수정함과 동시에 제목을 바꾼 것이다. 이 개제는 생각해 보면, 꽤 흥
미있는 일이다. 이 시에 있어 벽공을 찬미하는 것인가 아니면 고대미술
품을 찬미하는 것인가. 시인 자신도 헷갈리고 있지 않겠는가. 그 사이의
마음의 움직임이 곧 개제하여 나타난 것이리라. 어쨌든 이는 조선의 자
연과 예술에 대한 작자의 감동이 원숙하여 혼연해진 작품인 것이다.

천년도 어제와 같이,
푸른 빛 방울지는 고려고자(기),
그림자보다 그림자를 좇는 것 같이,
그 밑에 빛이 잠긴다.
부동하는 비색(翡色) 속의
은은한 꿈과 환상,

가뭇없이 사라지기,
색깔만 깊게 맑는다.
청자굽는 사람의 손에 방울져
청자굽는 열화속에 녹아내려
별무리 번쩍번쩍 오르내리는
투명한 고려의 하늘.

오히려 「후기」에는 흡사 이 시를 해설하는 것과 같이, 아래의 일절이 끼어 있다. "가을도 겨울도 밤이 깊어지면 그럴수록 그 정도에 따라 하늘이 맑아 별이 빛나서, 가까이가면 얼굴에도 물들 정도의 푸름―나는 이토록 깊고 맑은 하늘색을 본 적이 없다. 고려청자의 많은 신품은 이런 조선의 밤의 벽공색을 훔쳐 만들어낸 것이라고까지 내겐 여겨진다."

끝으로 추위와 눈에 관한 몇 편의 시도 잊을 수 없는 작품이다. 이러한 작품과 관련하여 생각나는 것은 선생의 이른바 '한냉의 미'라는 말이다. "한냉의 미를 맛보기는 조선에 거주하는 자의 특권이라 하지 않으면 안 된다"라고 말하고 있었던 것이다. 그러나 이 한냉의 미라 하는 것은 시가에 사용한, 내린 설경이나 기타 인습적인 것이 아닌 듯하다. 하긴 선생의 장려한 겨울의 예술을 읊은 작품도 있지만 선생이 말하는 냉한의 미란 것은 반드시는, 그러한 가시적인 것이 아니라, 순수한 차가움이라 할 그런 차가움을 통해 육박해오는 바의 엄한 것, 그것으로 보인다. "목을 조르는 것 같은 맑은 엄한"(「책 한 권」), 아비의 노함에 "숨통까지 멎어 상심한 아이"(「고독」), "네 다리를 하늘로 하고 넘어진 늙은 말"이 있는 겨울거리(「겨울의 꽃」), "심술궂은 얼굴을 하는" 한파(「어느 아침」), "옆구리를 도려내는 추위"(「눈」), 이러한 추위 속에 선생은 오히려 준엄한 미를 발견한다. 「어느 아침」에는

가로를 옮겨놓은
대설의 제일 깊은 곳에
조각상과 같은
눈보다 흰
한 사람의 미녀가 있다

라고 꼭두를 보고 있었다. 이것이야말로 준엄하여 범할 수 없는 한랭의 미를 상징하는 것이리라. 사람들이 두려워하며 싸우는 조선의 추위 속에 선생은 도리어 많은 시제를 발견한 것은 그 지칠 줄 모르는 격렬함, 채움이 없는 엄격함에 존엄한 미를 보았기 때문이리라.

기왕의 6권의 시집을 통독할 때, 선생의 시적 천분은 조선에 있어서 가장 좋고 적합한 세계를 발견하여, 그것이 연륜적 원숙과 서로 얽혀 여기 『벽령집』의 주옥편이 되었음을 알 수 있다. 시인은 끊임없이 자기의 재능을 갈고 닦지 않으면 안 되는 것은 물론이거니와 그러나 그 재능이 충분히 발휘될 수 있는가와 함께 시의 세계에 마주치는가의 여부는 대체로 우연에 의해 결정되는 일. 이점에서 선생은 축복을 받았다고 말할 수 있다.

조선문단의 국민문학적 편제 개편이 점점 그 실마리에 있어, 반도인 작가는 물론이거니와 조선에 있는 일본인 작가 시인의 맡은 바 몫도 이에 못지않게 중요성이 증가되어 오는 오늘, 선생과 같이 확실히 자기의 세계를 갖고 있다는 것은 단지 시인 자신에 있어만 행복한 것이 아니라 영영 후진에 있어 교훈과 고무가 될 것이다. 조선문학이 금후 일본 문학의 일환으로서 그 독창성을 문제로 삼는 경우에, 선생의 시는 반드시 상기될 것임을 믿는다.

이것은 또 단지 문학의 세계에서만이 아니라 넓게는 반도(조선 - 역주)의 국민운동에 있어서도 커다란 의미를 갖는다고 생각한다. 문학은 혼과 혼이 겹치는 세계라고 하는 것은 선생의 지론이다. 오늘은 내선일체의 시대에, 내선 이해라는 것이 내선 융합의 단계는 이미 과거의 것이라는 투로 논조가 점점 익어가는 것 같으나, 그러나 내선인의 혼과 혼이 하나로 굳건히 결합함의 필요성이 오늘 줄어들고 있을 이치란 결코 없다. 아니 반도의 황민화 운동이 대규모로 되면 그럴수록 한 사람 한 사람의 영혼적 결합은 그 중요성을 증가해 오는 것이다. 전쟁이 언제 끝날지 알지 못하고, 또 반도에는 장차 징병제가 선포될 것이라는 오늘, 선생의 가장 절실한 바람은 내지인 한 사람 한 사람과 반도인 한 사람 한 사람이 숭고 순결한 이념의 세계에 있어 굳건히 결부되는 것이리라. 선생의 시는 너무도 준엄하며 너무도 순수하기 때문에, 혹은 이러한 국민적 윤리를 이끌어내는 것은 일반 독자에게는 곤란할 지도 모른다. 그러나 마음 비우고 선생의 작품에 접하는 자에게는 이 절절한 기원의 목소리가 엄숙히 들려오는 것이다.

『국민문학』, 1942. 11.

Ⅳ

사토 기요시의 영문학 논문

영문학이라는 것 크래시시즘에서 로맨티시즘에

사토 기요시의 시

경성(京城)의 비 한 권의 책
20년 가까이나 학도출진
담징 눈(雪)
고려아악(高麗雅樂) 삼국불
사신사호본생도(捨身飼虎本生圖) 조선의 벗들을 생각한다
상추 음향에 미치다(조선 거리 생활 단편)
조선의 소녀들 경주 불국사 재건
혜자(慧慈) 블레이크의 분노
새로운 시의 혼에게

사토 기요시의 수필 및 기타

『벽령집』 후기 요즘 생각한 것
두셋의 느낌 빙창(氷窓)에 기대어
京城帝大 文科의 전통과 그 학풍 회상기-문학적 자전의 일면

영문학이라는 것

(一) "갈대꽃 숲에서 하늘을 엿본다"라는 속담이 있듯 우리들은 아무리 노력해도 영문학이라는 것은 너무 큰 숲이고 바다여서 좀처럼 빠져나갈 수 없다. 또한 나라를 정복하기보다도 일국어를 정복함이 한층 곤란하다고도 말해진다. 일국어를 정복할 수는 있으리라. 일국의 문학, 영문학과 같은 문학을 정복하려는 것은 도저히 불가능한 일이리라. 그러나 그토록 크고 깊고 넓은 숲이지만 전혀 밟을 수 없을 정도인가 하면 반드시 그렇지만은 않다. 거기에는 길이 열려 있다. 그렇게도 크고 깊고 넓고 큰 바다이지만 항로가 붙어 있는 것이다. 깊이도 측정되어 있다. […]

(二) 나의 영문학은 앞에서 말한 바와 같이, 갈대구멍보다 작은 구멍으로 엿본 영문학이다. 따라서 나의 영문학이란 아예 신용할 만한 것이 못 된다. 단지 나의 영문학은 적어도 다른 사람의 영문학과는 조금 다른 영문학이다. 달리 말해 두려운 영문학이다. 두려운 나머지 가까이 갈 수 없는 영문학이다. 때로는 경멸되는 때로는 극도로 싫어하는 때로는 미움받는 영문학이다. 영문학이라면 상식문학이며 건전한 문학이며 신사숙녀의

문학이라 말하나 나의 영문학은 참으로 그런 것과는 반대의 영문학이다. 아마도 유럽 문학을 보는 자는 거기서 '동(動)'과 '반동(反動)'의 조류를 놓치고는 나갈 수 없다. 그래서 영문학에 있어서도 '동'과 '반동'은 강하게 파동치며 움직이고 있는 것이다. 우리들은 그 '반동'만을 취해서 이것이야말로 진짜 영문학이라 말하는 것은 오류이며 그 '동'을 취해 진짜 영문학이라 하는 것도 오류인 것이다. '동'은 '반동'과 합쳐 봐야 하며 '반동'은 '동'과 아울러 보아야 하는 것이다. 자기의 처지에 알맞게 '반동'만을 고맙게 여기며 잘난 척하는 몸짓으로 치켜 올려 그것만이 영문학인 듯 선전하여 안전지대를 만들고 거기에 웅거하여 비열한 냉소를 띠며 저쪽 언덕을 보고 있는 것은 참으로 재수없다. 그렇다면 나의 영문학이란 무엇인가. 그 두려운 영문학이란 무엇인가.

그것은 밀턴에서 연원하여 18세기에 이르러 최고조에 달한 '자유'를 추구하는 문학의 흐름이다. 이 흐름은 번즈, 쿠퍼, 워즈워스, 블레이크, 코울리지, 셀리, 키츠, 바이런 등으로 콸콸 흘러온 흐름이다. 그리하여 나아가, 강하고 격렬해서 라스키에서 모리스에, 나아가 현대에 있어 코드월에—스펜더나 D. 루이스로 흐르고 있는 조류이다. 이러한 시와 문학의 오늘의 의미는 실로 깊고 강한 것이다. 나는 이런 종류의 영문학 속에 가장 존귀한 것이 있다고 여긴다. 그들은 영문학의 정신이며 정수이다. 그래서 이 정수는 일본의 문학 속에는 전혀 존재하지 않는 것이다. 전통으로서, 우리들의 선조는 이 정신을 우리들에게 전해주지 않은 것이다. 이는 일본인으로서의 우리들의 성격에 합치되지 않는 요소인지도 모른다. 우리들은 이러한 요소를 태어날 때 갖추고 있지 않았던 것이다. 그 때문에 이러한 영문학이 우리들에게 점점 진귀할 터이다. 점점 존귀한 것이 되어야 하리라. 그럼에도 이러한 영문학이 우리들 사이에서 제외되고 이런 종류의 영문학을 다루는 자조차 백안시 당하는 것은 우리들의

뿌리 뽑아야 될 국민적 결함의 폭로라 할 수 없을까. 만일 이것이 우리
들 국민적 성격에 합치되지 않는 것이라면 우리들의 국민성을 단련키 위
해서 반대치료의 방법으로서 채용하는 쪽이 득책이리라. 자기의 취향에
맞는 것만을 섭취하고자 하는 생각은 모자라는 생각이다. 우리들이 다시
나기 위해서라면 칼슘같은 이 무서운 영문학을 받아들여야 한다.

　　우리들의 비극은 어디에 있는가. 스스로의 혁명에 의해 자유를 획득한
것이 아니라 패전에 의해 자유를 얻었다는 운명에 있다. 그러기에 아무리
자유를 주더라도 프랑스혁명 후의 프랑스인이나 영국인과 같이, 마음에서
솟아나오는 환희에 몸을 맡기어 읊는 시가가 우리들 사이에는 일어날 이
치가 없다. 우리들은 마음을 다져 우리들의 비극의 참된 의미를 실감해야
한다. 그러나 우리들은 이 패배가 없었더라면 세계의 인류가 밟아 가고
있는 단 한 줄기의 바른 큰길에 나올 수 없었을지 모른다. 여기에 비극적
모순이 있다. 우리들은 이 사실을 직시하여 회피해서는 안 된다.

　　(3) (여기에서는 필자는 영문학의 뼈대를 버크의 농민시, 프랑스 혁명
을 본 워즈워스의 열정, 셸리의 혁명시, 키츠의 「이사벨라」 등을 들어 분
석하면서 어째서 그것들이 뼈대인가를 논증했다. — 역주)

　　(4) 이러한 방향(혁명성 — 역주)을 더듬어 이 일선을 좇아 다시 블레이크,
바이런을 지나 내려와, 라스킨이나 윌리엄·모리스에 이르고 D. H. 로
렌스에 미치며 다시 현대의 평론가 존·밀들턴·마리나 리드에서 다시
스펜더 이후의 시인들에 미치면 실로 이 일선이야말로 영문학의 '골격'
그것임을 의심할 수는 없으리라. 이 일선을 깎아 버린 영문학을 떠든다
면 그것은 뼈 없는 영문학임을 알리라. 이 '골격'은 아마도 다른 어떤 국

민문학에도 이처럼 융성한 것은 없다고 생각되며 우리들 국민문학을 두고 생각해 본다면 이 의미는 우리들의 '골격'은 아무래도 약한 것이기에 이 영문학의 '골격'의 구성요소를 조사하고 우리들 문학의 '골격'을 개조하여 튼튼히 할 필요가 있다고 여긴다. 국토 그것에 결여된 칼슘―따라서 우리들 일본인의 체격에 결여된 칼슘을 어떤 방법으로써 한층 많이 공급할 의무를 갖고 일본의 과학자나 정치가 이외에 우리들 인문과학에 종사하는 자는 정신상의 칼슘을 국민에게 공급할 의무를 갖고 있다. 그리하여 다행히도 우리들은 이 영문학에서 습취할 수 있게 되었다. 그렇지만 영문학 전공의 학자들도 이 한 가지 일에 생각이 못 미치고 단지 만연히 자기의 취향에 따라 딜레탕티즘에 빠져 있다면 난처한 일이다. 우리들은 왕년의 세계 만유에 나선 관리 나부랭이와 같은 것이 되어서는 안 되리라 여긴다.

물론 불교는 일본의 불교로 되었다. 유교도 일본의 유교로 되었다. 또 일본문학은 일본 국민문학인지라 일본적일 수밖에 없고, 순 일본적이라 해도 조금도 지장이 없다. 그러나 과학은 일본적일 수 없다. 일테면 영문학은 절대로 일본적일 수 없다. 만약 일본적 영문학이 있을 수 있다면 그것은 일종의 지극한 보수적 색안경으로 보는 영문학이리라. 그렇지 않으면 뼈가 빠진 영문학이리라. 곧 봉건제도 또는 봉건사상에 알맞은 요소만을 취하는가 아니면 진보적인 것에서 전혀 그 진보적 요소를 뺀 것처럼 보이게 하는 교활한 수단인가에 달려 있다. 우리들은 그러한 일을 해야 마땅하다.

(五) 물론 영문학은 뼈만으로 이루어진 것이 아니다. 영문학은 그것에 상응하는 풍부한 육체를 갖고 있는 것이다. 나는 지금 이것에 대해 한마디 않고는 이 글을 마칠 수 없다. 그렇다면 영문학의 육체란 무엇을 의미하는가. 그것은 다름이 아니다. 영문학의 개개의 작품에 나타난 문학

형태 그것이다. 곧 순수하게 작품 그것의 모습을 가리킴이다.

앞에서 든 키츠는, 시인에 있어서는 성격이 없다고 했다. 시인에겐 선도 악도 없다. 시인은 일체의 사물, 일체의 인간과 동화하는 자이다. 그래서 키츠는 창 밑에서 돌을 툭툭 쪼는 참새와 하나로 되기도, 고대 희랍 신들과도 하나로 되었다. 키츠는 셰익스피어 모양 극시인이 되고자 했으나 불행히도 단명하여 그 목적을 이루지 못했다. 바이런은 만프레드를 지었다. 만프레드는 고독, 오만, 초인적인 성격이지만 그것은 일테면 바이런적 주인공인 것이다. 그는 이런 유형의 인물밖에 만들지 못했다. 셸리는 비아트리스를 지었다. 그러나 그 이외에는 근사한 인물을 짓지 못했다. 셰익스피어의 인물은 모두 살아있다. 햄릿은 역사상의 인물이기보다도 우리들 신변에 가깝게 살아있다. 이야고는 무서운 악당이며 지능범이어서, 주의깊게 우리 주변을 살펴보면 꼭같은 지능범적 인물이 있다. 여기에 셰익스피어의 천재성이 있다. 그의 천재성은 극적 천재로서도 위대하겠지만 그보다 순수시인으로서도 위대하다. 곧 단지 읽을거리로서 위대하다. 당시 특수한 무대장치 따위를 전혀 알지 않고도 한편의 시편으로서 단지 읽음 자체로도 고금에 유례없는 작품인 것이다. 오히려 근대극에 익숙한 우리들이 보기엔 극으로서의 진행이 느려서 극적 흥미를 죽이는 바가 많다. 그러나 그 결점을 보충하고 있는 것은 그 문학적 의미와 묘사와 생명인 것이다. 셰익스피어를 시의 최대라고 하는 낭만주의 비평가의 비평은 단연 옳은 것이고 셰익스피어의 진가는 시로서 취급됨에 있다. 셰익스피어 자신도 그런 비평당하기를 본심으로 바랐음은 말할 것도 없다. 셰익스피어극은 시간, 장소, 행동의 삼원칙을 무시하고 지은 것이라 그의 시대의 특수한 무대에서만 상연될 수 있는 것이나 오늘날에는 그런 흉내를 낼 수 없다. 단지 영화는 이상과 같은 극적 법칙 등을 고려치 않는 것이라. 셰익스피어를 완전히 부활케 한다면 이 방법을 이용함이 바람직하리라. 그야 어쨌든 셰익스피어는 각본의 대사의 집합이 아니라 가장 뛰어난 시 그것이다.

밀턴의 서사시 『실락원』은 그 형태미, 관능의 풍요하고 고움, 상상의 높이에 있어 실로 위대한 작품이다. 제1권 제2권의 지옥 묘사 후에 제4권의 현란한 아담, 이브의 원시생활 묘사가 있다. 그 관능의 꽃다운 향기는 스펜서를 능가하며, 키츠를 속일 정도이다. 그리하여 그 화폭의 거대함과 동시에 그 세미한 묘사의 대조는 단지 소리 내어 읽는 길밖에는 도리가 없다. 이 전능자인 신에 반역하는 악마왕이 벌모양 작게 되고 또 뱀의 몸속에 들어가는 것이다. 이 상상의 강도는 거의 셰익스피어에도 발견되지 않는 것이다. 저 이브에 속삭이는 뱀의 모습을 보라.

기이함은 기이함이나 얼마나 아름다우며 또 진실한가. 이러한 문학도 세계에는 아직 없는 문학인 것이다.

배빗트라는 학자, T. S. 엘리엇이라는 시인은 현대의 일각에 상응하는 힘을 가지고 지도하고 있는 인물들이다. 우리들은 그들의 말에 귀를 기울여야 하리라. 그러나 그들은 대체로는 내가 말해온 영문학을 극단적으로 제거하고 그 대신에 사무엘 존슨이라든가 포프라든가 기타 보수적 고전파를 옹호하는 사람들이다. 그러나 우리들은 그들의 말도 무시해서는 안 된다. 우리들은 그들이 제거한 작가를 스스로의 경험에 비추어 다시 말해 우리들이 실제로 작품을 읽고 그들의 언론의 가치를 판단해야 할 것이다. 근대 문학과의 대조에 있어, 영문학을 보는 것도 필요하며 근대 문학으로서의 영문학의 가치를 결정함도 필요하지만 단지 대세에 눌려 혹은 특수한 사람들이 기피하는 언동에 뇌동부화하는 것은 절대로 피해야 마땅하다. 오히려 우리들은 자기의 지각과 감수성과 예지에 충실한 연구를 하지 않으면 안 되는 것이다.

1949. English

해 설

   이 글 속에는 엘리엇으로 대표되는 신고전주의에 대한 강력한 비판이 잠겨 있다. 영시의 주류가 밀턴, 셰익스피어, 워즈워스, 키츠, 셸리, 바이런 등, 혁명적 낭만주의에 있다는 제국대학 영문학의 본령에 대한 강렬한 인식이 새삼 확인되어 인상적이다. 서정적인 것, 관능적인 것으로 보기 쉬운 이들 낭만파 시에 잠긴 '가장 진보적 정치사상으로서의 자유주의'가 영시의 뼈대라는 것. 이를 무시하는 신고전주의적 주장은 단지 참고사항이라 본다. 이런 주장을 그는 논문 「크래시시즘에서 로맨티시즘에」에서 다시 주장하고 있다.

크래시시즘에서 로맨티시즘에

여론(余論)―시에 있어 메타피지칼(형이상학적인 것)이라는 것이 일본에도 유행하여 스스로 메타피지칼 시인이라 자칭하는 일화조차 있다고 한다 (이는 전문한 것이라 확인한 것은 아니다). 그런데 일본에 있어서조차 흡사 시의 하느님 같이 떠받드는 엘리엇도 그 메타피지칼 숭배자이며 또한 그 실행자이지만 동시에 또 엘리엇이 숭배하고 있는 존슨이, 반대로 메타피지칼을 싫어하는 자라고 듣고 있다. 엘리엇은 이 모순을 알고 있으면서도 가면을 쓰고 있는가. 혹은 그런 것이 아직 메타피지칼이라고 여기고 있는 것일까. 더구나 엘리엇 열은 세계적(?)이며 특히 미국이나 영국 대학에 웅거하고 있는 비평가 선생들이 거의 전부가 엘리엇 숭배가이며 동시에 존슨이 싫어하는 메타피지칼을 엘리엇이 크게 이용하고 있음에 모순을 느끼지 못하는 것이 또한 메타피지칼한 때문인가라고도 의심해볼 정도이다. 정히 세계칠대 불가사의 하나이다. 나는 존슨도 엘리엇도 메타피지칼도 철저히 싫어한다. 그러나 여기서 존슨의 메타피지칼 혐오를 소개하고자 함은 거기에 다소의 골계한 맛이 있다고 여기기 때문이다. 존슨의 메타피지칼론을 보이면 이러하다.

메타피지칼 시인들은 학자이고 그 학문을 보여주고자 함이 그들의 노력이었다. 그런데 불행히도 그들은 그것을 운문으로 보이고자 결의했기에 그들은 시를 쓰는 것이 아니라 운문을 쓴 것에 지나지 않는다. 그래서 그러한 운문은 귀에 시도하여 하기보다는 손으로 가리킴을 시도하여 된 것이었다.

비평의 아버지 아리스토텔레스가 시를 정의하기를 모방의 예술이라 했거니와 이러한 작자들(메타피지칼 시인들)은 시인이란 이름을 가질 권리를 잃게 됨은 당연하다. 그들은 아무것도 모방했다고 할 수 없으니까.

그러나 그들을 시인이라 인정치 않는 사람들도 그들의 위트라는 것은 인정했다.

포프가 말했듯 만일 위트라는 것이 종종 생각된 보통의 일들을 이전에는 표현되지 않았던 만큼 잘 표현했다는 의미로 본다면 메타피지칼 시인들은 거기까지는 이르지 못했고 또 그렇게 하지도 않았다. 그들은 단지 사상을 기발하게 하고자 노렸고 말을 사용함에는 조금도 맘에 두지 않았다. 그러나 포프가 위트라는 것을 사상의 기발함에서 언어의 교묘한 사용법으로 이끌어 올린 것은 잘못이다.

그렇지만 메타피지칼 시인들의 사상이란 것은 종종 신기하기에 자연스런 것은 극히 적다. 명석하지도 않고 정당하지도 않으며 그래서 독자는 그러한 것을 바라도 찾아지지 않아 놀라기보다도 오히려 그러한 것이 왜곡된 기교에 의해 만들어진 것에 자주 놀라는 것이다.

위트란 다른 영상의 결합, 또는 한번 보아 닮지 않아 보이는 것 속에
비밀한 유사성을 발견함을 가리킴이다. 곧 전혀 다른 종류의 것을 억지
로 이끌어 결합시킴에 있다. 설명, 비교, 인유 등을 위해 철저하게 자연
과 예술을 찾고 학문을 이용하고 그 정묘함에 의해 사람을 놀라게 해도
독자는 그것만큼의 대가를 치룰 만큼의 얻을 것이 있다고는 여기지 않는
다. 칭찬할 수 있는 바도 있으나 마음이 유쾌하지 않다.

운운.

『詩聲』, 1960. 『전집(3)』, pp.274~275.

해 설

이 논문은 「크래시시즘에서 로맨티시즘에」라는 논문의 말미에 붙인 것이다.

경성(京城)의 비

포플러 가지 흔들거려, 휘어져, 땅을 쓸 것 같은 비다,

눈사태 같은 지붕 지붕의 물보라에 까치의 젊은 나래가 날아가 버릴 비다.

벌써 북한산의 저 잘난 척함도 물보라에 가려졌다,

총독부의 흰 벽 따위도 여기서조차 뵈지 않는다.

비는 한인(韓人)의 저주보다 격렬하게, 쉼도 없이, 내린다,

뱀처럼 대가리를 쳐드는 정복자의 검은 의식에,

얼굴을 돌리며, 유리 문짝에 미친 듯 불어 젖히는 비를 보았다.

북한산의 기분 나쁜 모습은 비에 가려져.

총독부 벽 따위란, 어느새 뵈지 않고,

뇌신경을 깨부수는 두려움 앞에,

머리를 드리우고 깊이 생각해도, 누구에게 용서를 빌어야 좋단 말인가.

비여, 언제까지 내릴 것인가. 나는 울고 싶었다.

1927

한 권의 책

자기가 쓴 글을 지긋이 보고 있는 사이에,
20년을 되돌아갔다 왔다.

날자 옆에 벗들의 이름과 내 이름이
'贈呈'이라는 글자와 함께 나란히 있었던 것이다.
그것이 친밀감과 경이로움을 더욱 합해서
내 마음을 한순간 사로잡았던 것이다.

나는 테니슨 시집을 한손에 쥐고,
싸늘한 헌책방 책장 밑의
싸늘한 흙바닥에 서 있었던 것이다.
서울의 변두리 헌책방에 서 있는 것이다.

아아, 서울!
20년 전 여기에 오자마자 죽은 벗이여!
이별의 정표로 준 책 한권! 내가 쓴 친구들의 이름!
그리하여 나 역시 지금 살아서 여기 있구나, 서울!

내가 책을 제자리에 놓아두고 밖에 나오자,
거기엔 목을 조르는 것 같은 맑은 엄한(嚴寒)이다.

『碧靈集』, 人文社, 1942, pp.32~33.

20년 가까이나

20년 가까이나, 여기에 있고 보니,
자신도 여기 태생인 듯한 느낌이다.
이상하게도 공간적인 내지(일본)의 의미도
시간적인 내지의 의미도,
여기에 있으면 겁날 정도로,
새로운 단장으로 육박해 온다.
역사의 뒤안길이 참으로 깊어 와서
각별히 이즈음의 우리들 사상의 빈약은
천년에까지의 외곡을 '지금'의 형편에 내면화되어,
정맥 마디 끝에까지 청청히 들여다보여,
우리들의 뿌리 같음의 사실을 실감케 하도다.
우리들은, 뭐라 해도 하나이며,
또 하나로 되지 않으면 살아갈 수 없도다.
나는 죽어도,
이 신념만은 영원히 새겨져 있어,
한그루의 나목에도 한 개의 돌멩이에도,
황혼 같은 황토에도 거룩한 검푸른 창공에도.

『국민문학』, 1944. 3. 전집 미수록.

학도출진

하늘을 가리는 전나무 길 가운데,
또 푸른 잡초를 밟고,
일천 명 학도는 노래한다.
출정하는 자도, 남은 자도
끓어오르는 피를 가만히 누르며,
강둑이 무너지듯, 격렬한 생각을
잠시 교가에 붙여 노래한다.

국난을 위해,
피와 혼을 바쳐,
국난을 위해,
청춘을 불태우는 자여,
이를 알라,
나라에 죽는 것은 사는 것이라는 것을,
참으로 사는 것은 나라에 죽는 것임을,

하지만 사내다운 그대들의 배후에는,
그대들의 부모, 형제, 자매
친척, 벗, 지인들이 포개어 서 있어
그 불타는 생각은,
그대들 가는 어떤 곳에도,
그대들을 뒤따라가서,
결단코 그대들을 놓치지 않으리.
어찌 그뿐이랴,

눈에 뵈지 않는 영혼의 손은 그대들을 찾아내어,
그대들을 강렬히 받혀주리.
영령은 그대들의 전도를 축복하고,
그대들의 선조의 영혼은,
그대들의 혼을 분발케 하리.
영혼의 세계는
그대들의 방패 되고 칼이 되리.

삼천 역사는
시방 그대들 속에 되살아나,
그대들은 수억만의 천조의 영혼과 같이 숨 쉬고 있다.
오늘이야말로 생사의 세계가 하나로 되어,
삼천년은 일각 속에 실현되고 있도다.
출정하라, 출정하라,
그대들 뒤에는 이러한 힘이
구름처럼 충만해 성원하고 있다.

용감하게, 그러나 흔들림 없이,
격렬히, 그러나 정숙하게,
출정하라, 출정을,
아아, 우리들의 사랑하는 사람들아,
그리하여 그대들의 청춘을
아낌없이 불태워라.
(12월 5일, 경성제대 회춘원에서)

『국민문학』, 1943. 12. 전집 미수록

해 설

　　사토는 또 「조선학도 출진부」도 썼다. "인간 중의 꽃, 꽃 중의 꽃이여!"로 시작되
는 이 작품은 「학도 출진」과 더불어, 시인 사토의 노골적인 내선일체론의 시적 표현
이다. 훗날의 전집 속에 이 두 작품을 수록하지 않았다.

담징

사방에는 화강암을 드리우고,
끌로 다듬어 그것을 매끈하게 하여,
바로 사신도(四神図)가 그려져 있다.
우러러 보자 천장에는 산이 솟아 있고 구름도 걸려
하늘 사람들, 신선의 놀이
어지러운 연꽃 속을
봉황 날개를 펴고
기괴한 동물을 흉내 내고 있다.

평양에서 10리를 달려,
거친 땅 한 가운데 차를 세워
강서읍 고분을 본 밤,
나는 진남포의 쓸쓸한 여관에서,
먼 법륭사(法隆寺) 본존의 배광이라든가,
옥충주자(玉蟲廚子)의 밀타그림(밀타 기름으로 그리는 유화의 일종, 7세기 대륙
에서 건너온 기법 – 역주)을 생각했다.

그날 밤. 그러한 그림이, 저 고분 천장의
구름 모양이나 인동(忍冬)이나 당초 모양과 어울려,
화려한, 즐거운 꿈을 나를 위해 짜주었다.

꿈이 깨어도, 평양과 나라(奈良)나 아스카(飛鳥)가,

옛 기억을 떠올린다고 생각했는데(이상하게도)

어릴 적 들었던 이름이, 그때,

기억의 바다 밑바닥에서 두둥실 떠올랐던 것이다.

─담징! 고구려의 스님, 담징!

─영양 21년

지금 도항 준비를 끝낸 담징은,

강렬한 요청에 압도되어,

성긴 빛에 넘실대며 때리는

사나운 바다를 노려보고 있다.

바다 한가운데의 야마토(大和, 일본 옛 이름─역주)의 나라, 바다보다도

격렬한, 그 문화에의 요망─

─13년 전, 신라는 까치 두 마리와 공작 두 마리를 바쳤고

─11년 전, 백제는 낙타 한 마리, 노마 한 마리, 양 두필, 흰 까투리 한 마

리를 바쳤고,

─8년 전, 백제는 달력, 천문, 지리, 둔갑, 방술(方術) 책을 바쳤고,

─5년 전, 고(구)려는 부처조성을 위해 황금 삼백 냥을 바쳤거니와,

그 위에, 어떠한 문물, 어떤 서책이 요구되었고,

어떤 불스승, 그림스승, 발사, 고승이 요구되어졌으리라

그 치열한 열정은 실로 놀람에 값하다.

(그곳에는 위대한 지도자 성덕태자[聖德太子]가 계셨다)

그 열의에 감동되어, 나도, 시방

협력을 맹서하고자 하는도다.

(아아, 학예야말로 진짜로 혼과 혼을 맺게 하는 끈인 것이다)

나도, 오경(五経)을 읽는 것만이 능사가 아니며,

그림도구를 만들고 종이를 만들고 먹을 만드는 기술도 알고 있고,

화필도 서투르지 않다.

수나라에서, 신라에서, 백제에서,

구름같이 모인 예능가들과 더불어,

저기에 일고 있는 새로운 학예를 위해,

몸을 버리고 한 몫을 하는 영광을 생각하라.

인도, 중국, 조선의 손을 거쳐,

전래된 불상, 그림과 함께,

모든 학예는 거기(일본 - 역주)에서 순화되고 있으리.

이름은 남지 않더라도,

영원히 사는 창작이 거기에 남아 있으리.

그리하여 진짜 새로운 동양의 빛이 되어,

다시 우리들에로 반사되고 있으리.

(예술에 있어서는 천년도 일각이라, 일각도 천년이라)

아아, 커다란 소리가 들린다,

위대한 예술이 나를 초대하고 있다,

나는 간다!

『국민문학』, 1943. 1.

원주

　담징은 귀화승. 고구려인, 추고(推古) 천황 18년 6월, 고구려 왕으로부터 법전과 함께 바치기 위해 일본국에 왔다. 오경에 통하고 그림에 능했고, 종이, 먹, 채색 빛을 만들었다. 기타 일은 사적정사에서는 보이지 않으나 일본의 법륭사의 사전(寺傳)에 의하면 그 절의 금당 벽화는 그가 그린 것이라 한다. 과연 그러한지의 여부는 알 수 없다.(『일본백과사전』에 의거)

눈(雪)

허리를 도려내는 추위를
(쨍쨍하게 맑디맑은)
모른 척하는 얼굴의 경성(京城)의 하늘,
15년,
그 같은 얼굴을 보아왔는데,
당당한 얼굴빛에 이변이 왔다.
되풀이, 되풀이,
되풀이 당하는 대설의 날이여, 밤이여,
고요히 열리는 서 있는 나무들 나무들에,
내려서 쌓이는 대설의 소리 없는 발걸음 소리여,
강아지에 쫓기는 순백의 까마귀,
눈 조각을 희롱하며 울어대는 작은 새들
너무 좋아 어쩌지 못하고 포드득 달려,
몇 번이나 뜀질하는 사람들이여,
어린 시절처럼.
경성(京城)은 지금이야말로
정말 내 고향이 되었다.
(1941. 10.)

해 설

　『벽령집』, pp.47~48에 수록됨. 20편 중 마지막 순서에 놓은 작품. 원작은 『국민문학』(1941. 11, 창간호)에 권두시격으로 발표됨.

고려아악(高麗雅樂)

불기를 마친 퉁소에 부는 사람의 소리―

넓게 퍼져, 기울어진 가냘픈 음악의 소리에 녹아들고 만다.

(우락부락한 신수[神獸]의 소리인가, 나무에 걸린 신인[神人]의 읊조림인가)

세차게 슬픈 몇 개의 아악기들의 울림―

심장의 붉은 아픔, 폐부의 새하얀 비애,

늑골에서 가슴에 조여드는 녹청색의 격렬한 아픔,

거무칙칙한 황색에 흐려진 창자와 간장의 경련,

몇 개의 아악기의 울림이 통렬히 상처낸다.

아아, 상처를 아프게 하는 이상한 살아있는 것이여……

이 아픔을 이어가는 울림이 거꾸로 때[時]를 빈틈없이 감아간다.

(이왕가 아악부에서)

조선시화집 간행회, 『조선시 시화집』 제1집, 東京大地舍, 1928. 10, p.54.

삼국불—이왕가미술관, 금강여의륜관음상

구부려 얼굴에 기대어,

내려서 무릎에 닿은 한손,

그것에 나란히 하여 벌의 허리 같은,

둥글고, 강하고, 가느다란 허리, 그리하여,

짜 내린 우아한 발,

힘센 검게 빛나는 금동의

이 여러 개의 평행선,

넉넉하게 소멸된 신앙을 보이며,

이러한 병행된 선의 아름다움이여.—

천년의 때[時]도

현대파의 기교를 무시하여,

일척(一尺) 만큼의 삼국불,

얼굴은 미소를 띠우고

황홀하게 빛나고 있다.

『벽령집』, pp.8~9.

해 설

　금강여의륜관음상이란 현재 국립중앙박물관 소장 국보 83호 금동반가사유상을 가리킨다.

사신사호본생도(捨身飼虎本生圖)

(玉蟲廚子右則西)
쇠기둥 같은 죽림 속에는,
귀여운 일곱 마리 새끼가 나서,
배고픔에 미친 암호랑이는
그 일곱 마리 새끼를 잡아먹고자 한다.
이를 본 원소요(園逍遙)의 왕자의
심장이 멎고
수족은 급속히 식고
부어오른 두 눈에는,
깊은 결의가 물결치다.
"보고 있어서는 안 돼,
바로 구하지 않으면 안 돼"라고.
돌연 그는 옷을 벗어,
호랑이를 향해 몸을 던진다.
(이때 무수한 연꽃이
왕자의 온몸을 뒤덮어 버린다)
그런데, 코앞에 떨어져온
그 아름다운 나신도
그의 욕망을 자극치 못하고,
그토록 격렬한 배고픔에도,

호랑이는 응시하며 꼼짝도 않는다.
왕자는 돌연 쪼개진 대나무를
목에 끼워
푸른 정맥을 잘랐다.
피는 홍옥의 구슬모양, 흐르는 모래 모양,
콸콸 분출했다.
피부가 깊이 있게 빛나, 적동과 같은
호랑이는 그 피에 끌려
피칠갑이 되어,
(가는 대나무 잎은 세차게 춤추며 날려버리고 만다)
그 피로써 목구멍을 축였다고 생각하자,
먼 기억이 되돌아왔다.

두 다리 벌리고 올라타는 큰 호랑이에,
내 몸을 던지는 자비,
일곱 마리 호랑이 새끼에 둘러싸여,
대숲 속에서는,
내 살을 내주는 자비,
오늘날에 상상도 되지 않는,
맹수에조차 몸을 내주는 자비.

아아,
몸 버림, 목숨 버림!
시공을 넘어, 눈멀 듯한
일면 정토(淨土)가 빛나고 있다

『국민문학』, 1944. 3.

성덕태자 헌정에 관련된 추고(推古)천황의 물건으로 추정된 '옥충주자'는 법륭사 금당 내에 안치되어 있는 것으로 길이 칠 척 칠 촌, 궁정과 수미좌의 상하부로 나눠 있고 본존은 없다. 그 주연 끝에 사용된 금박 칠한 금도구의 밑에는 옥으로 된 벌레의 날개를 붙여 놓았다. 이 주자에는 하부 좌우의 전후에 사면의 그림이 있고, 상부궁전 후북의 외부에는 일면의 그림이 있다. 그 작품은 고(구)려 고분의 벽화와 밀접한 관계가 있다고 말해진다. 하부 좌우의 그림 속에 우측의 것이 〈사신사호본생도〉이며 좌측의 것은 〈시신문게본생도〉이다. 양 그림이 함께 몸과 목숨을 버리는 가르침을 보이는 것으로 "만일 굶주린 호랑이에 몸을 던지는 것 같은 것은 본신을 버리는 것이며 만일 의사, 위험을 보고 목숨을 주는 그 뜻은 목숨을 버리는 것이다"라는 성덕태자의 말의 취지를 묘사한 것이다. 좌측의 그림의 원본이 된 설화는 〈대반야심경 성행품〉에 있다. 이 바라문은 나찰을 위해 몸을 주었는데, 나찰로 보인 것은 나찰이 아니라 제석천이었다. 바라문은 몸을 던짐으로써 참된 생명을 얻은 것이다. 하부 곧 대좌 정면의 그림은 〈사리공양도〉이다. 상부, 곧 궁전 후벽의 외측에 있는 〈보탑용현도〉는 그 대조이다. 內藤五一郎, 『日本佛教史』飛鳥篇 참조.

이상은 사토 교수가 〈사신사호본생도〉, 〈시신문게본생도〉(1944. 1), 〈사리공양도〉, 〈수미산병해룡왕궁도〉(1943. 5), 〈보탑도〉 등을 각각 읊고, 주석을 단 것이다. 기독교인인 사토 교수의 불교에 대한 이해란 어디까지나 종교 그것과는 일정한 거리가 있는 고대 조일관계사에서 야기된 것으로 볼 것이다. 일종의 고대에의 낭만적 정열이라 할 만한데, 전시에 처한 지식인의 탈출구였는지도 모른다.

조선의 벗들을 생각한다

고성(高城)에서 해금강의 하늘의
방울져 듣는 듯한 녹색은 잊을 수 없고,
마른 억새가 물에 잠겨 흔들리고 있는
철원 고지의 눈을 잊을 수 없다
경성 시가(市街)도 잿더미로 되었다는데,
최(崔)여, 김(金)이여, 이(李)여 젊은, 그리운,
얼굴들은 지금도 눈에 선한데, 그대들은, 시방,
어디 있는가─살아서 있는가.
역사 백년의 필연(必然)이 그대들의
머리 위에 폭렬되었도다,
그렇지만 미래 백년의 세계의 투쟁은
다시금 우리들의 국토를 덮치리라.
─그때, 우리들에게는 옥충주자(玉蟲廚子)가 있다,
─그때, 우리들에게는 산배대형(山背大兄)이 있다.
(1952. 12. 3)

『全集(2)』, p.114.

6·25동란 중 사토 교수는 조선을 회고하며 역시 고대 조일관계에 머물렀음이 판명된다. 갈 데 없는 낭만적 고대에의 상상력이라 할 것이다. 거기에는 법륭사에 있는 고구려계의 영향으로 추정되는 〈옥충주자〉와 반도계 도래인으로 초기 일본정계에 군림하여 권력을 쥐었던 소가 가문의 정변이 시인의 상상력을 자극했다. 사토 교수에 있어 조선은 풍물과 동시에 이 고대 상상력으로 다듬어졌음이 판명된다. 야마시로노 오에노(山背大兄)는 성덕태자의 아들을 말함. 어머니는 소가 우마코의 딸. 우마코의 아들 소가 에미시는 천황을 멋대로 세우고 전횡함. 후에 반란을 일으키려다 자결함.

상추

한 포기의 상추,
잘 씻은 한 포기 상추,
기름을 조금 치고,
가는 소금을 뿌리고,
따뜻하게,
내 손수 지은 밥을 싸서 먹는다,
석양을 향해,
떨어지는 아카시아를 향해,
혼자서 먹는 상추,

최재서가 가르쳐주어,
올해도 먹는 맛 좋은 상추,
그런데 이것도
(길고 긴 세월이 지난 뒤)
올해까지 오고 말았지만,
그 맛에는 털끝만큼의 푸념도 없다.
그렇지만 이 상추에 깃든 맛,
그 누가 이 맛을 분석하며,
그 누가 이 맛을 종합하랴.

『국민문학』, 1944. 8.

チサ

佐藤　清

ひとかぶのチサ、
充分洗つたひとかぶのチサ、
油をとほし、
小しほをふつて、
あたゝかい、
自分でたいた飯をつゝんでたべる、
夕日に向ひ、
散るアカシアに向ひ、
ひとりでたべるチサ、
崔載瑞に教へてもらひ、
今年もたべるおいしいチサ、
しかしそれも
（長い、長いとしつきののち）
今年きりにはなつたが、
舌ざはりに微塵の感傷もない。
しかしこのチサにこもつてゐる味、
誰がこれを分析し、
誰がこれを綜合しよう。

해 설

　이 시는 『국민문학』(1944. 8)에 실린 사토 기요시의 「상추」 전문이다. 경성제대 영문과의 창설자이자 주임교수이며 시인이자 키츠 전공의 사토 교수는 특이한 개성을 지닌 인물이었다(오카모토 하마키치[岡本濱吉], 「성대교수 평판기」, 『조선급만주』, 1937. 3). 그가 가장 아낀 제자가 바로 최재서였거니와 그의 시집 『벽령집』이 최재서의 인문사에서 간행된 것은 조선 체류 17년째 되던 1942년 10월이었다.

음향에 미치다(조선 거리 생활 단편)

좁은 도로의 수도꼭지 앞에는,

빨랫감이 쌓이고

뭉쳐진 흰옷을 비틀어 올려,

힘껏 쥔 몽둥이로 치고 있다.

냉혹한 소리여, 무지한 소리여.

더하고 더하고, 틈을 잊고

이층의 사방에서 습격하는 단음의 연속이여,

불면의 밤이 샌 날, 타오르는 하루.

그을음이 잔뜩 날아오는 날, 또 날―

아아, 소리의 십자가(十字架)

이보다 내게 대답하는 형벌이 이 세상에 있을까.

『전집(2)』, p.216.

해 설

『부용집(芙蓉集)』 수록. 1923년에서 1952년간 발표된 작품으로 기간 시집에 미수록.

조선의 소녀들

하늘 가득 그을음 밑
면도칼의 추위에
숨을 죽이고 있는 겨울
어느새 상쾌하게 휘말려가는
비단의 날개짓하는 매미같은
조선의 소녀들
서로 맞부딪칠 듯
남대문길을 간다
(세상 어느 도회에도 이처럼 많은 아름다움은 보이지 않는다)
저물어가는 하늘의 녹색은
낮게 땅에 드리워져
건물과 건물 사이의
박명속에 구석구석 가득차
소녀들은 그 녹색 속으로 나아간다
이윽고 박명이 깊게깊게
깊은 어둠이 되어서도
보도엔 하늘의 녹색이 사라지지 않고
서로 맞부딪칠 듯
소녀들은 그 녹색 속을 나아간다

『부용집』 수록. 『전집(2)』, p.243.

경주 불국사 재건

내가 태어날 때

좀처럼 왼손이 펴지지 않았던 모양

칠일 째 펴졌을 때

모량리의 아이와 같은 이름이 새겨졌던 모양

모량리의 빈민의 아이가 죽었던 그날에

하늘에 소리 있어 재상의 지붕 위를 춤추며

대성(大城)을 부탁한다고 했던 모양

그날 대성이란 이름이 왼손에 새겨져

나는 재상가에 태어났던 모양.

나는 아무 구애도 없이, 그대로,

이 얘기를 믿고 있었는데, 세상물정에 눈뜨자

어느 날이었다. 나는 그날 비로소

토함산에 올랐다. 반나절이지만 햇빛이

가고 있는 구름에조차 빛나고, 위쪽은

조각조각이 났으나 아래쪽을 보자,

빛이 한면에 바다에 떨어져 눈부시지 않겠는가.

그때 나는 급히 눈을 뜬 느낌이었다.

유모 따위라고 생각했던, 저, 아름다운, 수줍은 사람이

실은 나를 낳은 어미이며

나에게만 비밀이었던 비밀이 내게도 이미 비밀이 아니게 되고 말았다.

그리하여 처들어가는 밀물처럼
사정없이 눈앞에 떠올라오는
그때까지의, 일상사의 두루마리 그림,
─그 속에도 각별히 눈에 띈 것은
너에게 숨기지 않으면 안 되는 애정과 함께
몸도 혼도 없애려는 모욕을 견디며
그래도 그 아름다운 눈과 여자다움은
모욕조차 모욕을 교묘히 모욕하는 온갖 모욕,
눈에 뵈고, 눈에 안 뵈는 모든 모욕 견디며
묵묵히 지내버린 어미의 일생─
그 하나하나의 고뇌의 긴 두루마리 그림이었다.
그런데 세월은 갔다.
부모를 위해서는
불국사 개수 공사를 기획하고,
생모를 위해서는
석불사(石佛寺) 건립을 결의할 때가 왔다.
그리하여 구름이 날고, 약수가 솟고,
일본해가 뵈는 영산 봉우리에
석불이 드디어 되었을 때
한 길(丈) 한 측(尺), 일생의 심혈을 모아서
살아있는 듯한 원만 미묘한, 그 미간은
바다를 나오는 해를 정면으로 비추어
그 때문에 석굴속의 각가지 부처도 살아나서
시방(十方) 일시에 빛을 발하는 것 같이 다시 놀라운 기적에
나는 망연자실하고 있다.
그렇지만 때의 끝이 오지 않으랴. ─손가락에 불을 붙이고
하늘에 걸어놓는 자 없어도, 이 광명은 멸함이 없이
사랑과 미는 하나로 되어

인간의 고뇌를 성화(聖火)하면서
동해를 영원히 비추리라.

(1943. 4)

『전집(2)』, pp.99~100.

혜자(慧慈)

1. 벽공정토

태자 훙거의 비보에
맹세한 지 한해가 지났다.
내일은 2월 22일, 만원(滿願)의 날.
새벽이 밝아
나의 영혼은 벽공정토에로 날으리라
그리하여 태자의 환희와 합체하리라.
"위임은 무서워도 생각함은 굳어"
대비(大妃) 다치바나오오이치로(橘大橘大女)는
유마경의 묘희정토를 그려
그것을 채색하여 자수 놓아 그것을 보며
정토의 그림자에 그리워했다는
오늘, 우리 세계에서 최후로 보는 태자도
이 정토에 있는 태자의 존영(尊影)이다.
(정토의 하늘은
이 맑디맑은 하늘처럼 무궁하리라)
맥이 끊기고 숨이 멎을 때
내 영혼은 태자의 영혼에 합치 되리라.

2. 대화건통사(大和建通寺)

스승의 자격을 부여받았으나
(그리운 야마토 겐쯔지[大和建通寺]여)
조석으로 의좋게, 옆에서 모시어
학예의 길에 들기 이십 년
(그러나 그 사이에 어떤 동란이 일고 어떤 위기가 지났던가)
총명은 이름 그대로
자비는 목소리 그대로
스승이라는 이름에 황공한 이 몸에
단지 한줄기 사랑과 존경을 부어주셨다.
귀국 이후 아침에, 저녁에
동쪽 향해 합장하고 있노라면
언제나 눈시울에 뜨거움을 느껴
그로부터, 벌써 칠년,
오늘, 이 비보가
천리의 구름을 만나 오다니!

3. 숙명에서 천명에

우리들은 한 세기동안
불상, 경전, 황금을 보내
화공, 도공, 건축사를 보내
박사 의관을 야마토(大和)에 보냈으나
그 보수로서 무엇을 얻고자 했던가.
우리들이 얻은 것은
이러한 모든 것을 초월하는
실로 크고
격렬하고

무서운 '사랑'(愛)이다.
그렇지만 세월의 흐름에 따라
그 '사랑'은 '미움'도 동반하여
(그 속에는 그대와 내가 부침하면서)
누구도 저항할 수 없는
강한, 거대한, 숙명의 흐름으로 되리라
(그리하여 천년이 지나버리면) 그것이
천명(天命)의 바다에 흐르고 말리라.
(그때엔 좋아하고 싫어하기는 문제가 아니다)
숙명은 드디어 천명에 합치되고 말리라.
―천명으로 된 숙명에 거역하는 자는
아무래도 살 수가 없다.

4. 성(聖)

20년의 생활이 실증하는
감격성은 공통의 기질이리라.
차이는 격렬함의 정도 뿐이다.
그리하여 거기 우리들의 미성(美性)이 있다.
누가 죽음을 두려워하며
그 누가 신명을 아끼랴.
오년 전,
삼십만의 수나라 대군을 격파한 우리들이다.
(당시 포로, 북, 피리, 활, 투석기, 기타를 바친 즐거움이여)
자기를 알아보는 자를 위해서는
필부도 즐겁게 한몸을 버리듯.
내일, 태자의 뒤를 좇아서
이 세상을 떠날 나를

성스러움이라 부르는 것은 그 누구인가.

5. 개똥지빠귀(鶇)

기다리고 기다리고 기다렸다.
먼 밤이 밝아옴은 가까워
추위는 뼈에 스며들 것 같다.
그러나 불어제치는 폭풍 속에는
개똥지빠귀(티티새, 백설조 – 역주)의 소리 들린다.
알맞게도 향유를 바른 듯한
머리가 급히 분명해지는
얼음을 녹이는 광선처럼
개똥지빠귀여, 다시 한번 울어주게나
밤은 천천히 밝아온다
그러나, 다시는 개똥지빠귀는 울지 않고
아무리 기다려도 개똥지빠귀는 울지 않고
정토(淨土)여, 아아, 개똥지빠귀여.

『국민문학』, 1943. 8.

원 주

　추고천황(推古天皇) 29년(제33대 천황. A.D.593년 즉위 – 역주) 이때를 맞아 고(구)려의 중 혜자(아마도 평양에로 귀국했을 듯)가 상궁황태자(성덕태자)의 죽음을 듣고 맹세하여 왈… 오늘 태자 이미 훙했다. 나, 이국이라 하나 마음은 두터운 우정이 있다. 나 혼자 산다는 것이 무슨 소용이 있으랴. 돌아오는 해의 이월 오일(22일이 정설)로써, 반드시 죽으리.

　이에 태자와 정토에서 만나, 함께 중생을 교화하리. 여기에 있어 혜자, 맹세한 그 날을 맞아 보이지 않았다. 이로써 세상사람들 모두 말했다. 이는 상궁태자의 성(聖)에 계심 그대로이다. 혜자도 역시 성(聖)인이다.(『日本書記』 卷22)

블레이크의 분노

하나의 커다란 의지를 행하는 것을
소년의 가슴 깊이 맹세한 것의
연월이 지나 날개는 돋았으나
언제부턴가 날 방향을 잊었다.

잊은 것이 아니라
시시한 녀석들이 같은 방향에서 날아왔던 것이다
그 따위 녀석과 함께 날기는 싫다
혼자서 난다, 그래서 제일 높은 곳에로 난다
누가 뭐라든 자기 뜻에 따름이 좋다

잊은 것이 아니다
가짜들과 벽창호와 함께 하기란 싫다
그래서 제일 높은 방향을 향해
무거운 날개를 펼쳐 가는 것이다
보라, 이 뵈지 않은 탄탄한 날개를

『현대시인』, 1932. 9.

해 설

「궁핍」(1927)에서도 Blake의 원시를 인용하였다.

새로운 시의 혼에게

조용히 바라보아야할 사물에
환기되는 환상,
그 환상 속에,
이루는 노래.
말라르메의 상징이여.
가라,
우리들의 시는 이미 무드가 아니다,
자기와 사물과 사람이 하나되는
감동의 연속이다.

신비를 예뻐하고,
몽환에 미치고
엉클어져 어지럽게 화려한 붉음을 시도하는
일본화된 보들레르여,
가라
우리들의 시는 이미 데카당이 아니다,
사물에 살고, 사람에 살아가는
감동의 연속이다.
하나의 폼을 쓰면,
자연히 의미의 세계가 나타난다.

그러기에 하나의 관념을 전달하고,
묘사할 필요가 없다.
다각형으로 세공한 포멀리스트여
가라,
우리들의 시는 이미 다각형 세공이 아니다,
과거를 오늘에
오늘을 미래에 살아가는
감동의 연속이다.

밝게 투명한 가을 기운 같은
슬픔, 기쁨을 노래해 버리고
그렇지만, 오늘, 우리들 속에 살아있는
만엽(万葉), 기(紀), 기(記)의 시인들이여,
오늘이야말로 우리들의 몸에 옮겨와서
우리들의 시의 영혼이 되어다오.

『新日本詩選』, 1943. 9.

『벽령집』 후기

조선에 와서 특히 우리들의 오감을 자극하고 상상(력)을 자극하는 것은 매우 많다. 내지의 풍물 기후가 조선의 그것과 차이가 있음은 물론이지만 구라파나 미국 등에 비해서도 일종의 독특한 환경을 우리들은 조선에 있어 찾아낼 수 있다. 다감한 것을 움직이게끔 풍물은 눈 닿는 모든 것에 충만 된 것처럼 보인다.

나는 동북(일본의 동북부—역주)의 한구석에서 자라, 어릴 적부터 한기의 공포에 단련되어 왔으나 조선에서 나의 과거를 회상할 때 그것은 흡사 꿈과 같은 느낌이 든다. 한기(寒氣)의 진수는 조선에 있다. 조선에 오지 않으면 그 진수를 맛볼 수 없다. 한랭의 미는 이 철저한 한기 속에 있어서만 감동될 수 있으리라 생각한다. 나는 일찍이 엄동 이월 초, 의주에서 신의주에로 가는 뗏목을 타고 압록강을 내려간 바 있었다. 나는 그 당시 처음으로 한기의 세례를 받았다고 믿는다. 한랭의 미를 맛보는 것은 조선에 사는 자의 특권이 아니면 안 된다. 그러나 조선의 한기가 극단적으로 격렬한 것과 같이, 그것에 못지않게 격렬한 것은 조선의 햇빛이다. 가을 풀 듬성듬성한 것을 밟으며, 교외의 붉은 흙 위에 서서 초가집이 흩어져 있는 풍경을 향해 용서 없이 직사하는 햇빛에 공격당하면, 생각지도 못한 눈물이 눈에 괴는 일이 있다. 그것이 무엇을 의미하는가를 나는 모른다. 단지 이 위압하는 것 같은 무서운 햇빛의 강렬함—이 강렬함을 읊는 시인은 도대체 누구인가를 생각하는 것이다. 또 밤의 창공—맑디맑아 밤새도록 사라짐을 잊은 조선의 벽공을 읊은 시인은 도대체 누구인가를 생각하는 것이다.

런던의 7, 8월은, 언제까지나 천천히 흔들리는 박명한 시간의 미에 의해 우리들에게 주는 깊은 감명을 잊을 수가 없다. 물론 조선의 박명시간은 런던만큼 길진 않으나 내지에 비해 매우 길다. 그러나 박명시간을 읊고자 하는 것은 런던을 노래하는 쪽이 좋다. 조선에서 읊고자 하는 것은 결코 박명 시간이 아니니라. 조선에서 노래코자 하는 것은 박명시간에서 참으로 밤에 걸려서, 맑디맑게 남아서 소멸되지 않는 벽공—이것이야말로 조선에서 읊어야 될 하늘의 미이리라.

어떤 여름밤, 남대문 길의 은행가를 걷고 있노라면 커다란 건축물 사이에 둘러싸여 있는 어둠 속에는 묘한 검푸르게 맑은 것이 있었다. 나는 그것을 이상히 여기면서 그윽이 보고 있자니, 그것은 날이 저물 때 남았던 벽공의 한 부분이었던 것이다. 가을도 겨울도 밤이 깊었지만 그런 만큼 하늘이 맑아 별이 빛나서 가까이 가면 얼굴이 물들지 모른다고 여길 정도의 검푸름—나는 이토록 검푸르게 맑은 하늘색을 본적이 없다. 고려청자의 많은 신품(神品)은 이 조선 밤 벽공의 색을 훔쳐내어 만든 것이라고 나는 여긴다. 이 큰 하늘을 우러러보며 서 있노라면 실로 천년도 한 시각에 지나지 않은 듯한 느낌이 든다. 밀라노의 카스테로 성내의 밀실의 천장에 그려진 성화 다빈치의 큰 하늘의 색깔—그것보다 한층 더 맑게 갠 조선의 밤 벽공을 노래한 시인은 대체 누구인가.

추위이고 햇빛이고 벽공인 조선에 대해 노래하는 것은 단지 이런 구체적인 요소만은 물론 아니다. 그렇지만 이 세 종류의 요소—혹은 여기에다 바람과 비를 더해 네 종류의 요소는 적어도 조선에 존재하고 있는 모든 예술적인 것을 결정하는 것이며, 또 동시에 근본적인 시제(詩題)가 되지 않으면 안 된다고 생각한다. 그렇기는 하나 기타 자연 및 인공으로 되는 것, 곧 산천, 정원 등의 부분도 역시 시제이며 건물의 대문의 미, 석탑의 괴상함 및 갖가지 예술 공예품도 적절한 시제이리라. 이에 더하건대 조선의 역사적 유적, 고고학적 발굴에 의한 고대문화의 재현, 풍속·습관·전설 등등 모두 좋은 시제로 되지 않으면 안 된다. 나는 끝으로 다음 사실 하나를 적어 이 글을 맺고자 한다. 조선에 있어 제일 빼어난 것은 역시 고대의 조선인이 만든 예술이다. 그러나 그것은 그림도 아니고 도자기도 아니다. 궁전도 아니며 무덤도 아니다. 그것은 실로 음악이었다. 그것은 고려 아악 바로 그것이다. 시와 음악이란 아무런 관련이 없는 것이나 단지 조선에 있어서의 시제로서 절호이자 최후적인 것, 그것은 실로 이 고려 아악이 아니면 안 된다고 생각한다. 고려 천년의 혼의 목소리를 알아들을 줄 알고 그것을 오늘의 언어로써 거뜬히 읊어내는 시인은 과연 누구일까.

경성에 와서 어느새 17년이 되고 말았다. 흡사 거짓말 같은 얘기이나 지나가버린 세월은 진짜였고, 지나가버리면 다시 되돌릴 수 없는 것이다. 처음 얼마 동안 진귀해 보이던 갖가지 풍물은 해가 거듭되자 그 신선함을 조금씩 잃어갔으나 그러나 그 풍물 속에 들어가는 기분, 또는 풍물 그것에 안겨서 가는 기분은 점점 깊어져 오늘은 경성의 풍물이 전혀 자신의 몸과 마음에 달라붙어버린 듯한 느낌에 이르러 풍물에의 애착이란 것이 어느새 자신 속에 성장하고 있는 기분이 드는 것이다. 그러나 되돌아보면, 이 토지에 있는 시간도 그렇게 길지 않음을 생각하면 쇠퇴해 갈 수밖에 없는 이 땅에의 애착을 쇠퇴하지 않게 두고자 한다.

1942. 10.

요즘 생각한 것

세계대전(제1차 대전 ─ 역주) 당시 나는 무장한 배를 타고 71일의 항해를 경험하고 나아가 공습 하의 런던에 약 두 해를 보낸 바 있고 또 다시 20여년을 지난 오늘, 또 세계가 동란의 세상이 되리라곤 예상조차 하지 못했다. 당시 내 귀를 제일 강하게 때린 뉴스는 아일랜드의 시인 렛드위치의 전사였다. 그로부터 차례로 브룩스, 오윈이 죽고, 샤순이 부상당하고 그라비즈, 리쿠라스 등도 부상당했다. 이것이 이른바 전쟁시인이다. 그 중에서도 가장 젊어서 프랑스 전선에서 죽은 오윈의 시는 아주 독창적인 시인으로 '피데·오웨·잇트'라 노래한 휴머니스트로서의 성격에 의해 사후 점점 빛을 발하고 있다. 이번 전란은 선전포고 후 약 반년이 되거니와 아직 실전에 돌입하지 않은 셈인지 오늘날까지 전쟁시인이란 보이지 않는다. 한동안 반전사상인 영국 대학생들도 모두 칼을 들고 일어선 모양이라 저번 전쟁에서 배출된 시인들 같은 전쟁시인이 조만간 무명의 대학생들 속에서 나오리라 여겨진다.

나는 반년 정도 걸려 포우의 시론이나 비평 등을 읽고, 그가 시를 수리적으로 쓴다고 말한 의미를 살펴 보았으나 결국 이 논의는 포우의 기교론에 지나지 않고 그로 하여금 시를 짓지 않을 수 없는 동기는 그의 미에 대한 욕망이며 생활경험이었음을 알았다. 포우와는 정반대의 시인 번즈가 자신의 재능은 타고난 것이나 갈고 노력하여 작품을 완성한다고 한 것과 오십보백보에 지나지 않는다고 여겨진다. 아마도 이 경험은 고금이 같아서 궤변을 농하고 일시 사람을 놀래키는 것이긴 해도 드디어는 사람을 속일 수 있는 것이 아님을 보이는 것이다. 우리들은 때로는 아무리 괴롭게 읊더라도 한 행의 시구도 얻지 못할 때가 있다. 그러나 마음이 움직이고 또는 괴로움에 놓일지라도 실망에 빠질 때에는 행에서 행에 날아가는 수가 있다. 번즈가 "나, 시를 짓는 것이 참으로 쉽도다. 단지 지은 뒤에 알고 추고함이 심하도다"고 한 것은 우리들의 경험과 합치한다. 구성이나 형식이나 어휘 등 우리들이 이미 이성에 호소하는 것은 이성의 움직임만의 문제이다. 뜨거운 불에 놓일 때만 쇠는 단련되지 않으면 안 된다. 시도 그러하다. 이성적 공작은 감동의 불 속에 단련될 때 비로소 생겨나는 것이다.

나에게는 담배를 피운 때가 있었다. 극단으로 피웠을 때는 조선의 양절 연초 '가이다'를 하루에 7갑, 곧 71개피를 피우기도 예사였다. 그리하여 드디어 불면증에 걸리고 별 수 없이 금연했다. 그러나 당시는 담배가 자신의 영감이라고 믿었는데 그것이 전혀 미신이었다. 나는 또 술을 마시지 않는다. 술을 마시고 시를 쓴 적이 한 번도 없다. 시란 이러한 자극물을 빌지 않더라도 되어지는 것이다. 그러나 시를 짓는 데는 그것에 가장 알맞은 상태가 되지 않으면 안 된다. 그런데 나에게 제일 좋은 것은 몸 또 정신이 깨어날 때이다. 시 짓기에는 너무 크지 않은 상처가 없으면 역시 어떤 종류의 상처를 받을 때가 제일 좋다. 그 상처를 컨트롤할 수 있을 때가 제일 좋다. 시작에는 인스피레이션이 절대로 필요하다. 지금에 와서야 나의 인스피레이션은 얼마간의 괴로움이라는 것이 명료해졌다. 어떤 괴로움이 나를 위압할 때 무슨 연락도 없는 것 같은 여러 가지 경험이 돌연 종합되는 것이다. 이런 의미에서 시는 신비이며 또 우리들의 위로이기도 하다.

너무 짧은 시형, 가령 하이쿠(俳句)와 같은 것은 표현이라 할 수 없다고 여겨진다. 무촌(無村)의 하이쿠(句)는 너무도 일본어를 사용치 않아서 생경한 한자나 한어를 씀에 지나지 않거니와 이 무렵 썩 마음에 걸렸다. 파초(芭蕉)는 이 점에서는 훌륭한 일본어를 사용한 것으로 여겨지거니와 무촌의 시구는 한자, 한어, 한시의 위에서 있다해도 극언이 아니리라. 그러나 이러한 극단적인 단형시로서는 피할 수 없는 난점이다. 나는 조금도 이를 비난하지 않는다. 단지 현대의 우리들로서는 한층 호흡을 강하게 한층 숨이 차지 않는 시를 짓지 않으면 안 되리라 믿는다. 더욱 훌륭한 일본어로 한층 긴, 의미 깊은 시를 짓지 않으면 안 된다. 이미 형식의 문제가 아니다. 실질의 문제다. 메이지(明治) 이래 우리들의 시에 대한 노력이 유산되고 말았는가의 여부는 우리들이 참으로 깊이 있고 의미 있는 시를 짓는가 아닌가에 걸려있다. 헛되이 신기함을 다투어 외국시의 찌꺼기를 받드는 것이 능사일 수 없다.

쓴 약을 단 사탕으로 싼 것이 시라는 생각을 우리들이 지금 지니고 있을 턱이 없지만, 그렇더라도 교훈이란 것은 단적으로 말해 이와 같은 것이다. 시의 목적은 쾌락과 동시에 실리를 준다는 것으로 쾌락을 강조하는가 실리를 강조하는가 라는 차이는 있겠으나 막바로 실리를 배제하는 것은 아니다. 실리라면 어폐가 있겠으나 뭔가를 위해서라는 생각은 시의 목적의 하나이다. 단지 문제는, '위한다'라든가 '실리'라든가 그러한 것의 내용인 것이다. 우리들은 순수시라고 한다. 표현을 위한 표현이라고도 한다. 그러나 한편으로는 전달이란 것이 있어 작자와 독자와의 의사소통이란 것이 있다. 독자를 무시하고 표현을 목적으로 하는 것이 예술파의 훌륭한 태도이다. 독자에 아첨하고 독자의 환심을 찾아 많이 팔고자 하는 태도는 윗등급이라 할 수 없을지 모른다. 그러나 이런 것은 정도의 문제여서 팔려서 비로소 훌륭한 경우도 있는 만큼 한꺼번에 비난할 것이 못 된다. 오늘의 시가 팔리지 않는 것은 가치가 없기에 그러하다. 너무 고급하여 팔리지 않는 것은 아니다. 만약 진짜로 고급한 것일진댄 어딘가 고급한 곳에서 고가로 팔릴 것이다. 그야 어쨌든 시도 어느 정도까지는 팔려야 시 발달에 필요하며 따라서 시 독자를 고려에 넣고 독자에 쾌감을 주면서 동시에 뭔가 '위하여' 하는 것을 제공하지 않으면 안 된다. 시인도 독자의 한 사람으로 시를 짓고 적어도 어느 독자를 예상하고 그들의 독자를 '위하여' 시작함이 필요하다. 곧 독자에의 사랑이 필요하다. 독자의 괴로움을 업고, 독자의 상처를 치유하고자 하는 마음가짐은 시의 표현과 모순되지 않는다. 역시 시는 표현과 동시에 전달을 완전히 하지 않으면 안 되리라 여긴다.

중국의 시론가 이몽양(李夢陽)은 시로써 교화의 수단으로 삼는다는 생각이 있었던 모양이나 그는 시로써 교화의 직접적 수단으로 삼은 것이 아니고 도덕의 이치를 시에 의해 말하고자 한 것도 아니다. "몽양은 격조를 무겁게 여기면서도 풍취를 버리지 않았고, 도의를 숭상했지만 시에 의해 이치를 설명함을 배척했다." 몽양의 부음서(缶音序)에 이런 구가 있다. "무릇 시란 비흥(比興) 착잡하며 사물에 가탁함으로써 신변하는 것이다. 말하기 어렵고 측량할 수 없게 묘하며 감촉 돌발하여 정과 생각에 유동한다. 고로 그 기운은 유후하고 그 소리는 유양하며 그 말은 절박하지 않다. 고로 이를 읊으면 마음 기쁘고 이를 듣는 자도 감동한다. 송나라 사람은 이(理)를 주로하고 이의 말을 위한다. 여기에 있어 구름, 달, 이슬을 굴려 일체를 버리고 돌아보지 않는다. 또 시 얘기(說話)를 지어 사람에게 가르쳤기에 사람들은, 시를 모른다. 시는 무엇이겠는가. 일찍이 이치는 아니다. 만약 전혀 이치의 말을 하고자 한다면 뭣땜에 글을 지으랴. 또 시를 짓겠는가."라고. 참으로 오늘에 있어 음미할 명언이라 하지 않을 수 없다. 현시단, 시를 아는 자 과연 몇 사람 있을까 라고 나는 묻고자 한다.

　(1940)

『詩洋』

두셋의 느낌

개인과 시대가 꼭 합치되는 때 새로운 시가 나온다는 것은 진리의 전부는 아닐지라도 진리의 일면인 것은 인정하지 않을 수 없다. 비근한 예로, 신체시, 상징시, 자유시 등등이 차례로 일어났던 시기는 각기 그 배후에는 그 시기를 지배한 동향 사상을 갖고 있었음을 생각하지 않으면 안 된다. 좌우간 말꽁무니에 올라타지 않으면 행세 못하는 경향이 강한 사회에서는 시세에 타는 것이 제일 큰일이라 여겨진다. 그러나 오늘날과 같은 정세의 변화가 눈에 띄는 시기에는 한치 앞도 못 볼 형편인지라, 한순간 대세에 탔다고 생각했어도 눈깜짝할 새, 자기를 잃어버리는 것이 괴롭지 않은 형편이다. 옛날엔 시인은 예언자라 했는데 그것은 좋은 의미로 시세에 타는 것을 말한 것이리라. 그러나 오늘날의 시대에는 점점 그러한 의미의 예언자는 존재 이유를 주지 않게 되었다. 그리하여 이 시세를 타는 자가 단체를 만들지 않을 수 없을 정도로 그 패잔의 터전에는 눈을 감는 자가 있다. 나는 오늘에 와서 주검에 매질하는 어리석음을 굳이 하지 않으리라.

시란 다릿힘(角力)과 같아서 혼자서 하는 것이다. 그 성적은 일목요연

해서 참된 감식가를 속일 수 없다. 시인은 자력으로 선다. 그러기에 실력 있는 자는 최후에 이긴다. 진실로 시를 사랑하고 시를 생명으로 하는 이는 자기에 대한 비평을 오히려 환영하고 각고하여 자기 예술의 대성을 기한다. 그렇지 않은 자는 시인이 아니다.

김기수(金圻洙) 군의 『동여상(童女像)』은 감각기관의 풍요함으로써 특색 있는 시집이다. 인물도 실로 느낌이 좋은 사람이다. 나는 조선 한구석에서 이러한 시인이 나온 것을 매우 기뻐한다. 최근 조선에선 많은 서정시인의 배출을 보지만 그들의 작품은 모두 조선어로써 쓴 것이라서 김군과 같이 일본어로써 이 정도의 것을 쓰는 사람은 드물게 여겨진다. 조선의 문학은 대체로는 근래 현저히 약진했고 인격과 학식 공히 우수한 사람들에 의해 건설되고 있거니와 김 군의 시집도 대성하여 유종의 미를 이루기를 기도하는 바이다.

파리의 함락과 쉬르·리얼리즘−지금 나는 이런 것을 관련지어 생각하지 않을 수 없다.

영국은 이 제이차 세계 대전에 있어 어떤 시인을 만들어낼까−오원 같은 사람이 나타날까. 나는 아직 나폴레옹 시대의 영국시인들의 것을 깊이 생각한다.

그리하여 중국에서는 멀리 두보의 것이 생각되어 마지 않는다.

이상하게도 일본에서는 도피시인들 — 파초, 서학(西學), 근송(近松)이 생각되어 도리가 없다. 가마(歌麿)조차 생각된다 — 일본의 시인 예술가들이

226

어째서든 도피적으로 되지 않을 수 없는 원인을 깊이 생각게 한다.

나는 중학 삼년생일 때 '문단'에 신체시를 투고하고(이미 40년 이상의 옛
일이나) 그로부터 조속하게 취명(醉茗)이라든가 청백(淸白)이라 불린 사람들
과 같은 난에 나왔던 것이라. 잘난 기분이 되어 일 년 이상이나 투고를
계속했으나 후에는 바보처럼 생각되어 투고를 그만 두었다. 그러나 지금
도 잊혀지지 않는 것은 당시 대내백월(大內白月)이라는 사람의 작품의 잘
난 점과 청백 씨의 감식안의 뛰어남이었다. 청백 씨의 시집은 지금은 이
와나미 문고에 나와 있을 정도이나 백월 씨만은 문고파(文庫派)의 시인들
조차 오늘날 잊혀진 것은 이상하다.

타인을 경멸하면 자기도 경멸 당한다. 자기를 경멸하면 타인들로부터
도 경멸 당한다. 세상을 건너기 위해서도 어리석은 자는 생애의 끝에 이
르러서야 겨우 알아차리는 것이다. 그래서 정신이 들었을 때는 이미 늦
다.―(自箴)

국부적 비평은 국부비평의 몫이 있다. 국부비평이 머지않아 그 사람의
작품 전체 비평으로 될 경우는 말할 것이 못 되는 비평이다. 그러나 그
국부비평을 전체비평이 되는 것처럼 오해하지 않는 것은 주의할 일이다.
작가의 지위를 결정키 위해서는 작가의 최량의 작품으로써 해야 하는 것
이어서 단지 국부비평으로써 대용할 것이 아니다.

경성은 사계를 통틀어 명징한 벽공을 누리고 있거니와 특히 여름 저녁
의 벽공이란 가을 밤의 벽공과는 비할 바 없이 아름답다. 하늘 가득 한
조각 구름도 없는 것과 어디 없이 예리함을 머금고 있음 등이 그 특색이
다. 나는 고려청자의 비색은 이 벽공에서 앗은 것이라고 믿지 않을 수

없다. 그러나 일단 동경(東京) 교외에 되돌아와서 거기에 열려진 무장야(武
藏野)의 하늘―요즘과 같이 계속되는 한천(旱天)의 하늘을 보고 있노라면
평생 본적 없는 하늘을 발견하는 것이다. 그러나 아무리 한천이 계속된
다고 말했어도 정말이지 여기는 구름의 틈새가 없다. 만천에 일천(一天)의
티없는 벽공이란 것은 여기에는 거의 상상도 할 수 없는 노릇이다. 그러
나 여기에서 보이는 하늘의 색깔은 푸름이기보다도 남색이다. 예리하고
연마된 푸른 색이 아니라 꿈을 보는 것처럼 엉긴 남색이다. 광중(廣重)의
제일 완전한 판화에 남아있는 남색인 것이다.

　　(1935)

『詩洋』

빙창(氷窓)에 기대어

조선에 와서 산 긴 세월 동안에 서서히 내 눈을 뜨게 한 사물은 적지 않으나 그 속에도 제일 내게 고마웠다고 생각되는 것은 일본을 보는 관점의 이동이다. 이 이동된 관점에서 본 일본 그것의 모습의 새로움이다. 유럽에 있으면서 일본을 되돌아볼 때의 그것에는 물론 새로움이 있었는지 모르지만 여기서 느끼는 것 같은 깊이와 직접성은 결코 없었다. 나는 조선에 있는 동안 뭔가 높은 말 등에 타 세계를 내려다보는 것 같은 느낌을 물리치기 어려웠다. 여기에 살고 있으면 세계에 있어 일본이란 것이 실로 분명하게, 생생하게 찍힐 뿐만 아니라 일본의 삼천년 역사가 현재의 순간처럼 눈앞에 전개되어 오는 것이다.

나는 시의 연구와 시작에 일생을 바친 사람이다. 그 이외의 것은 거의 아무것도 모른다. 또 아무것도 한 것이 없다. 그렇지만 여기에 있으면서 『일본서기』를 톺고 『추고천황기(推古天皇記)』에 이르기까지 내 눈은 정착되어 다시 움직이지 않고 몸은 천년을 역행하여 막바로 그 시대에 살았던 것이다. 그래서 구름처럼 연기처럼, 눈을 가렸던 때[時]를 꿰뚫어 오는 한 길의 빛줄기를 발견한 것이었다. 그 기쁨은 무엇에 비기며 무엇에 비유할지를 모르겠다.

나는 조선에 와서 조선의 풍토와 인간을 사랑하고, 최후까지 변함없다고 말할 수 있으리라. 단지 조선을 사랑하고 그것을 위해 목숨을 버리기에 이르렀다고는 말할 수 없다. 참으로 사랑하는 것의 어려움은 말로써는 할 수 없는 바 있다. 몸으로써 하지 않는 것을 그 누가 과연 믿을 것이랴.

조선의 미는 엄함이며, 또 격렬함이다. 모든 것의 허식을 벗겨내기에 가장 알맞은 풍토이다. 여기에 살고 있어, 허식을 '시(詩)'라고 칭하는 자 있었다면, 이해할 수 없다고 할 수밖에 없다. 그래서 오늘날 만큼 허식을 버릴 필요에 내몰린 시대란 없다.

아름다운 사직단공원 기슭, 매일 걷던 추억 뒤에는 언제까지나 눈에 남아 있으리라.

조선의 이십년, 나는 매일 유구한 벽공을 바라보며 살았다. 나는 지금 아득히 돌아가는 무장야(武藏野)의 하늘을 바라본다. 무수히 변화하는 색깔을 바라본다. 그리하여 거기에 어지럽게 날고 있는 적(敵)의 비행기를 바라본다. 나는 어서 가지 않으면 안 된다.
(1945. 2. 8. 경성 객사에서)

『국민문학』, 1945. 2.

해 설
　조선을 떠나는 심정을 말한 글.

京城帝大 文科의 전통과 그 학풍

경성제대 영문과에 관한 학풍에 대해서는 昭和 20년(1945) 1월 25일 그 대학 법문학과 회의실에서 가진 나의 정년퇴관의 기념회 석상에서 행한 '인사말'이 제일 알맞은 대답일 것이다. 그것은 지금껏 인쇄되어 발표되지 않고 다만 그 자리에서 말한 것인 만큼 여기에 기록하고, 끝으로 조금 깁고 보태어 두고자 한다.

大正 12년(1923) 9월에 대지진이 있었습니다. 그때 제가 봉직하고 있던 오차노미즈 여자고등사범학교도 모두 타버렸는데, 그 후 곧 판잣집을 지어 수업이 시작되었고 나는 매일 오쿠보(大久保)에서 오차노미즈(당시 동경여자고등사범 교수—역주)까지 통근하였습니다. 그 이듬해 정월이었지요. 어떤 날, 服部宇之吉(경성제대 창설위원회 위원장—역주)이라는 이름으로 된 친히 열어 보라는 표시가 붙은 편지를 받았습니다. 그 속엔 내 일신상의 문제로 상담하고 싶다는 뜻이 들어 있더군요. 저는 그때까지 服部宇之吉이라는 분이 누군지 전혀 몰랐던 탓에 어리둥절했습니다. 편지 봉투에 적힌 주소를 보니 바로 戶山ケ原 쪽이어서 찾아가 물으니까, 이번 京城

帝大가 창립되는데 군을 외국문학강좌 담임에 추천했으니까 내일부터라도 서양유학 준비를 하라고 하더군요. 실로 어처구니 없는 분부였습니다. 그러나 여러 가지 사정도 있고 친지 친구들과도 의논하여 그해 8월까지 기다려 달라고 했습니다. 제가 지금 정년퇴관이 되어 조선을 떠나는 마당에 이젠 고인이 된 服部 선생님을 알게 된 인연을 생각하니 다만 감사할 따름입니다. 또한 저를 마지막까지 이 대학에 있게 해 주시고, 더구나 적국의 비행기가 경성 상공에 나타나는 이러한 시대에, 이처럼 훌륭한 모임을 열어 주신 것은 총장 각하를 비롯한 동료 여러분의 관대하고 아름다운 뜻에 의한 것이어서 깊이 감사의 뜻을 표하는 바입니다.

저는 大正 13년(1924) 8월 神戶에서 배를 타고 유럽 유학의 길에 올랐다가 1926년 4월 1일자로 본 대학교수에 임명되고, 그해 5월 19일에 처음으로 경성의 땅을 밟았습니다. 그로부터 지금까지 영문학 강의를 해 왔습니다. 그동안 배출된 졸업생은 77명이고, 지난해 학병에 나간 학생과 최근 졸업예정자를 더하면 85명까지 됩니다. 그중 학교 관계에 나간 사람이 제일 많지만 직접 문화방면에 일하는 사람도 있습니다.

저는 대학의 외국문학이라는 것은 미술학교나 음악학교와 같은 요소가 없어서는 안 된다고 생각한 까닭에 문학적 창작이나 비평 방면에 활동하는 사람들을 위해서도 준비를 하지 않으면 안 되리라 보고, 항시 그러한 점에 마음을 두고 임무를 수행했습니다. 말하자면 외국문학을 위한 외국문학이 아니고, 자기 나라 문학을 위한 외국문학이란 생각으로 해 왔습니다. 저의 이러한 태도의 옳고 그름은 별도로 친다 하고, 좌우간 저는 그러한 생각으로 해 왔던 것입니다.

영문학, 그것을 다루는 방법에 대해서는 저는 영문학의 가장 왕성한 시대, 곧 Shakespeare-Milton 시대와 18세기에서 19세기에 걸쳐 크게 떨친 romantic movement에 집중해 왔습니다. 한편으로는 직접 텍스트에 의거하여, 다시 말해 '연습'에 의한 작품의 문학정신을 파악하고자 했습니다. 다른 한편으로는, 문학비평의 역사를, 희랍 시대에서 현대에 이르기까지 이어지는 것으로 보아 비평의 원리와 방법을 발견하고자 하였습니다. 이러한 연구에 있어서는, 항시 일본문학, 동양문학과의 비교를 하고, 그 비교를 통해 자기를 비판하고 반성할 수 있게끔 애썼습니다.

나아가 저는 문학은 실천이라고 생각한 까닭에 저 자신, 조선에 있어서의 문학운동의 어떤 국면이기에, 거기에 관계하여 참가하였습니다. 그것은 앞에서 말씀드린 바와 같이, 미술학교나 음악학교 선생이 그림을 그린다든가 작곡을 하지 못하면 곤란해지는 것처럼 문학을 강의하는 사람이 하이쿠(俳句) 하나 짓지 못하고 노래 한 수 읊지 못하고 시 한편 짓지 못하면 곤란하다는 생각 때문입니다. 이렇게 하여 저는 외국문학을 위한 외국문학이라는 생각보다는 자기 나라문학을 위한 외국문학이라는 생각으로 해 왔습니다. 한걸음 나아가 저는 자기 나라 문학의 비평 또는 역사까지도 쓰고 싶었던 것입니다. 특히 제가 소년시절부터 키워온 明治문학, 명치의 새로운 시가에 관심을 갖고 있은 까닭에 그 방면에도 손을 뻗칠까 마음먹고 있습니다.

내 '인사말'은 이로써 끝내고, 그 연구의 한 가지 예로서 「外山正一論」을 낭독했던 것이다. 내가 '비교'라는 말을 사용한 것은 오늘날 유행하는 '비교문학'과는 큰 차이가 있다. 다시 덧붙이지 않으면 안 될 것은 당시의 영문과의 스탭들에 관한 것이다. 영문과 교수는 L. Haworth(영어학), 寺井邦男(영어학 및 영국소설), 中島文雄(영어학) 및 나(영문학) 등 4명이어서 영어학쪽의 비중이 얼마나 컸는가를 말해 주고 있다. 당초 Blunden이 교사로 부임하게끔 약속이 되어 있었으나 그것이 취소된 탓에 그 대신으로 온 사람이 Haworth이다(자세한 것은 김윤식, 『한국근대문학사상연구(Ⅰ)』, 일지사, 1984의 제Ⅱ부의 「경성제대 영문학과와 낭만주의」를 볼 것-역주). 영문학 연구교실(경성 제대에서는 법적으로는 '외국문학강좌'라 했으나, 기실은, '영문학강좌' 뿐이고 다른 외국문학 강좌는 없었다)은 당시로서는 가장 풍족한 예산의 혜택을 입었다. 『英文學研究』(일본 영어영문학회의 기관지-역주)에 매호 발표되는 신간서의 대부분은 언제든지 보급되었다. 뿐만 아니라 조직적으로 정비하여 학생들의 연구나 논문 작성에 편리를 도모하기 위해 British Museum Reading Room에 준비되어 있는 General Catalogues와 나란히 하여, 저자에 관한 모든 자료를 열심히 모아 카탈로그 열 몇 책을 만들었다. 이 곤란한 일은 조수의 손에 의해 끊임없이 계속되었다. 또한 학생의 연구 발표기관으로는 『京城帝大 英文學會報』를 내어, 학계를 자극한 자취는 충분히 있다. 집필자로는 崔載瑞, 寺本喜一, 杉本長夫, 趙容萬, 舟津重輝, 小山政憲, 府中廠, 李皓根, 金葉 등이 있고 그 외 눈에 띤 인물로는 金東錫, 蔡官錫, 李鍾洙, 田中正美, 李元榮, 玄永男, 洪風(鳳의 오자-역주)珍, 林學洙, 加藤孝, 高松日出夫, 原田朝吉, 諸橋哲夫, 李惠求, 花園正弘 등 많은 인재가 있었다.

경성제대에는 매우 엄격히 선발된 소수의 입학자로 이루어진 예과가 있었으며(예과는 고등학교가 없는 지역의 학생이 대학에 들어가기 위해 그 대학에서 만든 2년 또는 3년의 고등학교 과정에 해당되는 예비학교, 당시 조선엔 고등학교가 없었음-역주), 따라서 문학부에 오는 학생은 소수였으나 영문과에 모이는 학생이 제일 많았으며 수재도 적지 않았다. 특히 조선인 학생의 우수한 자들이 모인 것은 제국대학의 이름에 이끌렸다기보다도 외국문학에 그들의 목마름을 풀어 주는 어떤 요소가 帝大 속에 있었던 까닭이다. 20년간 조선인 학생과 교제하는 동안, 얼마나 그들이 민족의 해방과 자유를 외국문학 연구에서 찾고자 하고 있었던가를 알고 충격을 받지 않을 수 없었다. 나는 昭和 20년(1945) 3월 15일 敵火(미군 공습으로 인한 화재를 가리킴—역자)에 타오르는 길가를 달려서 귀국하였거니와, 그해 8월 15일에는, 그처럼 정비된 풍부한 제대도서관과 함께 나의 아끼던 연구실도 잃게 되고 만 것이다.

『영어청년』, 1959.

회상기-문학적 자전의 일면

1.

이번에 平賀耕吉 군으로부터 자전을 써달라는 편지를 받고 조금 생각해 보았는데, 당분간 나는 매우 소수의 친한 사람들에게 오랜만에 만나면 아무런 걸림 없이 자기의 일을 듣는 대로 깡그리 말하고 싶은 기분이되어 가볍게 하찮은 것이라도 써버리고자 한 것이다.

나는 21세까지 센다이(仙台)시에서 낳고 자랐다. 센다이 번(藩)은 유신(1867년의 메이지 유신－역자) 무렵 이른바 조정의 적이 되었기에 번의 자제는 이중삼중으로 곤란한 생활을 하지 않으면 안 되었다. 그러한 음울, 참담한 환경이었지만 나도 어떻게든 자라서 중학생까지는 되었다. 센다이는 역시 도쿄에서 보내오는 신문, 잡지도 많고 고등학교도 있었기에 희박하지만 문화적 경향을 향해 있었다. 그러한 공기 속에 나는 투고를 시작하기도 회람 잡지를 만들기도 했는데, 뒤에 활자화된 것도 있다. 메이지 34년(중학 3년경, 1901년－역자) 나는 上山貞(草人), 塩釜正吉(독일 문학자, 요절) 등과 淡煙會를 만들고 『七星』이라는 소형잡지를 냈다. 이는 우리들이 시작한 최초의 활자 행동이었다. 메이지 35년, 36년은 마사오카 시키(正岡子規, 1867~1902,

하이쿠·단가 시인-역자), 다카야마 조규(高山樗牛, 1871~1902, 평론가-역자)가 죽은 해여서 우리들 소년의 마음이 매우 자극을 받은 것은 설명할 필요가 없을 정도였다. 시키는『일본신문』과『호토토기스』에 의해, 조규는『태양』에 의해, 오자키 고요(尾崎紅葉, 1867~1903, 소설가-역자)는『요미우리 신문』에「금색야차」를 연재하고 있어, 우리들은 이런 간행물을 쉽게 입수할 수 있었다. 센다이에도 시키파의 하이쿠는 제법 성하여 나도 처음 廣田和와 上山貞과 함께 했으나 뒤에는 나는 2고(센다이에 있던 구제 고등학교-역자)에 입학하고는 百文會에 출입하기도 하여 훗날 하이쿠계에 빼어난 오오스가 오쓰지(大須賀乙字, 1881~1920, 하이쿠 시인-역자)를 비롯 曉川의 아우 廣田寒山, 大友亞人 등과 어울렸다. 하긴 나는 21세에 상경하여서 하이쿠를 그만 두었다(내가『소국민』등에 투고한 것은 중학 1학년 정도의 시기였다). 또 그 무렵 국어 담당 豊田德治라는 선생님이 새로운 단가(短歌)를 짓고 또 잡지『칠성』의 선자로 되어 선평을 받았다. 渡貫香雲이라는 한문 선생님께 때때로 오언절구를 짓는 지도를 받았다. 시마자키 도손(島崎藤村, 1872~1943, 시인·소설가-역자)의『若菜集』, 도이 반스이(土井晚翠, 1871~1952, 시인-역자)의『天地有情』, 스스키다 규킨(薄田泣菫, 1877~1945, 상징파 시인-역자)의『暮笛集』, 간바라 아리아케(蒲原有明, 1875~1952, 상징파 시인-역자)의『어린 풀잎』등을 읽었다. 한편『萬葉集』(오사카 출판의 6책본)을 읽었다. 친구 중에는 신체시를 짓는 자가 없었기에 말할 상대가 없어 매우 힘들었다.

바로 그 무렵 센다이의 후지사키(藤崎) 서점에는 언제나 도쿄의 신간잡지가 왔고『문고』(1895~1910까지 발간된 투고전문 신체시 잡지-역자)도 그 속에 있었다. 처음으로 투고한 내 글이 실린 것은 메이지 35년(1902) 5월의 『문고』이며 제목은「동풍」이고 아호는 飄飄生이었다. 그 다음에 실린 것은「麥秋」로 아호는 澱橋飄飄生이었다. 그로부터 계속 요도미바시(澱橋)라는 아호로 투고했고, 메이지 36년(1903) 7월「봄 언덕 기슭에서」라는 한 편을 끝으로 투고를 그쳤다. 그해 나는 2고에 입학했으나 왜 투고를 그쳤는지 자신도 모른다. 심기일전이었을까. 요도미바시라는 아호는 내가 알고 있던 히로세가와(廣瀨川) 기슭에 걸려 있는 다리, 요도미바시의 이름에서 딴 것이다. 이 아호는 내가 대학을 마칠 때까지 사용했던 것이다.

내가 2고에 입학한 것은 메이지 36년(1903) 9월이거니와 2고 잡지부에서 매해 2회 내는 『尙志會 잡지』에 내가 신체시를 연속적으로 낸 것은 메이지 37년(1904)에서 39년(1906) 7월까지 두 해 동안이다. 이 기간에 지은 것은 규킨이나 이와노 호메이(岩野泡鳴, 1873~1920, 자연주의 작가―역자)나 아리아케 등의 영향이 많고 7·5조 이외의 형식을 많이 사용했다. 이들 작품의 선집은 당시 소책자에 내가 청서한 것뿐이고 당시의 잡지는 내 손에 하나도 남아 있지 않다. 훗날 『문고』의 시인을 모아서 낸 앤솔러지 『靑海波』(1905) 속에는 나의 「등불」 한 편이 실렸고 또 「세례의 노래」는 이라코 세이하쿠(伊良子淸白, 1877~1946, 시인―역자) 씨의 호평이 있었다. 또 메이지 37년(1904) 9월 도이 반스이 씨가 2고의 우리 반에 출강해서 39년(1906) 7월, 나의 졸업까지 두 해 동안 영어, 독일어를 한 주에 두 시간 가르쳤다. 그 중에서도 바이런의 『차일드 해럴드의 여행』과 맥컬리(Thomas Babington Macaulay, 1800~1859, 영국 정치가·시인·수필가·역사가―역자)의 밀턴론은 지금도 뇌리에 깊이 새겨져 있다. 도이 선생은 교실에서는 자기 이야기나 신체시 얘기는 하지 않았다. 내가 개인적으로 친해진 것은 2고를 졸업한 뒤였다. 내가 2고 재학 중 『상지회 잡지』에 쓴 「두 종류의 신을 만나기」라는 논문이 『見神評論』이라는, 綱島深川이 비평을 모은 문집 속에 들었음을 듣고 일부러 나를 식사에 초대한 바 있었다. 쇼와 25년(1950) 11월 선생이 문화훈장을 받았을 때 일본 시인클럽 주최 현창회에 열석하여 나도 축사를 할 기회가 주어져 기뻤다.

238

2.

　나는 메이지 39년(1906) 9월 상경해서 『신인』(에비나 단죠[海老名彈正] 씨 주재)에 시문을 실었다. 이는 내 고향 선배이자 또 같은 침례교회에서 세례받은 內ヶ崎作三郎 씨가 에비나 씨의 교회로 옮긴 관계로 나도 잡지에 쓰게 해준 것이다. 당시 나와 동년배로 같은 대학 청년회관에 있던 법과생 鈴木文治 군(友愛會의 설립자)이 편집을 맡고 있어 나도 때때로 도왔던 것이다. 鈴木 군은 일본에서 노동조합의 창시자이며 종전 후 다년 간의 포부를 실현할 수 있는 기회를 만났으나 불행히도 중도에 쓰러진 것은 아까웠다. 片山哲 군 같은 사람은 우리들보다 조금 늦게 청년회관에 온 사람 가운데 하나였다. 鈴木 군은 내가 『신인』에 실은 신체시를 모아 출판한다고 해서 원고를 가져갔으나 이를 잃어버렸던 것이다. 지금 내 수중에는 한 부의 『신인』 잡지도 없어 내 작품으로는 綱島深川을 애도한 장시가 있었음을 기억할 정도이다. 나는 당시 극도로 생활상의 곤궁에 처했기에 이른바 시단의 경향을 좇기에 광분할 여유도 없었고 또 시단에 가까이 가지도 않았다. 또 작품 짓기도 막다른 데 이르러 일 년 간 휴학하고 규슈(九州)에 갔는데, 메이지 43년(1910) 7월 대학을 나와서는 도쿄에 일년, 미토(水戶)에 일 년 반 있었다. 다이쇼(大正) 2년(1913) 초에는 바로 내 중학 시대의 벗 木村禎橘 군이 간사이학원(關西學院)에 상학부(商學部)를 창설하려 애쓸 때였다. 木村 군이 內ヶ崎作三郎 씨에게 말해서 나를 문학부 창설에 임하게끔 하여 교섭을 받아들였다. 당시 나는 미토 중학교에 근무중이었고 바로 소년시대부터 알던 존스 목사의 교회 사택에 기식하고 있었는데, 거기까지 베베츠 씨와 吉岡 씨가 일부러 고베(神戶)에서 그 일 때문에 방문했던 것이다. 나는 다이쇼 2년(1913) 4월 초, 고베로 옮기게 되었다. 산노미야(三宮)역에서 내려 다시 전차를 타고 종점에 내려 간사이학원 정문에서 왼편 언덕을 올라 신학부 앞에 나섰을 때 아직 만

난 바 없는 워즈워드 씨가 거기 서 있었는데 신학부 쪽에서 나를 보고
온 베베츠 씨가 나를 워즈워드 씨에게 소개했다. 나의 만 10년의 고베
생활은 이렇게 시작됐다. 28세의 봄이었다.

3.

간사이 학원 만 10년의 내 생활에 대해서는 여기서 말할 필요가 없다.
내 생활은 적나라하게 사람들 앞에 있다. 단지 나는 전력을 다해 생활했
음을 기억할 뿐이다. 몇 사람 되지 않는 수업을 위해 밀턴을 강의할 때
도 베리테의 주석만으로는 부족해서 밤을 세워 록우드 사전으로 하나하
나 찾아서 강의를 한 적이 몇 번이나 있었는지 모를 정도였다. 결근은
거의 하지 않았다. 나는 고베에 오자마자 니시나다(西灘) 언덕 위에 한 방
을 빌어 살게 되었고 그 기막힌 환경에 힘입어 오랫동안 멈추었던 시흥
이 서서히 회복되어 갔다. 나는『문고』에 투고를 그만 두었을 때 혼자서
남모르게 맹세한 바를 기억한다. 그것은 지금 생각해 보면 결코 현명한
것은 아니었다. 오히려 가장 어리석은 것이었다. 그러나 잘 곱씹어 보면
그것은 내 천성이 명령하는 목소리였음을 느끼는 것이다. 18세의 나는
혼자서 자기에게 들려주었다. "나는 시를 쓰자. 그런데 혼자서 쓰는 것이
다"라고. 그로부터 오늘에 이르기까지 나는 언제나 혼자서 쓰고 있다. 그
리하여 이 혼자라는 것은 여러 가지 의미에서 내게는 불이익을 가져 왔
지만 그 때문에 한편으로는 마음의 자유를 얻게 되었다. 불이익을 감수
하지 않으면 마음의 자유는 얻어지지 않는 것이다. 그것으로써 나는 니
시나다의 언덕 위에서 당시의 시단 따위의 영향과는 완전한 절연 상태에
서 자기의 시를 썼다. 당시 內ヶ崎作三郎 씨가 통일교회의 목사가 되고
동시에 『六合雜誌』를 주재했는 바 내 시는 그 후 10년간 이『六合雜誌』
에 실을 수 있었다.

다이쇼 3년 10월 내 첫 시집 『니시나다에서』가 나왔다. 사이토 다케시 (齋藤勇, 도쿄제대 영문학과 교수－역자) 군은 『文明評論』이라는 소잡지에 혹 평을 가한 외에 水野和一 군이 『마이니치신문』 고베판에 단평을 한 정도 에 지나지 않았으나, 『제국문학』 10월호 신간비평은 이 시집을 정중하게 소개해 주었다.

다이쇼 8년(1919) 9월 나의 제2 시집 『사랑과 음악』이 나왔다. 사이토 군은 같은 『문명평론』이란 소잡지에 지난 번의 혹평과는 달리 크게 칭찬 하는 글을 썼다. 川路柳虹 군도 간단히 호평해주었다. 이 시집이 나오자 미키 로후(三木露風, 1889~1964, 시인·가인－역자) 군이 다키노(瀧野)에서 돌 아오는 도중 찾아와 주었다. 그 관계로 喜志邦三 군, 고 竹內勝太郎 군을 알게 되고 또 福原淸 군을 알게 되었다. 『想苑』의 발행과 더불어 시우를 많이 알게 되었다. 『일본시집』에도 『현대시집』에도 초빙되기도 했다. 미 키 군 중심의 『牧神會』가 만들어진 것도 그 이후의 일이다. 다이쇼 10년 (1921) 10월 발행의 『현대시집』에 실은 내 장시 「피와 빛의 수평선」은 당 시에 나온 『현대 저작자 사전』이라는 책에 인용될 정도였다. 특별히 취 급해서 문제가 되지 않았으나 국민적 금기 사항의 파괴를 알레고리로 취 급한 작품이었다.

다이쇼 12년 4월 나는 『바다의 시집』을 냈다. 이 시집은 喜志邦三 군, 松田明三郎 군이 『想苑』에서 비평을 해주었고 竹內勝太郎 군이 『詩聲』에 서 평을 써주었다. 나는 이 시집의 간행과 동시에 고베에서 도쿄로 옮겼 다. 그 외 나는 학생과 교사와 합해서 오랫동안 계속해온 靑海短歌會에서 읊은 초고를 정리해 『청해가집』을 냈다. 다이쇼 11년(1922) 3월이었다.

4.

상경 후 쇼와 4년(1929) 8월 제4 시집 『구름에 새』를 도쿄에서 냈다.

이 시집은 큰 반향이 있었다. 그 비평을 모아 『園』(1930)이라는 팜플릿을 냈다. 쇼와 5년(1930) 초반에 『시문학』에 쓴 시론을 모은 것이 『신문학 평론』(1933년 12월)이다. 나는 그 속에서 시단 전체를 탄핵했을 뿐 아니라 개인적으로도 용서 없이 매서운 비평을 했다. 거의 같은 무렵『경성일보』에 '경일시단'이 세워졌는데, 나는 선자가 되어 만 3년간 그 일에 임했다. 모인 사람들은 이백 명을 상회했다. 그중에서도 河野卓爾, 船崎德太郎 등은 걸출한 사람들이었다. 또 이들은 잡지 『赭土』를 냈다. 나는 그 사이 경성과 도쿄 사이를 왕복하면서 어수선한 생활을 했으나『詩神』, 『포에티카』, 『애송』, 『시인시대』 기타 시잡지에 계속 썼다. 그 후에도『일본시단』, 『詩洋』, 『시생활』, 『시와 시인』, 『시작』 등에도 계속 썼다. 쇼와 13년(1938) 8월『折蘆集』을 냈다. 경성에서 인문사 사장 최재서 군이 쇼와 16년(1941) 11월부터 월간『국민문학』을 발행했는 바 나는 쇼와 20년(1945) 2월까지 시론과 시편을 거기에 실었다. 내가 조선을 떠날 때에 즈음하여 최군은 나를 위해 쇼와 17년(1942) 10월『벽령집』을 내 주었다. 그로부터 『내선의 율동』(시집)을 내고자 조판까지 하여 출간될 처지였으나 종전이 되어 무산되고 말았다. 그중에는 「담징」, 「혜자」 등 추고조(推古朝)의 문화 창건에 진력한 조선의 명승을 테마로 한 장편이 들어 있다. 종전 후에는 「굶주린 자」라는 작품을 『시학』에 실었을 뿐 오늘에 이르러 같은 테마를 다룬 9편의 장편을 완성했다. 장차 이를 인쇄에 부칠 기회를 기다리고 있다. 이 최후의 시집은 일본 문화의 발생을 테마로 한 것으로 내 시업은 이로써 끝나게 된다.

최후로 나는 일본 시단에 대한 좁은 생각을 적어 이 회상기를 마치고자 한다. 나는 앞에서 말한 대로 이른바 일본에 있어 상징주의 운동이란 것에서는 어떤 영향도 받지 않았음을 오히려 감사하고 있는 처지이다. 따라서 일본의 상징주의 운동 이외에 시가 없다고 하는 편견을 고수하고 있는 자들 쪽에서 본다면 내 존재 같은 것은 벌레같은 것에 지나지 않으리라. 그러나 거꾸로 내 쪽에서 그들의 작품이나 행동을 본다면 모두 유한 계급의 중얼거림이며 맹목적 행위로밖에 여겨지지 않는 것이다. 가령 애욕을 읊고자 할 때도 진지함을 결하여 순전한 놀이에 지나지 않는 것이다. 내가 젊을 때 우에다 빈(上田敏, 1874~1916, 영문학자·시인─역자)의 『海潮音』(서양 근대 상징시 번역집─역자) 등을 손에 쥐지 않은 것을 실로 다행이라 여긴다. 나는 그러한 께느른한 북을 치는 듯한 음조는 듣기만 해도 구토가 날 지경이다. 시는 때로는 맑고 차디찬 얼음 같지 않으면 안 된다. 소박한 들풀 같아야 하고 굽히지 않고 다함 없는 흙담과 같지 않으면 안 된다. 시의 생명은 리듬에 있다. 그러나 리듬의 생명을 진짜로 느낄 수 있는 사람은 극히 적다. 이른바 인류나 민족의 운명에 깊은 관심을 갖는 시인들은 그들의 관여하는 바가 아니다.

부기

나는 언제나 내 생애에 가장 큰 은혜를 준 두 기관이 있음을 기억하고 있다. 하나는 간사이 학원이고 다른 하나는 경성제국대학이다. 그러기에 간사이 학원장 베베츠 박사와 경성제국대학 총장 고 핫토리 우노키치(服部宇之吉, 1867~1939, 한학자·도쿄제대 교수─역자) 박사에게 나의 깊고 두터운 감사의 뜻이 영구히 돌아갈 것임을 기도하는 바이다.

(기원 1951년 4월 15일)

　죽기 10년 전에 쓴 이 글은 유서의 형식처럼 격렬하다. 시인으로서의 생애와 자존심의 근거를 꾸밈없이 또 망설임도 없이 적나라하게 적었다. 끝내 그가 미발표로 남겨놓은 것도 이 점에서 이해된다. 서구 상징주의 시와는 당초부터 담을 쌓은 이 대단한 영문학 전공의 침례교인의 시적 운용 방식은 그 자체로도 일본적이자 이교적이어서 놀랍다. 이 「회상기」를 쓴 뒤에도 그는 죽기 전까지 많은 사회적 활동 및 시론과 시를 남겼다. 더구나 개인 계간지 『詩聲』(1954, 70세 적)을 죽기 전 25호까지 냈다. 이러한 형편이고 보면 상징주의시를 현대시의 주류로 시작을 해온 일본시단에서는 그의 설 자리가 퍽 좁았을 것이다. 그럼에도 신초사판(1988) 『일본문학사전』에는 다음처럼 평가되어 있음을 본다. "미키 로후와 교유했고, 정조적 상징에 의한 전아한 풍의 서정으로 『시성』지를 주재했으며, 시집 『니시나다에서』, 『사랑과 음악』, 『바다의 시집』, 『구름에 새』 등과, 『키츠 연구』 등과, 역서가 있다"라고.

부록

한국 근대문학사의 시선에서 본 『국민문학』

최재서의 고민의 종자론과 도키에다(時枝) 국어학
  − 경성제대 문과와 『국민문학』지의 관련 양상

최재서 저작 목록

한국 근대문학사의 시선에서 본 『국민문학』

1. 개별 국민문학과 암흑기의 국민문학

근대문학이란 무엇인가를 묻는 일은 한국 근대문학사를 검토할 때 맨 먼저 고려될 사항의 하나이다. 그것은 무엇보다 국민국가를 전제로 한다. 국민국가의 언어, 곧 국어로 하는 문학인 만큼 당연히도 한국 근대문학은 한국의 근대국가를 전제로 한 문학이 아닐 수 없다(B. 앤더슨, 『상상의 공동체』, 1983). 한국의 근대국가란 물을 것도 없이 공화제의 국가형태인 임시정부(상해, 중경)를 가리킴이다. 당연히도 일제의 조선 통치가 미치지 못하는 이 한국의 국민국가란 일본의 근대국가와 동등한 위치에 놓여 있어 일제도 암묵리에 이를 승인한 형국이었다.

일제의 조선통치는, 그러니까 행정, 학교, 경찰, 금융, 교통 등등의 제도에 국한되었을 뿐 문학제도는 통치권밖에 둘 수밖에 없었다. 한국 근대문학사의 성립은 이로써 논리적으로는 물론 현실적으로 치열히 전개

될 수 있었다. 한국 근대문학사는 이로써 한국의 국민문학의 조건을 완벽하게 갖추었다고 볼 것이다. 「무정」(1917)이 그러하며 「진달래꽃」(1925)이 그러하며 「삼대」(1931)도 「고향」(1934)도 그러하고 「날개」(1936), 「천변풍경」(1936)도 그러했다.

일제 통치부가 문학제도를 통치부 속에 내속시키고자 한 것은 중일전쟁(1937)을 계기로 하여 조선인 지원병(1938), 창씨개명(1940), 징병제 결정(1942) 등을 거쳐 마침내 조선어학회 사건(1942. 10. 1)에 이르러서이다. 3·1운동에 준하는 33인을 구속했고 총독부 시정일을 택해 강행된 이 사건의 역사적 의의는, 일제 통치부의 처지에서 보면 한국 근대문학의 종언을 의미하며, 한국 근대문학사의 시선에서 보면 일종의 시련이라는 데서 찾아진다. "한국 현대문학사 상의 암흑기"라는 문학사적 표현이 이를 말해준다(백철, 『조선신문학사조사 현대편』, 백양당, 1949).

이 암흑기가 새삼 주목되는 것은 21세기에 들어서이다. '국민국가'에 대한 의의가 세계화의 거센 물결 앞에 전면적으로 노출되어 그 빛이 흐려짐에 역비례하여 새롭게 떠오른 지평의 하나가 바로 이 암흑기이다. 한국의 국어를 통치부가 그 통치제도 속에 흡수시켰을 때 한국어는 한 지방어로 전락했고, 따라서 일본어의 방언의 위치에 놓이지 않을 수 없었다. 일본의 표준어와 더불어 일본의 방언으로서의 한국어가 동시에 씌어지는 글쓰기의 기묘한 공간이 이로써 생겨났다. 이를 '이중어 글쓰기 공간'이라 부를 수도 있다(김윤식, 『일제말기 한국작가의 일본어 글쓰기론』, 서울대출판부, 2003).

이 공간의 특이성은 (1) 일본어, (2) 지방어로서의 한국어, (3) 한국인이 사용하는 문화어로서의 일본어 등의 동시적 글쓰기 공간으로 규정될 수 있다. (1)은 재조선일본인의 글쓰기이며 (2)와 (3)은 한국인의 글쓰기이다. 다나카 히데미쓰(田中英光), 사토 기요시(佐藤清) 등이 (1)에 속하며,

(2)에는 이기영의 『처녀지』(1944), 김남천의 「등불」(1942) 등이, (3)에는 한설야의 「혈」(1942), 김사량의 「향수」(1941) 등이 속할 것이다.

이처럼 이중어 글쓰기의 공간을 문제 삼을 때 제일 첨예하게 고려될 사항은 이른바 국민문학적 성격에로 향하게 마련이다. 과연 (1)이 일본의 국민문학에 해당될 수 있을까. 이 과제는 당연히도 일본 근대문학사의 몫이어서 그쪽의 판단에 속할 사항이다. (2)와 (3)의 경우 그것이 한국 근대문학일 수 있는가의 여부도 한국 근대문학사의 소관이 아닐 수 없다. 만일 어느 쪽도 이들을 자국 근대문학의 일환으로 인정하지 않는다면 이들은 국적불명의 문학이거나 창작적 글쓰기의 일종일 수는 있어도 특정 국민문학, 곧 근대문학일 수 없는 것으로 규정될 터이다. 그런데 (1), (2), (3)을 통틀어 '국민문학'이라 명명한 특정 명칭이 이 공간에서 뚜렷한 존재로 군림하고 있었다면 어떻게 될까.

이 물음에 막바로 응해오는 것이 『국민문학』지에서 전개한 '국민문학' 개념이다. 이 과제에 주목하여 『친일문학론』의 저자는 국민문학의 개념을 절대적인 것과 상대적인 것으로 나누고, 또 후자를 광·협 두 가지로 갈라 논의했다. 이 중 협의의 국민문학을 일러 '친일문학'이라 규정했는바, 그 성격은 (a) 일본 정신을, (b) 근간으로 함, (c) 자각적 의식적이어야 함, (d) 일본적 국민생활을 함, (e) 국민생활 선양함, (f) 일어로 써야 함 등으로 요약된다(임종국, 『친일문학론』, 평화출판사, 1966). 이러한 협의의 일본 국민문학은 한국인의 처지에서 볼 때 친일문학으로 된다. 이런 문학을 대변하는 중요 매체가 『국민문학』이었다.

이 글은 한국 근대문학사의 시선에서 이른바 암흑기를 공백기로 규정하고 잠정적으로 건너뛰지 않음에서 출발한다. 다시 말해 일본 문학의 처지에서 보면 이 암흑기는 위에서 보았듯 협의의 일본 국민문학에 해당될 수도 있겠고, 한국 근대문학의 시선에서 보면 이중어 글쓰기 공간에 해당되겠거니와, 이러한 이중어 글쓰기 공간과 협의의 일본 국민문학 공간을『국민문학』지를 중심으로 비교 검토하여 그 낙차를 밝힘으로써 문학적 글쓰기의 영역을 넓히기 위한 시도의 하나로 씌어진다.『국민문학』을 주도한 문제적 평론가 최재서와 이 매체가 발휘한 힘의 근거, 이른바 문화자본으로서의 경성제국대학과의 관련성이 이 글의 일차적 과제에 해당되는 만큼 이 과제는 상상 외로 복잡 방대한 것이어서 필자의 능력을 넘어서는 것이다. 이 글에서는 단지 최재서와 사토 기요시 교수의 관련성에 국한시켜 살펴보고자 한다.

2. 「리얼리즘의 확대와 심화」가 놓인 자리

일제 강점기인 1940년대 초반 한국문학이 당면한 사건 중 결정적인 것은 무엇이었던가. 이 물음에 막바로 응해오는 것이 조선어학회 사건이다. 총독부가 1942년 10월 1일(총독정치 시정일로서 공휴일)을 계기로 하여 그동안 통치권 외에 방치해둔 한국 근대문학을 바야흐로 통치권 속에 편입코자 한 첫 번째 법적 조치로 감행된 것이 조선어학회 사건인 까닭이다. 두루 아는 바 근대문학은 국민국가를 전제로 한 제도적 글쓰기의 일종이다. 이 때 주목되는 것은 근대국가의 언어, 곧 국어로 하는 문학만이 근대문학이라는 명제이다. 한국의 근대문학이 성립되는 실질적 조건은 따라서 상해 임시정부(1919, 공화제 근대국가형태)에서 온다. 이 국가가 알게 모르게 그 언어적 기능 연구 및 사명을 위임한 곳이 조선어학회(조선어연구회의 후신)였다. 조선어학회 사건 이후에서 해방 때까지를, 한국 근대문학은 암흑기라 일컫고 일단 괄호에 넣어 건너뛸 수밖에 없게 된다.

그러나 문학이 글쓰기의 한 가지 형식임을 문제 삼을 땐, 공백기라든가 암흑기란 사실상 있을 수 없다. 실제로 조선어학회 사건 이후부터 광복에 이르기까지의 약 3년간은 조선어, 일본어 등의 이중어 글쓰기의 시대였다. 그 분량은 상상외로 많았고, 그 형태, 기능 등도 다양했다.

글쓰기로서의 문학적 과제를 문제 삼을 때 이 기간의 중심부에 놓인 매체 가운데 가장 문제적인 것으로 『국민문학』을 들 수 있다. 이 『국민문학』을 기획·운영·편집한 실질적 인물이 최재서였다. 최재서 연구의 중요성이 이 무렵의 이중어 글쓰기의 의의와 분리될 수 없음은 이 때문이다.

한국 근대 비평사에서 최재서를 문제 삼을 경우 제일 중요한 것은 경성제국대학과의 관련이다. 제국 일본의 여섯 번째 제국대학으로 세워진 경성제대는 근대 서양식 제도의 산물이고, 영어영문학을 수학한 최재서의 비평가로서의 자질이나 역량은 이 제국대학의 학문적 분위기 및 수준의 연속선상에서 논의하지 않을 수 없게 되어 있다. 그는 여기서 당시 최고의 아카데믹한 수준에 닿았을 뿐 아니라 당대 영국문단의 저널리즘적 수준에도 통달할 수 있었다. 이상의 「날개」, 박태원의 「천변풍경」 등 극히 난해한 작품의 출현에 당황하던 당시의 한국 문단에 최재서의 「리얼리즘의 확대와 심화」(1936)는 경이로운 것이기도 했다. 이 경이로움의 원천은 경성제대 영문과에 닿아 있었다.

3. 자기 나라를 위한 외국문학－경성제대 영문과의 학문하는 분위기

대체 영문학이란 무엇인가. 이 물음은 두 가지 측면에서 해명될 성질의 것이다. 하나는 제국대학 특유의 근대적 아카데미시즘의 풍토이다.

조선어문학 전공의 조윤제가 독립운동 대신 근대적 학문으로서의 조선어문학 공부에 나아간 것도 이를 잘 말해주는 것이다. 다른 하나는, 이점이 중요한데 당시 세계 최강의 나라 영국인의 언어와 문학이 지닌 막강한 지적 상상력이다. 최재서의 비평 「T. E. 흄의 비평적 사상」이 일본 철학계의 권위지 『사상』(1934. 12)에 실렸을 때 편집후기는 이렇게 평가했다. 경성제대 출신이라는 것, 조선인의 글을 처음 싣는다는 것, 흄의 사상에 대한 글 치고는 일본 본토에서 소개된 것보다 그 학설의 요령을 이끌어내었다는 것 등등.

이러한 영문학자 최재서가 『국민문학』지를 주관·편집했다는 사실은 매우 의미심장하다. 아카데미시즘에서도 그러하지만 저널리즘에서도 사정은 마찬가지다. 그러나 아무리 경성제대 영문과의 도서목록이 대영 박물관 도서목록과 똑같았다 할지라도, 이것만으로는 『국민문학』지가 경성제대와 직결되었다고 하기엔 상당한 무리가 따를 것이다. 그럼에도 감히 『국민문학』이 경성제대와 분리되기 어렵다고 말해지는 이유는 무엇일까. 이 물음 속에 들어 있는 인물이 시인이자 영문학자인 영문과 주임교수 사토 기요시(佐藤淸, 1885~1960)의 존재이다.

도쿄제국대학 영문과를 졸업(1910)한 사토가 영국 유학을 거쳐 경성제대 개교와 더불어 법문학부 영문과 주임교수로 부임한 것은 1926년이었다. 최고학부인 경성제대는 재일본인과 조선인의 공학이었으며 이 중 조선인 학생은 엘리트층이었음에 주목할 필요가 있다. 사토의 교육방침이 지닌 의의는 크게 강조할 필요가 있는 바 이는 경성제대라는 근대적인 최고의 지적 기관의 권위와 맞물려 커다란 힘을 발휘했다. 이 맞물림의 한 가운데 놓인 걸출한 인물이 최재서였다. 경성제대의 입학은 경쟁이 극심했고 그 중에도 영문학에 모인 인재들이, 특히 조선인 학생이 우수했다. 제국대학이라는 권위에 대한 동경이라기보다도 외국문학에의 그들의 갈망이 제국대학 속에 있었다. 사토는 이렇게 회고한 바 있다. "20년 동안 조선학생과 친해지는 사이에 얼마나 그들이 민족의 해방과 자유를 외국문학 연구에서 찾고자 했는가를 알게 되어 충격을 받지 않을 수 없었다"(「경성제대 문과 전통과 학풍」, 『영어청년』, 1959)라고. 조선인 학생들의 외국문학에의 그리움이란 상실된 그들의 조국에 대응되고 있었다는 이 지적은 이 대학 법문학부장을 역임한 바 있는 다카키 이치노스케(高木市之助) 교수에서도 엿보인다.

> 최재서라는 학생이 있었다. 이 자를 사토 기요시 군이 썩 귀여워했고, 학생 시대는 친일파로 여겨져 조선인 학생들로부터 얻어맞을 정도였다. 그런데 이 최군이 설날 휴가에 (……) 찾아와서 "선생들이 아무리 협박해도 우리 조선인의 혼을 뺐을 수 없다!"라고 대단한 말을 던지고 건들건들 나갔다.
>
> 다카키 이치노스케, 『국문학 50년』, 岩波新書, 1967, p.140.

경성제대 영문과의 이러한 지적 분위기에 못지 않게 중요한 것이 따로 있었는 바 사토 교수의 교육방침이 그것이다. 대학의 외국문학이란 미술학교나 음악학교와 같은 존재라는 것, 따라서 창작(실기)과 이론이 동시적으로 진행되어야 한다는 것이 제1원칙이라면 두 번째 원칙은, 첫째 원칙에 관련된 것이거니와, 외국문학을 위한 외국문학이 아니고 "자기 나라를 위한 외국문학"이라야 한다는 것. 이 원칙들을 누구보다도 생리적인 완강함으로써 임한 강력한 존재가 사토 교수였다. 그는 진작부터 일본 전통적인 시인으로 문단에 등재되어 있었을 뿐만 아니라 그 창작에의 열정이나 수준은 대단했다. 동시에 그는 「전시 중의 아일랜드 반란과 애국시인군」, 「T. S. 엘리엇 시 연구」, 「메이지・다이쇼 시론사」 등의 학구적 비평에서도 일가견을 갖추고 있었다. 그를 두고 세평은 분분했다. 정상인이 아니며 과격하고 에고이스트이며 비사회적이다, 조금도 학생을 돌봐주지 않는다, 영어에 서툴다 등등의 비판이 있었지만 그가 자유인이라는 점에는 이의가 없었다. 그것도 문학을 아는 자유인이며 그 때문에 영문과에서는 적임자로 인식되었다(오카야마 하마키치(岡山浜吉), 「성대교수 평판기」, 『조선급만주』, 1937. 3).

재임 중 그는 시집 『벽령집(碧靈集)』(1942)을 간행했다. 그는 이 시집에서 한국의 차디찬 겨울의 엄함과 황토 위에 쏟아지는 여름의 강렬한 햇볕을 읊었고 또 옛 고려의 하늘과 미술 및 풍물에 매료되었음을 노래했다. 거기에는 자연과 역사만 있고 인간이 철저히 배제되어 있었다. 낭만주의를 극복한 영문학의 고전주의적 특징인 무상적 정신이 작동되었다고 볼 때 그것은 주지주의적 성향과도 상통되는 바 있었다.

사토 교수의 수제자가 영어영문학과 3회 입학생(1928)인 최재서였다. 일본 영문학회에 두 사람이 함께 발표도 했고, 이 대학 영문과 강사(1933~34)도 최재서가 일본인을 제치고 발탁되었다(『경성제대 영문학회 회보』에 의거). 18세기 영문학의 상상력과 20세기 최신 영국 평단의 신고전주의를 양날개로 해서 최재서가 한국 평단에 뛰어들었고, 맹렬히 비평활동을 감행했다(졸업논문은 The Development of Shelley's Poetic Mind, 1930이며 1931년에 대학원에 입학하였다. 연구제목은 Romantic Type of the Poetic Mind). 이는 사토 교수의 지론인 '자국을 위한 외국문학'이며 또 그 실천이기도 했다. 그 연장선상에 놓인 것이 『국민문학』이었다. "그 연장선상에"라고 했지만 여기에는 그 이상의 큰 문제가 따로 있었다. 곧 사토 교수도 그 수제자 최재서도 미처 예기치 못한 과제인 거대한 산맥이 가로놓여 있었던 것이다.

4. 『국민문학』의 3단계와 최재서의 창씨개명

대체 『국민문학』이란 무엇인가. 이 물음 앞에는, 최재서의 처지에서 보면, 『인문평론』이 먼저 놓여 있다. 『문장』보다 조금 늦게 등장한 『인문평론』은 일제말기, 그러니까 아직 한국문학의 암흑기(이중어 글쓰기 공간)가 도래하기 직전, 이른바 정식의 한국 (근대)문학의 발표 공간에 해당된다. 그 한국문학의 공간은 전형기를 맞이한 형국이었다. 사회의 암흑면 폭로를 주로 하는 자연주의적 문학과 사회개혁을 주장하는 계급문학을 동시에 넘어서 새로운 세계질서에 부응하는 문학의 모색을 위해 『인문평론』을 창간한 것인 만큼 설사 그 목표가 세계질서에 적응하는 데 있었다 할지라도(창간사 「건설과 문학」) 그것이 막바로 한국문학을 포기하는 것과는 일정한 거리가 있었다. 그러나 『국민문학』에 오면 사정은 크게 달랐다. 그것은 다음 세 단계로 전개되었다.

(A) 절충단계(1941. 11~1942. 6). 연 4회는 일본어판, 나머지 8회는 조선어판으로 계획되었으나 1941년 12월(한글판)은 휴간, 1942년 5·6월호는 합병호였고, 1942년 9월호는 휴간되었다. 실제로 조선어로 된 것은 2권 2호와 3호의 일부였다. 이 기간에는 한국문학의 혁신을 내건 재출발을 겨냥했으나 무엇보다 한국어냐 일본어냐를 둘러싼 용어의 문제가 미해결상태였음이 특징적이다. 최재서의 최대의 난점인 "고민의 종자"(1942. 5·6 합병호 편집후기)인 조선어를 버리고 문화어인 일본어로 창작하기가 그 결론이었다.

(B) 일어전용과 국체관념의 명징(1942. 7~1944. 2). 민족주의, 사회주의는 물론 자유주의적 경향이나 개인주의적 경향도 배제하고 오직 일제의 국책에 협력하는, 이른바 '내선문화의 통합'에 나아가기.

(C) 편집 및 발행자의 명칭변경(1944. 3~1945. 5 종간호). 그동안 『국민문

학』의 편집 및 발행자는 최재서였다. 이는『국민문학』이 아무리 일본의 국책문학을 위한 잡지임을 주장했더라도 그것이 조선인의 몸부림의 일종임을 알게 모르게 대외적으로나 대내적으로 드러낸 묵시적 장치였다고 볼 것이다. 그러나 1944년 3월호부터는 편집 및 발행인이 석전경조(石田耕造, 이시다 고조)로 변경되었는 바 이는 최재서가 창씨개명에 나아갔음을 가리킴이다. 여기에는 상당한 설명이 없을 수 없다. 창씨개명이 실시된 것이 1940년 2월 11일(紀元 2600년)임을 염두에 둔다면, 그리고 1940년 8월 10일까지가 그 시한이었는 바, 그 때까지 조선인 창씨자는 약 7할이었다(미즈노 나오키[水野直樹],『창씨개명』, 岩波新書, 2008, p.103). 물론 그 뒤에도 원하기만 하면 누구나가 할 수 있었다. 조선인에 있어 창씨개명이 가져온 그 충격의 어떠함은 설진창(薛鎭昌, 전북 화순)의 자결에서도 엿볼 수 있다. 가장 친일적인 글을 썼고『국민문학』을 편집·발행한 최재서가 총독부의 중요한 정책인 창씨개명에 나아가지 않았음은 웬 까닭이었을까. 이에 대해서는 다음 두 가지 추측이 가능하다.

첫째 그가 이미 石田耕人이란 필명을 사용했다는 점. 겉으로 보기엔 이 필명은 창씨개명으로 간주될 수 있었다. 그는 이 필명으로「결전하의 문단의 일년」(1943. 12),「징병과 문학」(1944. 8),「총력운동의 신구상」(1944. 12),「민족의 결혼」(1945. 1~2) 등을 썼지만 이는 창씨개명과는 아무런 관련이 없다. 종래 그가 써온 石耕牛(돌밭을 경작하는 우직한 소)의 연장선상으로 볼 수 있었던 것이다. 소(짐승) 대신 '인간'이라 바꾸었을 뿐이다. 그러나 창씨개명한 石田耕造엔 소도 사람도 빠지고 돌밭을 경작하는 사업(일)만이 있을 뿐이다.

둘째 창씨개명 이전의 일과 이후를 구별했다는 것. 최재서의 창씨개명은 문화란의 기사로 나갈 정도였다(『경성일보』, 1944. 1. 9). 창씨하기로 결심한 심정을 그는 이렇게 적은 바 있다.

나는 작년(1943-인용자) 경 여러 가지 자기자신에 대해 어떻게 처신할
지 깊이 결의하여 원단(1944. 1. 1-인용자)을 기해 그 첫 번째 순서로 창
씨를 했다. 그 이튿날 아침 그 사실을 보고하기 위해 조선신궁에 참배했
다. 대전에 깊이깊이 머리를 드리우는 순간 나는 맑디맑은 대기를 숨쉬면
서 모든 의문에서 벗어난 느낌이 들었다.-일본인이란 천황에 봉사하는
국민이라는 것을.

『국민문학』, 1944. 3, pp.5~6.

창씨개명 이전의 최재서와 그 이후의 최재서의 차이가 말해놓고 있는
점이 갖는 의의의 중대성은 그것이『국민문학』지의 그것에 엄밀히 대응
됨에서 온다. 그 이전의 최재서 및 그가 받들고 있던『국민문학』이란 오
직 천황만을 전제한 것이 아니었던 것이다. 대동아전쟁이라든가, 또 태
평양전쟁이 지닌 세계사적 사건 및 거기에 따르는 동양 고전에 대한 탐
구열의 및 신체제에 대한 옹호 등등은 요컨대 일종의 시국적 관심이었다
고 볼 것이다. 징병제도 이런 시점에서 바라보았을 것이다. 그러나 창씨
개명 이후는 그 논의의 심층부에 천황제가 놓이지 않으면 안 되었다. 이
순간 최재서는 무의식적이든 의식적이든『국민문학』과 더불어 한국 문
학사에서 벗어나지 않으면 안 되었다. 이처럼 이중어 글쓰기 공간(암흑기)
에조차도 세 가지 단계적 고찰이 가능하다.

5. 문화자본으로서의 경성제대 문과

『국민문학』의 편집 및 발행인이 최재서로 되어 있음에는 많은 설명이
요망되지 않을 수 없다. 결론부터 말해『국민문학』의 출발 및 그 진행
및 경영은 최재서 한 개인의 역량에 앞서 경성제대 법문학부라는 아카데

미시즘의 도움에 의해 비로소 가능했다. 『국민문학』의 공과는 그러므로 최재서와 더불어 경성제대 법문학부로도 귀결된다고 할 것이다. P. 부르디외의 논법으로 하면 『국민문학』은 경성제대라는 문화자본이 지탱했던 것이다. 창간호의 구성에 먼저 주목해야 한다. 그것은 전문이 일어로 편집되었다.

창간호 속표지엔 「황국신민서사」가 일어 그대로 적혀 있는 바, 그것이 이 잡지 전체의 성격을 결정했다. 권두언 「조선문단의 혁신」에서 신문학 40년의 조선문학이 이제 새롭게 나아갈 길을 제시했다. 새로운 조선문학의 구상이란 무엇인가. 첫째 중대한 기로에 선 조선문학 속에 '국민적 정열'을 고취하기, 둘째 예술적 가치를 국민적 양심에서 수호하기, 셋째 이 광란노도의 시대에 있어 변함없이 진보 쪽에 서기 등이었다.

'국민'과 '예술'과 '진보'로 요약되는 『국민문학』의 구체적 전개는 어떠해야 할까. 이 물음에 맨 먼저 부딪히는 것이 이른바 '국민'이다. 창간호는 무엇보다 이 '국민'의 개념을 분명히 하지 않으면 안 되었는바 그것이 권두논문 「세계문화와 일본문화」이다. 겉으로는 대동아공영권의 문화이념이 "일본정신에 의한 동양문화와 서양문화의 종합"에 두었으나, 구체적으로는 대륙진출을 위한 "전위로서의 조선문화"를 규정함에 있었다. "조선반도가 일본의 대륙전진 문화기지로서의 몫을 하는 마당에 그 선결문제가 조선 그것의 문화수준의 향상"(p.9)이라고 하고 있다. 이 문화의 규정에 따르는 것이 『국민문학』이 된다는 것이다. 그런데 이 글의 필자는 현재 조선문화의 수준이 너무 저조해서 이를 향상시켜야 한다는 것으로 결론을 삼았다. 굳이 설명한다면 40년에 걸친 조선의 신문학은 민족 단위의 문학이었고, 지방적 성격에서 벗어날 수 없었으나, 이제부터는 동양문화권 속의 문학으로 그 사정거리가 달라져야 한다는 것이다. 문제는 물론 '국민'이 일본의 그것을 전제한 것에 있었다. 조선문학이 일본문학의 일환으로 될 때 비로소 조선문학은 세계문학으로 된다는 이 논법이 『국민문학』지의 이념이었다. 조선의 국가적 언어로 하는 문학이 조선문학인 만큼 40년에 걸쳐 진행된 조선문학은 당연히도 국민문학이었다. 그것은 임시정부의 엄존과 그 대행기관인 조선어학회의 성립에서 이론적으로도 실천적으로도 정당화될 수 있었다. 말을 바꾸면 그동안 국민문학의 자격으로 전개해온 조선 신문학이 부정되고 조선문학이 일 지방문학으로 또는 민족문학으로 전락하는 과정에 놓인 것이 『국민문학』지였다. 이러한 과정을 거쳐 조선어학회 사건에 이르기까지의 시간은 약 1년이 소요된 셈이다.

중요한 것은 이러한 『국민문학』의 권두논문의 필자 오다카 도모오(尾高朝雄)가 경성제대 법문학부 교수라는 사실이다. 바로 이어서 권두시격으로 씌어진 것이 경성제대 법문학부 영문과 주임교수인 사토 기요시의 「눈」, 「하늘」, 「현재(玄齋)」였다. 시인답게 그는 조선에 와서 살면서 대설 내리는 서울을 보며 소년처럼 서울이 고향으로 느껴진다고 했고, 또 조선의 '하늘'의 그 청징함과 조선의 옛 화가 현재의 그림에 대해 읊었다. 이 권두시에는 일본어를 빼면 어떤 일본적 요소도 없다. 그럼에도 그것이 '국민문학'일 수 있음은 그것이 '예술'임에서 찾아진다. 적어도 이 무렵까지 『국민문학』지는 일본어로 일본정신을 담는 것이긴 해도 '예술성'이 보장되었음을 사토 교수가 보여준 셈이다. 편집후기에서 최재서가 사토 교수의 시를 두고 "창조심이 고갈된 이때에 격조 높은 시를 읽게 됨이 하나의 기쁨"이라 한 것이 이를 증거한다. 그 외에 시 「용사를 생각한다」를 쓴 스기모토 나가오(杉本長夫)는 최재서와는 영문과 동창이며(동창 데라모토 기이치[寺本喜一]도 자주 기용되었다), 좌담회 「조선문단의 재출발을 말한다」의 출석자 가라시마 다케시(辛島驍)는 경성제대 법문학부 교수였다. 물론 창간호의 대부분은 박영희(창씨명 芳村香道), 주요한, 김용제, 임학

수, 서두수, 김동인, 함대훈, 이효석, 이석훈, 정인택, 이원조, 백철 등으로 채워졌다. 창작란엔 서울에 살고 있는 작가 다나카 히데미쓰(田中英光), 미야자키 세이타로(宮崎淸太郞) 등도 있었다.

『국민문학』의 전체를 관통한 경성제대의 후광은 사토 교수에 의해 이루어졌다. 그가 관여한 것을 열거해 보면 그 범위 및 영향력의 어떠함이 어느 수준에서 가늠된다.

> 「싱가포르 항구」(시, 2권 2호) / 「시의 성실성에 대해」(평론, 2-4) / 「담징」(시, 3-1), 「시단의 근본문제」(좌담회, 3-2) / 「제국해군」(시, 3-5) / 「奧平武彦 씨의 일」(산문, 3-7) / 「혜자」(장시, 3-8) / 「김종한 시집 『어머니의 노래』 평」(평론, 3-8) / 「학도출진」(시, 3-12) / 「시신문게본생도(施身聞偈本生圖)」(시, 4-1) / 「사신사호본생도(捨身飼虎本生圖)」(시, 4-3) / 「문어시냐 구어시냐」(평론, 4-5) / 「구어시의 성립과 그 의의」(평론, 4-6, 7) / 「상추」(시, 4-8) / 「가와바타 슈조(川端周三)의 시」(평론, 4-9) / 「빙창에 기대어」(수필, 5-2)

이상의 목록에서 보듯 사토 교수는 많은 글을 이 잡지에 썼거니와 중요한 것은 이들 글이 시국적인 것이기는 하지만 나름의 예술적 수준을 갖추고 있었다는 사실이다. 구어체, 문어체를 위해 그는 시의 장차 방향을 논한 평론까지 썼다. 요컨대 사토 교수로 말미암아 『국민문학』은 그 나름의 격조랄까 권위를 유지할 수 있었는데, 이는 곧 최재서의 자존심의 근거이기도 했다.

6. 미각으로 표상된 사제관계

『국민문학』에 실린 권두시 격인 사토 교수의 시는 세 가지로 분류된다. (A) '대동아전쟁 특집'에 실린 「싱가포르 항구」, 「학도 출진」 등 시

국에 호응한 것, (B) 조선에 와 살면서 읊은 「눈」, 「하늘」 등 조선 풍물
시, (C) 「담징」, 「혜자」 등 고구려, 백제의 스님에 대한 것 및 「시신문게
본생도」와 같은 고대 그림에 대한 고전적 미학을 읊은 것 등이 그것. 그
는 이들 시를 시집 『벽령집』(인문사, 1942)으로 묶었다. 의미심장하게도 조
선의 하늘, 고려자기의 빛깔, 그리고 벽공의 혼으로 시집 제목을 삼았다.
깨어질 듯 쨍하는 겨울의 조선 하늘과 황토에 쏟아지는 여름의 조선 햇
볕 속에서 고향처럼 안온함을 느꼈다. 서울에 와서 17년간 그는 조선의
풍물에 대한 미학을 키웠고, 그것은 그의 문학적 신념에 다름 아니었다.
오직 키츠와 엘리엇의 미학을 배우고 실천한 이 독신의 교수는 영문학과
조선의 예술에 그의 미학의 기초를 다졌다. 최재서는 스승의 시집을, 『국
민문학』을 내기 위해 만든 인문사에서 간행했고, 또 시집 『내선의 율동』
까지 기획했으나 간행되지는 못했다(최종호 광고). 이미 『국민문학』이 그
수명을 다했던 것이다. 『국민문학』은 다음과 같은 사토 교수의 시를 계
기로 하향곡선을 그었다.

한 포기의 상추,
잘 씻은 한 포기의 상추,
기름을 조금 치고,
가는 소금을 뿌리고,
따뜻하게,
내 손수 지은 밥을 싸서 먹는다.
석양을 향해,
떨어지는 아카시아를 향해,
혼자서 먹는 상추.
최재서가 가르쳐주어,
올해도 먹는 맛 좋은 상추.
그런데 이것도
(길고 긴 세월이 지난 뒤)

올해까지 오고 말았지만,
그 맛에는 털끝만큼의 푸념도 없다.
그렇지만 이 상추에 깃든 말,
그 누가 이 맛을 분석하며,
그 누가 이 맛을 종합하랴.

「상추」, 『국민문학』, 1944. 8.

조선에 와서 18년째를 맞으며, 정년을 한 해 앞둔 사토 교수는 제자 최재서로부터 상추쌈 먹는 법을 배웠음을 회고했다. 독신인 그에게 이것만큼 가슴에 닿는 것은 많지 않았다. 그것은 사상도 이데올로기도 지식도 아닌 감각의 차원이었다. 어떤 지적 분석도 종합도 불가능한 것. 감각 중에서도 가장 원초적인 미각이 아니겠는가. 깨질 듯 차가운 조선의 겨울 하늘, 그 푸른 새벽의 하늘, 또 황토에 쏟아지는 땡볕, 그리고 담징이나 혜자 대사가 보여주는 종교적 미학, 그 모두는 색깔이고 시각이었다. 여기에다 제일 결여된 것이 사토 교수에겐 미각이 아니었던가. 독신 사내의 미각의 연장선상에 조선인 최재서가 있었다. 그것은 최재서가 아니라 조선의 미각이었다. 더 정확히는 고독한 독신자의 원초적인 구원의 장소, 바로 고향에 다름 아니었다. 최재서, 그는 사토 교수에게 큰 스승이자 은인이었다.

정작 최재서는 사토 교수를 어떻게 보았을까. 그는 첫 줄에 이렇게 썼다. "사토 선생님이라 부르는 것이 내게 있어서는 무엇보다 자연스럽다"(「시인으로서의 사토 기요시 선생」, 『국민문학』, 1942. 12, p.82)라고. 경성제대 교수라든가 일본 영문학자의 한 사람이라는 것도 모두가 아는 일이지만 최재서가 말하고자 한 요점은 사토 교수가 타고난 시인이라는 점에 있었다. 문과 교수 중 시작을 겸한 자도 있긴 하나 사토 교수에게는 시작이 직업이나 여기가 아니라 생명을 건 일생의 일이었다고 최재서는 말했다.

그러나 무엇보다 최재서가 표나게 지적하고자 한 것은 다음과 같은 사실이었다.

선생은 늘상 일본문학을 위해 영문학을 연구한다고 말하고, 학생들에게도 그렇게 하기를 권했다(제자들 중에 실제로 (문단) 문학 활동에 뛰어드는 것을 선생은 제일 기뻐했다). 그러나 학생 중에는 어찌 그렇게 하랴고 여기고 그것을 선생의 자기변해라고 파악하는 자도 있었다. 이는 선생의 학자적 일면만을 보고 시인적 일면을 보지 못한 것이지만 가까이 선생의 생활과 작품에 접해보면 조금도 그것은 이상한 말이 아니었다. 그것은 선생이 마침내 최근 『국민문학』지가 주최한 '국민문학 강좌'에서 행하신 「일본 시가의 전통과 현대시」를 방청한 사람에게는 수긍되리라 믿는다.

「시인으로서의 사토 기요시 선생」, p.82.

사토 교수가 영문학에서 배운 것은 과연 무엇이며 그것이 어째서 일본문학에 필요한 것이었을까. 이에 대해 수제자답게 최재서는 명쾌히 밝혀냈다. 사토 교수가 배운 것은 영문학의 정수였다. 그것은 상상력이라는 것. 상상력이란 (1) 저차원의 의미, (2) 이미지를 만드는 작용의 의미, (3) 모순의 조화 등으로 정리되며 이 셋은 결국은 하나의 심적 과정의 다른 단계인 것이다. 이 상상력의 요소가 사토 교수의 실제 시작품에 그대로 나타나고 있는 바 그 증거로 시집 『벽령집』을 들었다. 최재서가 대학에서 졸업논문으로 쓴 것(「셸리의 시적 마음의 발전」)도, 대학원에서 공부한 것(「시적 마음의 낭만적 유형」)도 영문학의 상상력 연구였음은 물론이다. 최재서가 본격적으로 한국문단에 뛰어든 것은 「현대 주지주의 문학이론의 건설」(『조선일보』, 1934. 8. 7~20), 「비평과 과학」(『동아일보』, 1934. 8. 31~9. 7)에서이며 「리얼리즘의 확대와 심화」(『조선일보』, 1936. 10. 31~11. 7)에 이르러 확고한 비평적 존재로 군림했고, 평론집 『문학과 지성』(1938)에 와서는 독보적인 비평가로 우뚝 섰다. 그 여세를 몰아 최재서는 본바닥 영국의

T. S. 엘리엇이 간행한 잡지 *Criterion*을 염두에 두면서 문예 월간지『인문평론』(1939. 10~1941. 4)을 주재하여 전통지향성의『문장』(1939. 2~1941. 4)과 맞서기도 했다. 그것은 T. E. 흄의 신고전주의적 경향에 기울어진 것이며 그 연장선상에『국민문학』이 펼쳐졌다. 대학에서 배운 것이 영문학의 낭만주의적 상상력이지만, 이를 넘어선 자리에 주지주의적 신고전주의가 놓였음을 염두에 둔다면 최재서는 스승인 사토 교수를 배신한 것이자 스스로 전향한 것이라 할 만하다(김윤식,『한국 근대사상 연구(1)』, 일지사, 1984). 그러나 낭만적 상상력도 주지주의도 함께 영문학 그것임을 염두에 둔다면 어디까지나 수미일관으로 볼 것이다.

7. '민족의 자유와 해방을 위한 외국문학'과『국민문학』

경성제대 법문학부에서 최재서가 배운 것은 과연 무엇이었던가. 사토 기요시 교수를 떠나서는 이 물음에 대답하기는 거의 불가능했다. 그것은 식민지 청년 최재서에 있어서는 경성제대 영문과 인력 자체가 막강한 문화(문학) 자본에 다름 아니었다. 그 문화자본이 최재서에 의해 마음껏 활용된 곳에서『국민문학』의 일정한 활성화가 가능했다. 이때 문제되는 것은 과연 무엇이었던가.

이 물음은『국민문학』의 의의 및 최재서의 개성적 측면으로 수렴될 터이다. 그것은 경성제대 영문학이 지닌 문화자본의 성격에 해당되기 때문이다. 그 성격은 이 식민지 대학의 특수성에 관련된 문화자본의 지향성에 알게 모르게 관련된 것이었다. '외국문학을 위한 외국문학'이 아니라는 이념이 이 사실을 제일 적절히 말해준다. 과연 이런 식의 학문태도가 옳으냐 아니냐를 떠나 좌우간 경성제대 영문학은 이러한 근본적 방향

으로 진행되었다. 이 이념의 실행을 성실히 수행한 실천적 인물이 최재
서였다. 그 이념이 문학의 이름으로 실천된 매체가 『국민문학』이었다.

그러나 시 「상추」를 전후로 해서 『국민문학』은 그 이념을 서서히 잃
어간다. 최재서 쪽에서 보면 스승 사토 교수를 잃은 것이며 동시에 또
그 이념에 대한 자신감의 상실이었다. 대영박물관의 도서목록과 똑같은
최신 서적을 갖춘 경성제대 영문과도 국책 수용의 소용돌이 속에서 급속
히 빛을 잃어갔다. '외국문학을 위한 외국문학'이 아니라 '외국문학 없는
자국문학'으로 치달은 것이 『국민문학』의 운명이었다.

마지막으로, 그렇지만 소중한 것으로 놓인 것이 시 「상추」일 것이다.
대체 사토 교수는 「상추」에서 무엇을 읊고자 했을까. 그것은 영문학도
아니지만 그렇다고 일본문학이라 할 수 있을까. 17년간 식민지 조선에
와 살면서 영문학의 상상력의 힘으로 조선의 풍물을 미학의 범주에서 보
았을 뿐이다. 귀가 없었기에 그는 '조선인'의 목소리를 들을 수 없었다.
물론 사토 교수는 영문학 교수로서, 그리고 시인으로서 최선을 다했고,
그런 증거는 많다. 그의 업적들이 모두 그 증거에 든다. 그리고 그것은
그의 정직함의 소치였을 터이다. 정년을 맞아 조선을 떠나면서 그는 이
렇게 솔직히 밝혔다.

> 나는 조선에 와서 조선의 풍토와 인간을 사랑했고 최후까지 변하지 않
> 았다고 말할 수 있으리라. 단지 조선을 사랑하며 그 때문에 목숨을 버릴
> 지경에 이르렀다고는 말할 수는 없다. 참으로 사랑하는 것의 어려움은 말
> 로는 다 할 수 없는 바가 있다. 몸으로써 하지 않는 것을 그 누가 과연 믿
> 으랴.
>
> 「빙창에 기대어」, 『국민문학』, 1944. 2, p.21.

이러한 심정토로는 일종의 정직함으로 읽힐 수도 있다. 경성제대 초대

법문학부장이며 이른바 이와나미(岩波) 교양학파의 한 사람으로, 또 일본 사상계의 지성인으로 평판 높은 아베 요시시게(阿倍能成)의 조선에 대한 사랑의 표현방식과 비교해 볼 때 더욱 그런 느낌을 떨치기 어렵다. 아주 조심스럽게 아베는 이렇게 썼다. "오직 조선인과 일본인 사이에는 너무도 생생한 여러 가지 문제가 충만해 있어 그것에 끼어든다는 것은 유쾌하기보다는 오히려 고통이 많다. 나도 조선에서 일하고 있는 사람이라 이것을 피할 수 없지만 여기(책-인용자)의 글들은 그러한 소식에는 닿지 않고자 한다"(『靑丘雜記』서문, 岩波書店, 1932)라고. 또 이렇게도 고백했다. "나는 지금 조선의 학교의 한 교수로서 조선의 일부분을 담당하는 당사자라는 것(사실)을 강하게 느끼고 있다. 이런 의식에는 기쁨과 자랑스러움이 하나도 없다고는 할 수 없으나 그러나 괴로움과 부끄러움 쪽이 많다. 나는 당사자로서의 노력하는 생활, 당위에 쫓긴 생활의 다른 면에, 나그네로서의 바라보는 생활에 나의 해방을 구하지 않을 수 없다"(위의 책, p.82)라고.

제1고 교장을 거쳐 종전 후 문교부 장관까지 한 철학자이자 교육자인 아베의 이러한 태도 역시 나름대로의 지성인의 심상이라 할 만하다. 그러나 사토 교수의 다음과 같은 고백에 비하면 그 밀도랄까 순수성이 얕다고 할 것이다.

> 조선의 미란 엄함이고 또한 격심함이다. 모든 허식을 떨쳐내기에는 가장 좋은 풍토이다. 여기에 살고 있으면서 허식을 '시'라고 칭하는 자 있다면 불가해하다고 할 수밖에 없다. 그리고 오늘날만큼 허식을 타기할 필요에 쫓기고 있을 때는 없다.
>
> 「빙창에 기대어」, p.21.

경성제대 두 교수의 조선에 대한 태도 비교는 문학 또는 지성의 보편성에 대한 논의로 향할 수 있을지도 모른다. 그들은 분명 조선인 학생들에게 뭔가를 가르쳤다. 그러나 그들은 또한 조선인 학생들에게도 뭔가를 배웠을 것이다. 벙어리 사토 교수에게 조선인 학생 최재서는 무엇을 가르쳤던가. 그것은 상추쌈으로 표상되는 미각이었다. 이 순간 선생과 제자의 역전 관계가 새로 성립되었다. 이 순간 『국민문학』의 문화자본의 지향성은 종지부를 찍게 된다. 동시에 그것은 외국문학을 통해 또 제국대학의 권위를 통해 그토록 '민족의 해방과 자유'를 열망했는가에 대한 지향성도 그 빛을 잃는다. 그렇기는 하나, 사토 기요시 교수의 다음과 같은 회억이 빛나는 것은 『국민문학』이 끝난 자리에 설 때에 국한되지는 않았으리라. 그것은 『국민문학』의 출발점에서 또 그 과정 속에서일 것이다.

> 20년 간 조선인 학생과 교제하는 동안 얼마나 그들이 민족해방과 자유를 외국문학 연구에서 찾고자 하고 있었던가를 알고 충격을 받지 않을 수 없었다.
>
> 「경성제대 문과 전통과 학풍」, 『영어청년』, 1959 ; 『사토 기요시 전집(3)』,
> p.259 ; 김윤식, 『한국근대문학사상연구(1)』, 일지사, 1984, pp.405~406.

기조논문, 국제학술대회 〈동아시아 식민성을 다시 생각한다〉, 서강대, 2008. 10. 10.

최재서의 고민의 종자론과 도키에다(時枝) 국어학

경성제대 문과와 『국민문학』지의 관련 양상

1. 여섯 번째 제국대학, 경성제대

제국일본이 도쿄, 교토, 도호쿠, 규슈, 홋카이도에 이어 여섯 번째로 제국대학을 서울에 개설한 것은 1926년이었다. 당초 조선제국대학으로 계획된 것이었으나 돌연 경성제국대학으로 명칭이 바뀐 것에 대해서는 다음과 같은 곡절이 있었다. 총독부가 제출한 대학관제안이 내각 법제국(法制局)에서 심사를 거칠 때, 법제국의 반대에 부딪혔는 바, 이유는 만일 조선제국대학으로 한다면 "조선에 제국이 성립된 것 같이 해석할 자도 있다는 점"에 있었다. 하루라도 빨리 심사를 마쳐야 할 총독부는 원안을 밀고 나가지 않고 법제국의 의견을 수용하여 경성제대로 한 것이다. 어디까지나 제국대학으로 창설코자 한 총독부와 조선교육령에 의한 보통의 대학으로 족하다는 법제국의 의견대립에서 전자가 진 결과였다(『紺碧 遙かに−京城帝國大學創立50週年紀念誌』, 耕文社, 1974(비매품), p.16).

고등학교가 없는 조선인지라 예과를 설립한 것은 1924년이었다(당초는 2년제. 3년제로 된 것은 1939년). 문학과에는 14개의 전공이 있었는 바 조선에 관한 것은 조선사학, 조선어문학 이외에 종교학·종교사와 사회학도 조선을 그 연구대상으로 한 것이었고, 설립목적에 걸맞게 동양학으로서의 중국학 강좌도 큰 몫을 했다. 민립대학운동을 잠재우고 설치된 이 대학이 민족운동의 모태로 되는 것을 두려워한 조선총독부는 대학 규모가 커지는 것을 엄중히 제한함과 동시에 당초 제국대학령 제1조를 1940년에 와서는 더 강하게 규정하고 있었다.

> 대학은 국가에 수요한 학술 및 응용을 교수하며 아울러 그 온오를 연구하여 특히 황국(皇國)의 길에 기초하여 국가사상의 함양 및 인격의 도야에 유의하며 그로써 국가의 주석이 됨에 족할 충량유위의 황국신민을 연성함에 힘쓰는 것으로 한다.(윗점이 대학령보다 강한 규제임)

이러한 식민지적 규제 밑에서 세워졌기에 학생 구성면에서도 그다운 제약이 주어졌다. 1929년 제1회 법문학부 졸업생 총 67명 중 조선에 적을 둔 학생(조선인)은 28명이었다. 의학부는 45명 중 12명이 조선인이었다. 1940년의 경우 법문학부 입학생 81명 중 조선인은 30명이었고, 의학부는 70명 중 27명이었다. 이는 해양연구를 목표로 세운 타이페이 제대와는 현저히 다른 것이다(이즈미 세이치(泉靖一), 「구식민지제국대학고」, 『中央公論』, 1970. 9). 경성제대 법문학부의 문과 분야는 문학과, 철학과, 사학과로 구분되며 그 각 분야별 전공과 강좌를 보이면 아래와 같다(참고로 말하면 전공은 1학년 말에 결정한다).

• 문학과 : 국어학·국문학(2강좌), 조선어학·조선문학(2강좌), 지나(중국)어학·지나문학(1강좌), 영어학·영문학(1강좌), 외국어학·외국어문학(1강좌, 전공은 없음)

- 철학과 : 철학 · 철학사(2강좌), 윤리학(2강좌), 심리학(2강좌), 종교학 · 종교사(1강좌), 미학 · 미술사(2강좌), 교육학(2강좌), 중국철학(1강좌), 사회학(1강좌, 전공은 없음)
- 사학과 : 국사학(2강좌), 조선사학(2강좌), 동양사학(2강좌), 서양사학(1강좌, 전공은 없음)

(총 3학과, 14전공, 27강좌―『경성제국대학일람』, 1931년판)

이러한 문과 분야의 다양한 전공과 강좌는 당시의 법문학부 부장 하야미 히로시(速水滉, 훗날 제5대 총장)의 말대로 사치스러울 정도였다.

> 내지의 대학에서는 한 강좌뿐인 학과가 경성대학에서는 두 강좌로 되어 있는 바 이는 내지의 대학에는 정교수 외에 조교수 또는 강사가 필요하면 뜻대로 얻을 수 있거나 적어도 쉬웠다. 그 때문에 강좌가 하나라도 조교수 또는 강사를 적절히 할 수 있어 실제로는 두 강좌 또는 세 강좌로 할 수 있었다. (……) 그런데 단 경성대학 쪽은 토지(지리) 관계상 곤란했다.
>
> 『경성일보』, 1927. 2. 27.

그렇기 때문에 경성제대는 이토록 많은 강좌를 확보했는데, 그로 인해 65만이라는 장서와 더불어 동양학 관계의 연구기관으로 만들어질 수 있었다.

2. 조선어문학 제2강좌―오쿠라 교수

황국의 길에 기초한 충량유위한 황국신민 되기를 전제로 한 이 대학에 조선어문학 전공이 설치된 것은 어쩌면 당연한 처사였는지도 모른다. 이 학과에선 대구고보 교장인, 도쿄제대 국한과(국어국문학과) 출신의 다카하시 도루(高橋亨)가 제1강좌(문학)를, 제2강좌(어학)엔 도쿄제대 출신으로 조선총독부 편수관(경성고보 및 경성의학전문학교 교수 겸임)으로 근무하다, 경성제국대학의 교수가 되기 위한 조치로 문부성이 파견한 서구유학 2년 만에 귀국한 오쿠라 신페이(小倉進平)가 맡았다.

이 두 교수 외에 조선문학 강사로는 어윤적(1933), 정만조(1933~35), 김태준(1939~40), 조선한문엔 권순구(1936~41), 조선어 강사로는 고노 로쿠로(河野六郎) 등이 있었다. 독일식 강좌제를 채용한 제국대학 편제에서 교수의 권한은 거의 절대적이었다. 제2강좌의 교수 오쿠라의 전공은 조선어였고 특히 그는 방언학의 대가였다. 그는 도쿄제대 언어학과(博言語學科)를 나왔다. 그의 동기 및 선후배들은 각기 조선어, 아이누어, 류큐어 등의 전공을 통해 팽창하는 제국에 이바지했다. 이 중 오쿠라의 조선방언 연구와 그 성과는 가히 독보적이었다. 방언조사차 당나귀를 타고 벽지를 헤매는 총독부 관리 오쿠라의 행적은 학자로서의 성실성이라 할 것이다. 그의 방언연구의 성과는 바로 유학 전에 집필한 학위논문이자 훗날 학사원 사은상을 받게 된 「향가 및 이두에 대하여」(1929)였다. 이로써 그는 향가에 대한 해독에 성공했고, 그것이 미친 영향은 매우 컸다(김윤식, 『한국근대문학사상연구(1) - 도남과 최재서』, 일지사, 1984). 그러나 그의 진가는 역시 방언연구에 있었다. 그것은 총독부 고급관리인 그가 당시로서는 치안이 확보되어 있지 않은 산간벽지에 당나귀를 타고 방언조사에 임한 열정의 소산이기도 했다. 그의 연구태도는 또 한 사람의 조선어학자인 가나자와 쇼자부로(金澤庄三郎)와는 썩 달랐다. 가나자와의 학설은 일선언어동조론이었는 바, 일어와 조선어가 고대로 올라갈수록 같은 계통에 속한다는 이 학설의 귀결점은 훗날 내선일체의 빌미를 제공하기에 이르게 된다. 그러나 오쿠라의 학설은 이와는 엄격히 구별되었다. 그의 연구의 목적은 조선어 자체의 체계화에 있었다. 그 방법론은 방언을 통한 고대 조선어의 복원작업이었다. 그가 중시한 것은 바로 체계성이었다. 향

가의 형식(완성체)이 8구체냐 10구체냐를 둘러싼 논쟁(쓰치다 교손土田杏村),
또「원왕생가」의 작자 문제를 둘러싼 논쟁(양주동)에 대해 그가 보인 태
도에서 이 점이 확연하다.

> 요컨대 향가의 해석에 관해 내가 희망하는 바는 비교적 알기 쉬운 한자
> 한 구절만을 수습하고 이를 탐구하는 것으로써 만족치 않고, 향가의 각 장
> 그것을 전체로써 다루어 조리있는 주해를 베푸는 것에 힘쓰고자 한다.
>
> 야스다 도시아키[安田敏朗],『언어의 구축』, 三元社, 1999, p.152에서 재인용

오쿠라 교수의 이러한 태도가 지닌 중요성은 조선어 연구의 독자성에
서 찾아진다. 고대 조선어의 복원과 그 체계화는 내선일체 사상이 판치
는 군국주의적 현실에서도 영향받지 않았다. 이 사실은 크게 강조되어야
성질의 것인 바, 1933년 그는 도쿄제대 교수로 전출되었으나 경성제대
겸임교수이기도 했다. 후임인 제자 고노 조교수는 실상 오쿠라의 연장선
상에 있었다. 또 제1강좌가 다카하시 교수의 정년(1939) 이후엔 공석이었
음을 감안할 때 조선어문학과는 전과정을 통해 오쿠라의 독무대였음이
판명된다. 이러한 독무대에서 일선 언어동조론과는 무관한 조선어의 독
자적 체계화가 학문적으로 이루어졌다는 것은 음미될 사항이 아닐 수 없
다(어째서 오쿠라 조선어학은 그렇게 도도할 수 있었을까. 어째서 그에게는 조선인에
대한 자의식이 없었을까. 이에 대한 의문은 야스다, 앞의 책, pp.124~125). 대학령
보다 더 엄격한 식민지적 규제를 전제로 한 경성제대에서의 일임을 염두
에 둘 때 더욱 그러하다고 할 것이다. 그의 제자인 이희승, 방종현, 이숭
녕 등과 한글학회의 최현배 등에 미친 영향의 어떠함도 이런 문맥에서
온다. 오쿠라의 이러한 태도의 중요성은 다음 사실과 비교할 때 비로소
빛을 발한다고 할 것이다.

3. 국어국문학 제2강좌-도키에다 교수

경성제대의 수석이랄까 간판학과 및 그 학문이란 무엇인가. 물을 것도 없이 그것은 제국 일본의 인문학 제1번지인 국어국문학이다. 이 학과의 교수로 예정된 인물은 도쿄제대를 나와 5고를 거쳐 우라와(浦和) 고교 교수로 있던 다카기 이치노스케(高木市之助)였다. 교수가 되기 위해 두 해 동안 유럽 유학(교수되기 위한 정부의 정책)에 임했을 때 현지에서 만난 조선총독부 고위 관리가 그에게 이렇게 말했음을 훗날 상기해 놓았다. 조선인은 천 5, 6백만 명인데 현재 재조선 일본인은 40만뿐이라는 것, 대학이라도 만들어 일본인이 조선에 많이 오도록 해야 한다고. 실제로 다카기도 총장으로부터의 두 번째 교섭자였다. 첫 번째 교섭자는 새로 식민지로 편입된 조선에 가기를 거절했던 것이다. 그러나 경성제대 교수 중 학문 이외에 한 몫 챙기겠다든가 출세하겠다든가 하는 이른바 식민지 근성을 가진 자는 한 사람도 없었다고 그는 강조했다. 도쿄제대의 아카데미시즘 이식에 그 초점이 있었던 만큼 조선사회에서도 일정한 인기가 있었다. 실제로 이 대학이 65만권의 장서를 확보했음에서도 이 점이 인정된다. 대학이라는 하나의 '치외법권적 영역'이 어느 수준에서 성립된 결과였다. 바로 이것이 다카기의 국문학에 영향을 미쳤다. 청강생 중엔 조선인도 있었고 식민지에서 부자가 된 자의 자제도 있었다. 그가 조선에 와서 강하게 민족의식을 느낀 것은 그 자체 조선 민족에의 애정이기보다 '관심'에 지나지 않았다. 그것은 조선인 학생과 일본인 학생이 서로 어울려 피크닉도 가는 그런 순수한 관심이었다. 그러나 관심의 하나로 이런 실례를 들고 있어 인상적이다.

최재서라는 학생이 있었는데 영문학 전공의 이 사내를 사토 기요시(佐藤淸) 군(그는 영문학 교수로 내가 체영 중 같은 하숙에 있어 매우 신세를 졌거니와 경성에 와서도 교우회에서 큰 소리치는 시인기질의, 아니 사실 유명한 시인이거니와)은 썩 귀여워했다. 졸업 후엔 강사가 되기도 하여 내게도 자주 놀러 왔다. 그는 학생시절은 친일파로 간주되어 조선인 학생으로부터 얻어맞기도 했다. 그런데 이 최 군이 어느 정월 휴가에 맥주병을 두세 병 들고는 대단한 기세로 밤중에 집으로 쳐들어와 "선생들이 아무리 겁주어도 우리들 조선인의 혼을 빼앗을 순 없다"라는 대단한 말을 하고 건들건들 나가는 것이었다. 그가 술버릇이 나빴다고 하면 그만이겠으나 나로서는 그렇게 생각되지는 않았다. 곧 내가 14년간 의식하여 온 민족의 식도 뒤집어 보면 역시 이러한 것이 아니었나 하고 여겨진다.

『국문학 50년』, 岩波新書, 1967, p.140.

다카기 교수는 경성제대 국(일)어국문학과 창립 교수이다. 그는 아베 요시시게(安倍能成), 하야미 히로시, 후지쓰카 지카시(藤塚隣), 도자와 데쓰히코(戸澤鐵彦)에 이어 여섯 번째 법문학부장(1933~1934)을 역임한 바 있다. 1931년 법문학부 철학과·사학과·문학과 강의 중 일어일문학 전공 강좌를 보이면 다음과 같다(『청구학총』 제4호에 의거).

- 다카기 이치노스케(교수) : 소설사(헤이안조에서 무로마치에 이르기까지), 역대민요선(2), 국어국문학 강독 연습(1)
- 아소 이소지(麻生磯次, 조교수) : 국문학개론(2), 근세문학연습(2)
- 도키에다 모토키(時枝誠記, 조교수) : 국어학사(2), 한자한어수입에 기초한 국어학상의 제문제(2)

이렇게 보면 국어국문학 전공 분야의 교수요원이 세 명임을 알 수 있다. 이 사실은 다른 학과에 비해 이례적일 뿐 아니라(조선어문학과엔 교수 2명 뿐) 다른 제국대학의 경우와도 견주어 특징적이다. 이에 대해 다카기 교수는 다음과 같이 해명해 놓았다.

국문학의 강좌란 도쿄(제대)를 제하면 교토(제대)에도 당시는 두 개, 기타엔 하나뿐이었다. 경성에는 당초엔 하나였던 것을 창설 직후 두 강좌로 했다. 당시엔 내가 혼란을 틈타 두 강좌로 해버렸다고 자주 비난당했으나 실상은 그렇게 교활한 범죄를 범한 것은 아니다. 국문학과 국어학이란 분야가 전연 다르며 성격도 다르다. 이것을 한 사람의 교수로써 담당하는 법은 없다고 생각했기에 국어학의 강좌가 당연히 있어야 한다는 가정 밑에 교수회에 후보자를 내세워 그 후보자의 승인을 얻고나면 후보자가 승인된 이상 강좌는 당연 승인되는 것인 만큼 조금은 괴변이 아닌 것은 아니다. 바로 그 후보자가 도키에다 모토키 군이었다.

『국문학 50년』, p.143.

국어학 담당 교수직부터 얻어낸 다카기 교수가 정작 당사자를 물색하자 제일 후보자로 떠오른 인물이 도키에다였다. 그러나 교섭 결과는 순조롭지 않았다. 부잣집 아들(당시 그의 부친은 요코하마 쇼킨[正金]은행 중역)인 도키에다가 식민지 조선 같은 곳까지 올 수 있을지도 의문이었으나, 도쿄제대 국어국문학과(1925)를 나와 제2 도쿄시립 중학 국어교사이던 그의 승낙이 얻어졌다. 이로써 제1강좌(국문학), 제2강좌(국어학)가 성립되었다. 그렇다고 제3강좌까지 욕심을 내기엔 무리였다. 교토 쪽도 두 강좌이며 규슈 쪽은 한 강좌뿐인 형편이었다. 제1 또는 제2강좌 밑에 올 수 있는 교수는 만년 조교수를 전제로 할 수밖에 없는 형편이며 그것도 도키에다보다 나이가 낮아야 한다는 난점까지 겹쳤는데도 제6고 교수였던 아소 이소지가 조교수로 제1강좌 쪽에 보강되었다. 조수로는 당시 경성에서 중학에 근무하던 도미야마 다미조(富山民藏)가 발탁됨으로써 체제가 확립되었던 것이다. 학과에서 배운 학생의 회고록엔 이렇게 기록되어 있어 그 분위기를 전해준다.

국어국문학 연구실은 도서관에 이어진 서쪽 건물. 그것도 제일 북쪽 구석이었다. 교수용 두 개의 방 외에 제일 북쪽 끝 한 가운데 방이 과도서실이었고 북측이 교수용, 남측이 학생용이었다. 교수용 두 방에는 다카기 이치노스케, 아소 이소지 두 선생이 있었고 학생과 공용인 방에는 도키에다 모토키 선생이 있었다. 도키에다 선생 방은 아마도 대학 연구실 중 북풍이 휘휘 불어오는 방인데 (거기서) 선생의 저『국어학 원론』이 구상되고 씌어진 것이다. 학생용 연구실의 한 구석에는 조수 스도 마쓰오(須藤松雄) 씨가 있었고 우리들 학생은 한 개 놓인 테이블을 둘러싸고 여기서 학문의 길을 밟았다. 급우와 잡담이라도 하고 있다가 도키에다 선생으로부터 한 번 주의를 받은 바 있었다. 독창적인 도키에다 어학의 수립에 전념하고 있던 선생으로서는 우리들 같은 게으른 학생의 존재란 갖가지 의미에서 방해였지 않았을까 싶다. 좌우간 환경의 좋고 나쁨을 구실로 별로 공부다운 공부를 하지 않은 스스로의 일이 회고된다.

제5회 졸업생 야마자키 요시유키[山崎良幸], 「연구실의 회고」, 『紺碧遙かに』, p.629.

4. 도키에다 국어학의 명성

식민지에 세워진 세 가지 대학(대만의 타이페이 제대, 만주국의 건국대학) 중에서 경성제대가 제일 큰 비중을 갖는 것은 초대 법문학부장이 천명한 바와 같이 "동양학 연구의 중심이 될 독특한 사명을 가짐"(아베 요시시게, 「경성제국대학에 부치는 희망」, 『문교의 조선』, 1926. 6, p.16)에 있었다. 이러한 사명감은 문과 분야의 문·사·철의 14개 전공의 편제에서도 확인된다. 그리고 이러한 사명감은 물론 제국 일본의 대륙정책 수행의 일환이긴 해도 근대 학문적 성과를 일정한 수준에서 이루어냈음도 사실이라 할 것이다. 그렇다면 한 가지 의문이 없을 수 없다. 동양학을 목표로 한 것이라면 국사라든가 국어국문학이란 무슨 쓸모가 있었을까가 그것. 국학연구의 제1번지가 국사 및 국어국문학임은 주지의 사실이긴 해도 그 기여도에서 어떠할까. 이 물음에 정면으로 응해오는 존재가 바로 훗날『국어학 원론』의 독자적 학문체계를 수립한 도키에다(1900~1967) 교수이다. 1925 년 대학을 나온 그가 경성제대에 조교수로 온 것은 1927년이었다. 그는 1943년 도쿄제대로 전임될 때까지 제2강좌인 국어학을 가르쳤다(소쉬르 번역자 고바야시 히데오(小林英夫)는 1929년 강사로 와서 1932년 조교수로 승진하여 제2강좌에 임했다[『경성제국대학 일람』]). 이 과정 속에서 그가 해낸 업적은 유례없이 독창적인 것으로 평가되고 있다. 이른바 심적과정으로서의 언 어본질관, 언어주체성의 이론 등을 비롯, 일본어가 갖는 독자성을 학문 적 수준에서 성취한 것이라 아래와 같이 고평되곤 했다.

> ‘도키에다 언어학’은 국어 주체의 언어행위(언어과정)에서 실현된 국어
> 의 자기기술로서 성립된다. 이는 언어주체를 전제로 한 언어과정에 언어
> 적 본질을 파악한 ‘도키에다 언어학’이 ‘도키에다 국어학’으로 성립됨을
> 의미하는 것이다. 그리하여 ‘심적 과정설로서의 언어본질관’을 총론 속에
> 이끌어 넣어 도키에다의『국어학 원론』은 1941년에 성립된다. 서구 유학
> 에서 돌아온 도키에다가 새로운 국어학 형성의 필요를 주장한 이래 12년
> 이 경과했다.
>
> 고야스 노부쿠니(子安宣邦), 「한자와 국어의 사실 – 도키에다 언어과정설의
> 성립」, 『비평공간』, 2002. 3, pp.66~67.

보다시피 ‘도키에다 언어학’이 마침내 ‘도키에다 국어학’으로 성립될 수 있었음을 말해주고 있다. 도키에다 국어학이 제시한 辭(용언 활용어)와 詞(명사·동사 등 단일의미어)의 관계의 밝힘이 얼마나 일본어의 본질에 육 박한 것인가는 요시모토 다카아키(吉本陸明)의 고명한 저술인『언어에 있 어서의 미란 무엇인가』(제1권)의 이론적 바탕을 이루고 있으며, 그 영향력 은 최근에까지 뻗어 있을 정도이다(가라타니 고진[柄谷行人], 「일본정신분석(4)」, 『비평공간』, 1993. 8, 아즈마 히로키[東浩紀], 『우편적 불안들#』, 朝日文庫, 2002).

278

이 장면에서 무엇보다 중요한 것은 식민지 경성제대와 국어학의 관계
에 대한 교수 도키에다의 깨달음에 대해서이다. 만일 그가 식민지 대학
의 교수가 아니었던들, 다시 말해 그를 에워싼 압도적인 조선어의 압력
이 아니었다면 결코 이루어질 수 없는 그런 깨달음이 그것이다.

> 오늘날 국어학이 대상으로 하는 것은 먼 외진 곳에 있는 방언일 경우도
> 있고 국가의 영토를 넘은 지방에서 사용되는 일본어일 경우도 있으며 또
> 일본민족이 아닌 자들이 사용하는 일본어일 경우도 있다. 이 때 국어의
> 명칭은 이미 국가도 민족도 넘어선 것을 의미하는 것이며 국어는 곧 일본
> 어적 성격을 갖는 언어의 총칭인 것이다.
> 가령 일본 국내에서 사용되는 것일지라도 조선어, 아이누어, 대만어와
> 같은 것은 국어학의 대상으로는 생각할 수 없다. 그것은 일본민족이 사용
> 하는 언어가 아니라는 이유에서도 아니고 또 국가가 표준으로 인정하지
> 않는다는 이유에서도 아니다. 그런 것은 일본어적 성격을 갖지 않은 언어
> 인 까닭이다. (……) 야마다 요시오(山田孝雄) 박사는 그의 저서 『국어학사
> 요』 속에서 국어는 일본국가의 표준어여서 국가의 통치상 공인하여 표준
> 으로 세운 언어라는 것으로 정의하고 있으나 이런 생각은 협의의 국어와
> 국어학에서 말하는 국어와의 혼동이거나 혹은 전의로써 원의를 설명하고
> 자 하는 오해이다. 국가가 통치상 표준으로 인정한 국어는 일본어의 전체
> 가 아니라 그 일부인 것이다.
>
> 도키에다 모토키, 『국어학사』, 岩波書店, 1940, pp.4~5.

1932년에 간행된 『국어학사』를 1940년에 재간한 이 책에서 특징적인
것은 '국어의 이름'이란 일절이 부가된 점이다. 그 이유의 하나로 많은
이언어 화자(異言語話者)가 일본어를 하게 된 외적상황을 들고 있다(야스다
도시히코, 『식민지 속의 '국어학'』, 三元社, 1998, p.91). 이는 유독 도키에다에게
만 적용되는 것은 아니었다. 도키에다가 비판한 야마다 요시오도 일본국
적 이외에도 일본어 이용자가 있음을 인식하여 '국어＝일본어'에 이른다.

다만 그는 '국가성'을 버리지 않음에서 도키에다와 구분된다. 도키에다에 있어 일본어란 국가의 언어 혹은 민족의 언어이기에 앞서, 개별 언어였던 것이다. 이 사실은 아무리 강조되어도 지나침이 없는데, 왜냐면 여기에 도키에다 국어학의 독창성의 근거가 놓였기 때문이다. 일본어를 국가(민족)로부터 분리시켰을 때 비로소 그것이 객관성 곧 사물로서의 관찰대상에 이를 수 있었다. 이러한 객관적 연구의 시점을 확보할 수 있었던 것은, 선험적 조건인 그의 학자적 자질을 제하고 그 으뜸 조건을 든다면 경성제대 교수라는 경험적 입지조건이 아닐 수 없다.

5. 도키에다 국어학의 독창성의 근거

대체 경성제대란 어떤 곳이었을까. 국어국문학과를 창설한 다카기 교수는 40만 재조 일본인이 1천 5, 6백만의 원주민에 둘러싸인 형국임을 이렇게 묘사한 바 있다.

> 이런 관계를 내 경험으로 말하면 처음 도착한 다음날이 바로 이왕가의 장례식 날이었다. 나는 때마침 그날 청량리에 신축된 대학 예과를 처음 방문했다. 가는 전차가 있어 그것에 타자 승객이 너무 많았는데 하나 빠짐없이 흰옷의 조선인이었다. (……) 그 속에 나 홀로 달랑 놓여 무언가 기분 나쁜 민족적 위압감을 느꼈다. 도착하자마자 만난 이민족으로서 또한 지배자의 한조각 책임을 이 몸으로 느낀 이 인상은 아마도 평생 잊지 못할 것이다.
>
> 『국문학 50년』, p.136.

이러한 느낌(인상)은 많건 적건 또 알게 모르게 동료이자 후배교수인 도키에다에게도 응당 있었다고 보는 것이 자연스럽다. 그렇다면 이 야심찬 조교수 도키에다에만 유독 인상적으로 느껴진 것이 따로 있었다고 보는 것도 역시 자연스럽다. 그것은 다음 두 가지 사항이다. 첫째 경성제대가 지닌 국제적 성격. 일본 내의 제국대학에서는 감지되지 않은 식민지적 조건과는 분리되지 않는 별개의 학문적 분위기가 그것이다. 1924년부터 경성제대에 근무했다가 1941년 센다이(仙臺)에 있는 도호쿠(東北)제대로 전임한 바 있는 헌법학 교수 기요미야 시로(淸宮四郞)의 증언은 이러했다.

> 경성제대의 한 가지 특징으로 여겨지는 것은, 도호쿠제대에 와서 알아차린 것인데, 경성에 있음이란 국제적 훈련을 하고 있었던 것이었지요. 도호쿠에 와서 보니 도호쿠대학이란 것은 센다이대학이라는, 그런 느낌이었거든요. 이것이 다른 대학과 매우 달랐다고 생각됩니다. 시야가 넓었지요.
>
> 『紺碧遙かに』, p.720.

둘째, 이점이 중요한데, 국어국문학과 제2강좌로 도키에다 뒤에서 그를 보좌했고 또 동료교수였던 고바야시 히데오 조교수의 존재였다. 고바야시는 참으로 날쌔게도 저 세기적 언어학의 명저로 알려진 소쉬르의 『일반언어학강의』(1916)를 『언어학원론』(岡書院, 1928)이라는 이름으로 번역했던 것이다(1940년의 개정판은 岩波書店). 가히 언어학의 혁명이라 평가되는 소쉬르의 언어학이 20세기 중반 철학상의 구조주의의 기초를 놓았음은 모두가 아는 일이거니와 이 저술 앞에 야심찬 도키에다 교수는 어떤 자세를 취했을까.

이 물음은 매우 중요한 바, 제국주의 대열에 후발주자로 뛰어든 일본 사상계에 주어진 과제이기도 했기 때문이다. 그러한 과제의 응답으로 자주 거론되는 것이 장소의 철학 또는 순수의식의 철학으로 말해지는 니시다 철학이다. 서구 중심의 사상에 추종하는 과정을 겪어 일본의 독자성 확보를 위한 사상의 자립적 근거모색은 어쩌면 당연한 추세였을 터이다.

실제로 제1차대전 직후 일본제국의 군사력은 세계 제4위의 수준에 있었다. 이에 걸맞은 사상의 모색이 학자에 주어진 사명감이었다고 보는 것 또한 자연스럽다. 도키에다 국어학이 소쉬르의 언어학에 도전적 태도를 취한 것 또한 자연스러운 일이라 할 것이다. 그 결과로 나타난 것이 「심적 과정으로서의 언어본질관」(1937)이다. 이에 대한 전문가들의 견해는 대체로 그가 소쉬르를 오독한 것으로 보고 있다.

> 도키에다는 언어의 본질을 화자의 심적 과정으로 이해하고자 한다. 언어주체의 표현의식을 전제로 한 언어적 표현과정에 언어의 본질이 있다고 보는 것이다. 이것이 도키에다의 언어과정설이다. 그런데 이것은 두루 아는 바 소쉬르 비판을 통해 구성되었다. (……) 그러나 도키에다에 있어 소쉬르는 자기의 언어학적 이해의 성립을 위한 부정적 매개로서였다. (……) 도키에다에 있어 소쉬르 언어이론이란 테제로서의 도키에다 언어이론의 성립을 전제로 한 안티테제인 것이다. 도키에다의 언어과정설은 소쉬르 언어이론을 언어구성설로서, 다시 말해 자기의 안티테제로서 구성함으로써 성립되는 것이다.
>
> 고야스 노부쿠니, 「한자와 국어의 사실」, pp.60~61.

소쉬르의 언어관이 도키에다가 파악했듯 '구성설'에 해당되느냐의 여부에 대해서는 여러 논란이 있었다. 그러나 오독이든 아니든 중요한 것은 도키에다의 언어과정설이 그 안티테제로 성립되었다는 사실에서 온다. 그것은 도키에다 언어학의 다음 행보에 직접적으로 연결되는 것이어서 어쩌면 운명적인 것인지도 모를 일이다. 언어과정설이란 주체적 언어관을 전제로 했기에 "언어란 화자의 가치의식에 기초하여 성립되는 것이다"라는 명제 위에 성립된 것이었고 따라서 그것은 이론과 실천의 분리 불가능함으로 향하기 마련이었다. 그가 조선에 있어서의 일본어 관계를 논의하게 되는 빌미도 여기에서 온 것이었다.

셋째, 1940년 이래 그가 놓인 식민지적 조건의 특수성을 들 것이다. 그의 언어과정설에 기초한 이론과 실천의 과제가 일본어 속에서 튕겨져 나와 식민지 조선어에 적용되는 장면이 이에 해당된다. 도키에다 국어학의 아킬레스건이 이에서 말미암았다.

6. 도키에다 국어학과 제국주의

일본어를 광의와 협의로 나눌 때, 전자에는 표준어 외에 방언이나 아이누어와 같은 것도 포함되지만, 그리고 이 모두가 국어학의 연구대상이지만 후자는 표준어, 곧 특수한 가치를 가진 '가치적 일본어'만을 가리킴이라고 보는 것이 주체적 언어과정설에 기초된 도키에다 국어학의 기본명제였는바 이 이론을 실천에 옮길 때는 어떻게 될까. 언어란 화자의 가치의식에 기초하여 성립되는 것이라면 협의의 국어란 국가통치의 가치의식에 기초하여 성립된 것이겠고, 따라서 국어정책 및 국어교육을 문제 삼은 마당에서는 이 협의의 일본어여만 했다. 곧 도키에다 국어학이 실천을 전제로 한 것이기에 국어정책 및 국어교육을 끝내 외면할 수 없게 되며 그럴 때 그는 광의의 일본어에서 벗어나 협의의 일본어를 대상으로 하지 않으면 안 되었다. 「국어와 국어교육」(『문교의 조선』, 1940. 7)을 그가 쓴 것은 이 때문이다. 이 글 속에서 주목할 대목은 국어를 '기술(技術)적 소산'으로 본 것이다.

> 국어는 결코 과거의 전통상에 기계적인 인과율에 의해 그의 역사를 구성해가는 것은 아니다. 나는 언어란 그 본질로서 기술적 표현행위라고 생각하고 있다. 기술이기 위해서는 언어의 표현에는 반드시 목적의식이 따른다. 언어표현의 목적 의식은 우리들의 언어를 표현하는 경우의 상황이

라든가 담화의 상대에 따라 달라지나 그러한 목적의식을 실현키 위한 기
술이 필요하다. 아이들이 말하는 경우는 거기에 상응한 표현을 취할 필요
가 있고 상밀한 이론을 설하기 위해서는 언어는 엄밀할 필요가 있다. 거
기서 국어의 이러한 이상을 고려할 국어문제에는 당연히도 국어를 기술
적 소산이라 생각하는 바의 언어본질관이 필요해진다.

야스다 도시아키, 『식민지 속의 '국어학'』에서 재인용

기술적 소산이란 새삼 무엇인가. 언어란 사회의 공유재산인 만큼 개인
의 의지가 관여할 수 없다는 서양식 언어도구관 또는 언어기계관을 비판
한 마당에서 도키에다 국어학이 우뚝 서고자 했다. 언어의 표현엔 스스
로 한계가 있음도 사실이나 개인의 창조적 범위가 스며들 틈이 없다고는
생각하지 않는다는 것, 이를 두고 그는 '기술적 소산'이라 불렀고, 이로
써 국어정책에도 관여할 수 있다는 명분을 찾았다. 바로 여기에 도키에
다 국어학의 함정이 있음을 지적, 그 함정이 조선어 문제에 마침내 닿고
말았다고, 한 연구자는 다음과 같이 비판하고 있다.

> 여기서는 '개인', '우리들'의 가치의식으로써 언어에 관여하게 됨을 말
> 하고 있다. 이 입장이 앞에서 말한 '언어과정설'의 기초로 되어 있다.
> 그러나 도키에다 최대의 실패는 이러한 언어관으로써 구체적으로 조선
> 의 언어정책에 관해 제언을 하고자 할 때 '화자'의 가치의식에 대답하고자
> 하지 않은 점에 있다. '화자'를 '국가'로 바꾸어 '협의의 국어'의 정의를 내
> 리듯 '가치의식'의 주체는 자유롭게 바꿔치기할 수 있고 당연히 그 언어의
> 모국어 화자가 아닌 자가 거기에 들어가도 되는 것이라 말하고 있다.

야스다 도시아키, 『식민지 속의 '국어학'』, p.98.

바꿔치기의 명수라고도 비판될 법한 상황은 1942년에 오면 더욱 노골
화된다. 일본인으로서의 가치의식의 주체가 '조선어' 속으로도 거침없이
들어온다는 것은 논리의 일방통행이 아닐 수 없다. 가치의식의 주체가

조선인이라면 사정은 판이하게 달라진다는 사실을 도키에다 국어학은
일고도 하지 않았던 것이다. 만일 도키에다 국어학이 전후 최대의 학문
적 독창성이며 소쉬르에 맞서는 굉장한 것이라면 이 조선어에 대한 이러
한 비논리성은 어떻게 합리화될 수 있을까. 도키에다 국어학의 조선에
대한 교육정책의 최종적 처리방식은 다음에서 새삼 분명해졌다.

> 이 문제에 대한 나의 결론을 솔직히 말한다. 반도인은 모름지기 조선어
> 를 버리고 국어에 귀일하기라고 생각한다. 국어를 모국어로 하고 국어상
> 용자로서의 언어생활을 목표로 하여 나아가기라고 생각한다. (……) 이중언
> 어생활을 탈각하고 단일한 국어생활에 귀착한다는 것은 조선통치의 반도인
> 에 주는 어떠한 복리에도 뒤지지 않는다.
>
> 「조선에 있어서의 국어」, 『국민문학』, 1943. 1, p.12.

이러한 경지는 조선인의 처지에서 보면 조선 총독의 목소리와 크게 다
를 바 없다. 『국민문학』에 실린 이 논문은 『도키에다 모토키 박사 논
저·논문 목록』(1976)에도 수록되어 있지 않은 것으로 지적되어 있다(야스
다, p.130). 이러한 조선총독식 발언을 한 도키에다 국어학을 두고도 "물
론 그는 제국주의자였던 것은 아니다. 실제로 그가 있던 조선에서 표준
어로서의 일본어 사용을, 성명에 이르기까지 강제코자 하는 '국어정책'
이 행해지고 있는 것을 공연히 비판했던 것이다"(가라타니 고진, 「일본정신
분석(4)」, 『비평공간』, 1993. 8, p.254)라고 할 수 있을까. 물론 가라타니의 이
러한 지적은 『국민문학』에 실린 도키에다의 논문을 보지 못했기에 나온
오해였을 터이다.

7. 고민의 종자론 ─ 최재서의 경우

조선인은 마땅히 모국어인 조선어를 버리고 일본어를 모국어로 하라, 그 길밖에 다른 길은 없다, 라는 명제를 조선총독이 말했다면 그것은 물론 정치적 발언에 속할 터이다. 총독부가 조선인 지원병이라는 수식어를 띤 징병제 실시 준비위원회를 설치(1942. 5)하고 일본 각의에서 조선징병제도 실시 요강(1942. 11)이 결정되고 이를 공포한 것은 1943년 3월 1일이었고 학병제를 공포·실시한 것은 1943년 10월이었다. 조선인이 일본어를 구사해야 한다는 것의 큰 테두리는 물론 '내선일체론'에 기초한 것이지만 그 제일 첨예한 부분은 바로 조선인 징병제에 놓여 있었다. 일본인과 함께 조선인이 목숨을 내걸고 적과 싸워야 되는 마당이라면 무엇보다 우선하는 것이 의사소통이 아닐 수 없었다. 다른 문화적 성숙도와는 별개인 이 문제는 늑장을 부릴 수 있는 것이 아니었다. 시급한 과제로 이것만큼 절박한 것은 없었던 것이다.

대체 통치 이후 일본어 보급률은 어떠했던가. 1942년 현재, 다음과 같았다.

연 도	조선인수	일어 가능자	백분율(%)
1913	15,169,923	92,261	0.61
1915			1.20
1918	16,697,017	303,907	1.81
1920			3.00
1923	17,446,913	712,267	4.08
1928	18,667,334	1,290,241	6.91
1930			7.40
1931			7.55
1932			7.55
1933	20,205,591	1,378,121	7.70

연 도	조선인수	일어 가능자	백분율(%)
1935			7.81
1938	21,950,716	2,716,807	12.38
1939	22,098,310	3,069,032	13.89
1940	22,954,563	3,573,338	15.57
1941	23,913,063	3,972,094	16.61
1942	25,525,409	5,089,214	19.94

* 출전 : 『조선연감』(1945년 판), 경성일보사, p.130

이를 세분해 보이면 다음과 같다.

연 도	이해 가능자	회화 가능자	총 계(%)
1929	900,157	540,466	1,440,623(7.67)
1942	2,353,843	2,735,371	5,089,214(19.94)

* 출전 : 『조선사정』, 조선총독부, 1943. 12, 「부록 참고통계표」, p.9

중국전선에서 전사한 첫 조선인인 이인석, 이형석 등의 전사장면을 묘사한 전선 체험기가 있다. 저자는 경남 거창군 직원으로 근무했고, 그의 친구인 신기섭은 통역을 지원한 것으로 되어 있고 또한 그의 친구인 노철상은 진주중학 출신이었다. 일어해독이 이들에겐 가능했음을 알 수 있다(오무라 겐조[大村謙三], 『싸우는 반도지원병』, 동도서적주식회사, 1943. '오무라 겐조'는 이윤기의 창씨개명 후의 이름). 징병제 실시가 국어상용의 첨예한 정치적 부분이라면 이에 버금가는 문화적 영역은 단연 문학이 아닐 수 없다. 문학에서 일어사용 여부에 대한 논쟁이 본격적으로 시작된 것은 구카프계 비평가인 한효의 '소위 용어관의 고루성에 대하여'라는 부제로 된 「국문문학문제」(『경성일보』, 1939. 7. 26~8. 1)이다. 이에 대한 반박문 성격의 글 「문학의 진실과 보편성」(『京城日報』, 1939. 7. 26~8. 1)은 김용제에 의해 씌어졌다.

로댕의 '이중의 진실' 개념을 도입한 한효의 비판의 요점은 이러했다. 예술가에겐 내적 진실과 외적 진실이 있는 바, 이 두 가지의 일치 속에 참예술이 있다는 것. 이 점에 비추어 보면 노벨상 작가 펄 벅의 「대지」는 중국을 그렸으나 그 외적 진실에 지나지 않지만, 노신의 작품은 어떠한가. 중국을 그렸으되 외적·내적 진실을 동시에 그렸기에 서로 뚜렷이 구분된다는 것이다. 한효가 설사 여기서 「대지」가 영어로 씌어졌다는 지적을 하지 않았으나, 문학적 현실이란 그 작가의 현실 속의 언어로라야 비로소 예술 작품으로 이루어질 수 있다는 것, 따라서 일본어로 쓰는 조선인의 작품이란 비현실적임을 주장한 셈이 된다.

그렇다면 누군가 있어, 가령 조선인으로서 조선 현실을 일어로 쓰는 것이 조선어로 쓰는 것만큼, 혹은 거의 버금가는 수준으로 현실적으로 자연스럽다면 어떻게 될까. 이 물음에 대해 한효의 대답은 원리적으로는 자명할 터이다. 이른바 이중어 글쓰기의 장이 열릴 수 있는 영역이 그것이다. 이효석, 유진오, 김사량 등의 일어 창작이, 어느 수준에서는, 이런 범주에 접근한 것인지 아닌지는 논의해 볼만한 성질의 것이리라.

한효에 대한 김용제의 반론은 이와는 썩 다른 방향에서 전개되었는바, 그 논의의 핵심은 '일본어＝문화어'에 놓여 있었다.

국어(일본어―인용자)는 이미 문화어여서 조선어보다 우수한 언어다. 사실상 동양에 있어 국제어이며 조선에 있어서는 문자 그대로 국어다. (……)
조선의 말과 글은 그 자체가 조선 문화는 아니다. 그렇게 생각하는 것은 민족적 감정이나 정치의식에서 오는 착각이라 생각한다. 물론 조선의 문장은 조선 문화의 전통적 표현도구였지만 그것이, 그것만이 어떤 시대에도 어떠한 문화적 환경 속에서도 유일한 것이 아님을 알아야 한다.

『경성일보』, 1939. 7. 27.

‘일본어=문화어’라는 도식이 현시점에서는 피할 수 없는 사실이라 본 김용제의 논법은 일어로도 조선어로도 ‘자유자재로’ 쓸 수 있는 조선작가를 전제로 한 것이다. 이 경우 ‘자유자재’란 두 언어가 거의 모어 수준이거나 준모어일 때 비로소 선택의 여지가 생기기 때문이다. 조선어를 모어로 하고 중등교육에서 겨우 일어를 익힌 조선작가들에겐 아무리 일본어가 문화어이며 그로써 창작하면 고급문학이 된다고 외쳐보아도 거의 무의미한 헛소리일 터이다. 문화어란 그만큼 섬세한 언어를 가리킴일 터이며 고급문학 역시 그러한 것이라면 김용제의 주장은 ‘문학적인 것’을 도외시했거나 다른 의도를 겨냥했음이 금방 드러난다.

문화어와 비문화어의 구별을 설정하고 조선작가들로 하여금 문화어인 일본어로 글쓰기를 주장하는 김용제의 논법이 문학의 진실성과는 범주가 다른 것임에 착목하고, 한효의 논법에 기울어지면서 이를 한층 심화시킨 논설이 구카프 서기장 임화에 의해 쓰여진 바 있다. 「말을 의식한다」(『京城日報』, 1939. 8. 16~20)가 그것이다. 이 글에서 임화는 네 가지 항목으로 논의를 펼쳤는데, 이를 순서대로 살피면 다음과 같다.

(1) ‘좋은 말’과 ‘좋지 않은 말’

작가를 목수에 비유함으로써 임화는 창작이 집짓기의 일종이라 본다. 목수가 최선의 도구와 재료를 사용했을 때 비로소 좋은 집이 지어지듯 작가 역시 ‘좋은 말’이 필수적이다. 이때 비로소 기술(技術)의 개념이 태어난다. “기술이 있고서야 의도라든가 정신의 선악이라 할 것이다”라고 그가 말할 때, 이데올로기라든가 정신 제일주의라든가 기타 목적의식이란 아무리 대단하다 할지라도 적어도 예술에서는 이차적이거나 부차적임을 천명한 셈이 된다. 이데올로기 우선주의를 내세워 언어에 대한 작가적 원본주의적 원리를 우습게 보았던 카프 문학의 이론가 임화 자신의 통렬한 아이러니랄까, 자기반성이 선명히 드러나고 있다.

좋은 말에 대한 자의식 갖기야말로 작가의 원점임을 의심하는 일은 소리의 성질이나 선율의 메커니즘에 열중하고 있는 음악가를 의심하는 것과 흡사하지 않겠는가. 그럼에도 후자에 대해서는 아무도 의심치 않으면서 전자에 대해서만 의심하는 것은 웬 까닭일까. 이렇게 스스로 물은 임화는 "당연히 모순이라 할 것이다"라고 단언한다. 이런 모순을 저지르고 있는 문단을 향해 임화는 대성일갈한다.

"근자 우리 조선문단의 젊은 제군들이 이 지상(『京城日報』에서의 한효, 김용제의 논쟁－인용자)에서 열린 논쟁을 나는 매우 가소로운 일의 하나로 느끼고 있는 사람의 하나"라고 전제한 뒤, 그 이유를 이렇게 적었다. "제군들은 말을 실제로, 말만을 논의하고 있는 것처럼 보인 반면 실상은 말에 대해 가능한 한 너무도 적게 또한 논의함이 거의 없었다고 말할 수 있기 때문"이라고. 임화가 이 글을 쓴 동기가 어디에 있었는가를 엿볼 수 있는 대목이거니와, 문화어인 일본어냐 모어인 조선어냐를 두고 일으키는 논쟁이란 '용어'의 문제인데, 임화가 보기엔 이런 논의란 문인에겐 전혀 무의미함을 지적한 셈이었다. 작가란 어떤 경우에도 최선의 언어를 사용한다는 것, 따라서 '좋은 말'이란 자기가 표현하기에 알맞고 타인이 읽기에 알맞은 것이어야 한다. 그렇지 않은 부자연한 말은 좋지 않은 말이다. 창작을 일본어로 할 것이냐 모어인 조선어로 할 것이냐에 대한 논쟁이란 이로 보면 작가에겐 있을 수 없다. 어느 쪽이든 자연스럽기만 하면 '좋은 말'급에 속하기 때문이다. 이런 처지에 섬으로써 임화는 실상 대단한 정치적 발언을 했음이 판명된다. 조선어를 모어로 하는 조선작가들 중 그 누구도 문화어인 일본어를 '자연스럽게' 구사할 수 없다는 사실로 말미암아, 이른바 시국적인 과제인 '용어' 문제를 무화시키고자 했기 때문이다.

(2) 작가의 마음과 표현에의 의지

작가의 마음이란 무엇이뇨. 그것은 표현에의 의지가 아닐 수 없다. 집 짓는 일이 정교함과 편리함을 구하듯 표현의 의지란 완벽함과 미를 의욕한다. 이것만이 전부이기에 어떤 정치적 경향성도 앞설 수 없다. 작가의 이런 의지를 충족시킬 수 있는 말은 어떤 것일까. 물을 것도 없이 자연스런 말이다. "그것은 말할 것도 없이 그 작가의 날 때부터의 말, 일상생활에서 불편과 부자유함이 없는 말"이다. 여기에 어찌 도덕상의 의무나 윤리의식이 끼어들겠는가.

(3) 완전히 아름다운 표현과 작가 심리

작가는 어떻게 하면 완벽하게 또 미적으로 표현을 완성할 수 있을까. 이 물음에 임화는 민첩하다. '기술은 언제나 윤리를 거부한다'는 명제를 내세움이 그것이다.

이러한 임화식의 기술 원리주의랄까 작가 만세주의적 발상이 정작 작품의 '내용'에 대해서는 어떻게 피해나갈 수 있을까. 임화는 희랍조각을 내세웠다. 제작과정 또는 기술 속에 어떤 '내용'도 나름대로 정립된다는 논법이 그것이다. "아름답지 않은 것은 형태가 없는 것이며 형태가 없는 것은 선일 수 없으며 또 진실일 수도 없다"라고.

(4) 표현수단으로서의 정신표지

임화의 이러한 기술 제일주의적 발상이 작가중심주의적 처지에서 나온 것이거니와, 그렇다면 독자중심주의 쪽에서 바라본다면 어떻게 될까. 이런 물음에 임화도 여전히 둔감하다. 작품의 심판자가 독자이지만 작가는 독자를 감도·교화시키고자 하는 욕망을 갖고 있다. 이 욕망이 곧바로 표현의 기원이거니와 임화는 이를 '문학의 정신'이라 본다. 이 정신과 심판자인 독자의 관계 속에 비로소 표현의 문제가 성립될 터이다. 표현의 과정에서 성립된 것이 작품이다. 표현이 이러하기에 표현의 수단인 말이 정신의 표지는 아니다. 그럼에도 말을 흡사 국경표지(國境標識) 모양 생각하는 논의는 빨리 시정되어야 한다고 그는 주장한다. 임화의 이런 주장이 겉으로는, 기술(표현) 원본주의이자 작가 중심주의이지만, 지극한 정치적 발언임은 이로써 잘 드러났거니와 그는 이런 주장의 연장선상에서 「현대조선문학의 환경」(『문예』, 1940. 7)을 썼다.

이상의 논의에서 보듯 창씨개명이 실시된 1940년 직후만 하더라도 문단에서의 일어사용 문제는 각자의 취향에 따른 것에 지나지 않았다. 일어가 문화어인 만큼 그쪽으로 창작할 수 있는 사람은 그렇게 하면 되는 것이라는 쪽에 한설야, 김용제가 서 있다면 모국어를 떠나서는 진짜 창작이란 불가능하다는 쪽에 임화가 섰다. 그러나 1942년에 이르면 사정이 크게 달라진다. 태평양전쟁(1941. 12)이 시작되고 조선인 병역 문제가 닥친 것이었다. 조선어학회 사건(1942. 10. 1)을 몇 달 앞둔 시점에서는 일어란 이미 선택사항일 수 없었다. 조선 유일의 문예 월간지 『국민문학』(당초 연 4회는 일어판, 나머지는 조선어판 예정)이 전면 일어판으로 전환된 것은 1942년 5·6월 합병호부터였다. 그 편집후기에 주간 최재서는 이렇게 썼다.

> 용어의 문제가 해결되어 본지로서는 최대의 문제가 해결된 것이다. 조선어란 최근 조선의 문화인에 있어서는 문화의 유산이기보다는 고민의 종자였다. 이 고민의 껍질을 깨지 않는 한 우리들의 문화적 창조력은 정신의 수인(囚人)이 될 뿐이다. 이러한 고민을 안고 잠 못 이룰 때 문득 떠올라 다시 읽은 것이 블레이크의 시이다.(p.208)

최재서는 권두언 「태양을 우러러」를 썼다. 영국 시인 W. 블레이크의 「고대시인의 목소리」의 일절을 인용한 이 글에서 최재서는 이렇게 끝을 맺었다. "특히 조선의 문화인에 있어 죽은 자의 뼈에 걸려 넘어질 위험이 많은 과거에의 집착이라 말해질 수 있는 것은 오늘엔 보잘 것 없는 죽은 자의 뼈에 걸려 넘어지는 결과로 되는 정세에 맞닥뜨려 있다. 특히 징병제가 발포된 오늘날 사태는 이미 논의의 여지를 허락하지 않을 정도로 명료해진 것이다. 문화인은 마침내 그 의의를 알아차려 태양을 향해 명랑한 심경으로 떠오를 터이다"(p.3)라고. 이어서 그는 권두평론 「징병제 실시의 문화적 의의」를 썼다. 그 뒤의 『국민문학』의 편집방침은 오직 징병제에 일관·집중되었음이 판명된다. 좌담회 「군인과 작가, 징병의 감격을 말한다」(1942. 7)를 위시 8월호엔 징병제 기념논문 당선 특집호를 냈고, 12월호엔 대동아전쟁 1주년 기념호를 냈으며, 마침내 1943년 1월호엔 국어특집호를 냈다. 그 권두논문이 바로 경성제대 교수 도키에다 모토키의 「조선에 있어서의 국어—실천 및 연구의 위상들」이었다.

8. 『국민문학』과 사토 기요시 교수

『국민문학』이 전면적으로 일어판에 나아가게끔 된 정치적 계기는 조선인 징병제 실시였다. 이 정치적 사건이 주간 최재서로 하여금 '고민의 종자'인 조선어에서 벗어나게 한 빌미였다. 그렇다면 모국어인 조선어를 떠나서도 문학이 가능할까. 이 물음은 두 가지 점을 전제로 했을 때 비로소 그 실천적 의의가 주어질 수 있다. 이른바 이중어 글쓰기의 가능성을 전제로 할 경우 어떤 개인의 특수한 경우가 그 하나이다. 가령 조셉 콘래드 모양 그가 놓인 특수사항에서 말미암았기에 그가 이루어낸 문학

은 그의 개인적 자질의 몫으로 될 것이다. 다른 하나는, 그러니까『국민
문학』의 경우는 이와 사정이 아주 다르다. 식민지 교육의 수준에 관련된
문제인 까닭이다. 조선인으로 식민지 교육을 받은 지식인이 종주국의 언
어인 일본어로 창작에 나아갈 수 있느냐의 여부에 걸리는 문제의 으뜸
조건은 과연 무엇일까. 이 물음은 결국 문화자본에 관련될 사항이며 구
체적으로 이것은 교육제도와 관련을 가지고 있다. 실제로 이 무렵 일어
로 창작한 조선작가로 문학적 수준에 오른 것으로 내외에서 인정된 것은
이효석의 「은은한 빛」(『문예』, 1940. 7), 「엉겅퀴의 장」(『국민문학』, 1941. 11),
「봄의상」(『주간 아사히』, 1941. 5)과 유진오의 「여름」(『문예』, 1940. 7), 「남곡
선생」(『국민문학』, 1942. 1)과 한설야의 「피」(『국민문학』, 1942. 1), 「그림자」
(『국민문학』, 1942. 11), 그리고 김사량의 「빛속으로」(『문예수도』, 1939. 10), 「풀
이 깊다」(『문예』, 1940. 7), 「향수」(『문예춘추』, 1941. 7) 등이다. 그러나 이들
일어 창작이 문학적 범주에 접근되었는지, 기껏해야 로컬컬러의 수준에
멈추었는지는 '문학적인 것'의 이름으로 자주 음미될 과제가 아닐 수 없
다(경성 제1고보생이던 유진오의 기록에 따르면 그들이 쓰던 일어 교과서는 일본인
중학용 교과서와는 달리 총독부에서 특별히 편찬한 아주 저급한 내용의 것이어서 정
말로 일본어나 일본 문학을 가르치기 위한 것이 아니라 관청용이나 상업용의 간단한
실용어를 가르치는 것이었다. 유진오, 「편편야화」, 『동아일보』, 1974. 3. 15).

여기서 주목되는 것은 이효석, 김사량, 유진오 등이 모두 제국대학 출
신이라는 점. 이는 제국대학이야말로 글쓰기에 있어서도 단연 문화자본
의 상위에 있었음을 보여주는 한 가지 사례가 아닐 수 없다. 그렇다면
조선 유일의 월간 순문예지인 막강한『국민문학』의 힘의 근거는 어디에
서 말미암았을까. 이 물음은 아무리 강조되어도 지나침이 없다. 두루 아
는 바 올해로 탄생 백주년을 맞는 주간 최재서(1908~1964)는 경성제대 법
문학부 문학과(영문학 전공 제3회) 출신으로 경성제대 영문과의 첫 번째 강

사로 발탁된 바 있는 출중한 학자였으며 그의 논문 「T. E. 흄의 비평적 사상」이 일본 유수의 철학지인 『사상』(1934. 12)에 실릴 정도였다. 뿐만 아니라 당대의 난해한 작품인 「천변풍경」(1936)과 「날개」(1936)를 명쾌히 해명한 문제적 평론 「리얼리즘의 확대와 심화」(1936)를 쓴 바 있는 평론가이기도 했다(졸저, 『한국근대문학사상연구(1)』, 일지사, 1984). 그러나 그의 개인적 자질이나 역량이 아무리 대단하더라도 그것만으로는 문화자본의 의의를 가질 수 없다. 최재서의 역량이 빛날 수 있었던 것은 그 실천력에 있었는 바 이는 그가 속한 문화자본(부르디외 용어)의 힘에서 왔던 것이다. 그 문화자본이 바로 경성제국대학 문과였다.

『국민문학』을 '고민의 종자'인 조선어를 버리고 일어 전용지로 전환하게끔 최재서를 강요한 직접적 힘은 앞에서 보았듯 조선인 징병제 실시에서 온 것이다. 그렇다면 『국민문학』으로 하여금 일본문학이 되게끔 한 원동력은 과연 무엇이었던가. 그것은 바로 경성제대가 갖고 있는 압도적인 문화자본이었던 것이다. 이 문화자본의 문학적 전환을 단적으로 보여주기 위해서는 다음 시 한 편이 제일 적절하다.

한 포기의 상추,
잘 씻은 한 포기 상추,
기름을 조금 치고,
가는 소금을 뿌리고,
따뜻하게,
내 손수 지은 밥을 싸서 먹는다,
석양을 향해,
떨어지는 아카시아를 향해,
혼자서 먹는 상추,
최재서가 가르쳐주어,
올해도 먹는 맛좋은 상추,

그런데 이것도
(길고 긴 세월이 지난 뒤)
올해까지 오고 말았지만,
그 맛에는 털끝만큼의 푸념도 없다.
그렇지만 이 상추에 깃든 맛,
그 누가 이 맛을 분석하며,
그 누가 이 맛을 종합하랴.

이 시는 『국민문학』(1944. 8)에 실린 사토 기요시의 「상추」 전문이다. 경성제대 영문과의 창설자이자 주임교수이며 시인이자 키츠 전공의 사토 교수는 특이한 개성을 지닌 인물이었다(오카모토 하마키치[岡本濱吉], 「성대교수 평판기」, 『조선 및 만주』, 1937. 3). 그가 가장 아낀 제자가 바로 최재서였거니와 그의 시집 『벽령집(碧靈集)』이 최재서의 인문사에서 간행된 것은 조선 체류 17년째 되던 1942년 10월이었다. 대체 '벽령'이란 무엇인가. 그는 조선체험의 정수를 이 시집에 담았는데, 그 상징어가 '벽령'이었다. 일본의 북부 출신인데도, 사토교수의 서울 체험의 첫 번째 충격은 "목을 조르는 듯한 추위"였고 그 다음은 황토 위에 내리쏟아지는 햇빛이었다. 세 번째이자 가장 강렬한 것이 밤하늘의 짙푸름이었다. 초저녁에서 새벽 하늘, 그 어둠 속에서 명징하게 깃든 벽공, 이것이야말로 하늘의 미라 그는 읊었다. 가까이 가면 얼굴까지 물들 정도의 이 짙푸름이 그를 매료시킨 조선이었다. 독신주의자인 그에겐 인간 따위란 안중에도 없었다. 벽공, 그것이 바로 혼령이었던 것이니까. 이 대단한 탐미주의자를 두고 애제자 최재서는 이렇게 적었다. "무엇보다 선생의 시혼을 가장 깊이 움직인 것은 조선의 벽공이다. 대부분의 일본인이 조선의 벽공을 노래했기에 그 자체는 별로 다를 바 없으나 선생만큼 그 벽고의 준엄함과 두려움과 아름다움을 몸으로 느낀 시인은 아직 한 사람도 없다"(「시인으로서의 사토 기요시 선생」,『국민문학』, 1942. 11, p.85)라고.

이 대단한 사토 교수의 직계제자가 최재서였다는 사실은『국민문학』을 염두에 두는 한 촌시도 잊어서는 안 되는 사항 중의 하나이다. 사토 교수의 최재서 사랑이란 그 자체가 영문학 사랑이었고 나아가『국민문학』에까지 뻗었던 것이다. 여기에는 별고를 요하는 사상상의 중요 과제가 잠복되어 있는 바, 이른바 T. E. 흄의 신고전주의 이론이 그것이다. 반낭만주의 선언에 해당되는 흄의 사상이란, 철저한 반휴머니즘 위에 놓인 것이며 이를 경성제대에서 제일 먼저 공부한 장본인이 최재서였다. 이른바 주지주의 이론이 그것이거니와『국민문학』이 놓인 반휴머니즘적 사상도 이와 깊은 맥락이 닿아 있었다. 사토 교수는 실제로『국민문학』에 중요한 논객으로 또 시인으로 활동하기조차 했다. 사토 교수를 둘러싼 좌담회(1942. 12), 권두시「제국해군」(1943. 1), 시「혜자」(1943. 3), 평론「문어시가인가, 구어시가인가」(1944. 5~6), 시「학도출진」(1944. 12) 등이 그것이다.

한편 최재서는 영문과 동창인 일본인 데라모토 기이치(寺本喜一), 스기모토 나가오(杉本長夫) 등을『국민문학』의 중요 집필자로 기용했다. 이런 의미에서 경성제대 법문학부 문과계가『국민문학』의 보이지 않는 버팀목이었음이 판명된다. 도키에다 국어학이『국민문학』지에 큰 얼굴로 등장한 것도 이런 문맥에서이다.

9. 환각으로서의 '벽공'

『국민문학』과 문화자본으로서의 경성제대 법문학부 문과계의 관계를 음미함에 있어 풀어야 할 과제는 한둘이 아니겠으나, 그중의 하나는 관련자들 내부의 자기모순에 대한 사항이다. 구체적으로 그것은 이중어사용과 문학의 관계항이다. 『국민문학』의 중요성이 이러한 이중어 사용의 한계를 돌파하고 국어(일본어) 단일화 사용으로 나아갔음에서 찾아진다고 할 때, 그 밑에 깔려 있는 모순은 어떻게 설명될 수 있을까. '고민의 종자'인 조선어를 버리고 창졸간에 학습된 일본어로 창작할 때 과연 그런 일이 실제로 가능한가. 그런 창작도 문학 축에 들 수 있을까. 거기까지에 이르는 기간은 또 얼마나 될까. 이런 미증유의 실험이 『국민문학』 속에 깃들어 있었다. 이 내부적 실험은 외부(임시정부)의 시선에서 보면 너무도 터무니없는 망상 중의 망상이겠으나, 그 나름의 실험 축에 드는 것이 아닐 수 없다. 적어도 이 내부적 실험 속에는 문학과 언어가 국적과 어떻게 관련되며 또 그 한계 및 가능성이 무엇인가 라는 과제가 어느 수준에서 논의되고 있었다는 사실은 지울 수 없다.

결론을 맺기로 한다. 그것은 다시 이렇게 묻는 것이기도 하다. 대체 경성제대란 무엇이었던가가 그것. 이에 대해 『벽령집』의 사토 교수는 훗날 외부에 서서, 한때 내부인이었던 스스로와 경성제대를 마치 환각인 듯 이렇게 회고해 놓고 있다.

> 경성제대에는 매우 엄격히 선발된 소수의 입학자로 이루어진 예과가 있었으며 따라서 문학부에 오는 학생은 소수였으나 영문과에 모이는 학생이 제일 많았으며 수재도 적지 않았다. 특히 조선인 학생의 우수한 자들이 모인 것은 제국대학의 이름에 이끌렸다기보다도 외국문학에 그들의 목마름을 풀어주는 어떤 요소가 제대 속에 있었던 탓이다. 20년간 조선인 학생과 교제하는 동안, 얼마나 그들이 민족의 해방과 자유를 외국문학 연구에서 찾고자 하고 있었던가를 알고 충격을 받지 않을 수 없었다.
>
> 「경성제대 문과의 전통과 그 학풍」, 『영어청년』, 1959, 『사토 기요시 전집(3)』,
> 詩聲社, 1964, p.259.

이 점에서 보면 그의 시집 『벽령집』의 의미가 새삼 분명해진다. '벽령' 그것은 경성제대 교가에 진작부터 그대로 박혀 있었다.

짙푸른 하늘 저 멀리에 학이 춤추는 고려벌판
빛은 널리 퍼져, 서울의 동녘
천년의 소나무 그늘에 모인 우리들
가슴에 불타는 것은 진홍의 솟는 피
넘치는 기개야말로 고귀한 보배(1절)
(紺碧遙かに鶴舞ふ高麗野
光はあまねき　都の東
千歳の松陰　集へる我等
胸ぬちたぎるは　眞紅の血潮
あふるる意氣こそ　尊きたから)

"벽공 아득한 하늘 저 멀리"로 표상되는 경성제대란 무엇이었던가. 그 내부인에 있어 그것은 환각 속에서 '고민의 종자'를 넘어서는 둘도 없는 뼈아픈 실험장이 아니었을까.

최재서 저작 목록

■ 저술

文學과 知性, 人文社, 1938.

海外抒情詩選(편), 人文社, 1938.

朝鮮文藝年鑑(共編), 人文社, 1939.

朝鮮作品年鑑(共編), 人文社, 1940.

轉換期의 朝鮮文學(日文), 人文社, 1943.

文學原論, 春潮社, 1957.

現代英美短篇小說鑑賞(共編), 한일문화사, 1959.

英文學史(전3권)(고대·중세편, 르네상스편, 셰익스피어편), 東亞出版社, 1959~1960.

標準英文法, 한일문화사, 1960.

崔載瑞評論集, 靑雲出版社, 1961.

The Golden Treasury(주석), 1962(글벗사, 1985).

셰익스피어 예술론, 乙酉文化社, 1963.

Shakespeare's Art as Order of Life, NewYork : Vantage Press, 1965.

인상과 사색, 연세대출판부, 1977.

■ 역서

루소와 낭만주의(I. 배비트, 日文), 改造文庫(上, 下), 1939~40.

맥아더 선풍, 향학사, 1951.

주홍글씨(호돈), 을유문화사, 1953.

햄릿, 연희춘추사, 1954.

햄릿, 정음사, 1958.

햄릿, 한일문화사, 1958.

아메리카의 비극(드라이저), 박영사, 1959.
E. A. 포우 단편집, 韓一文化社, 1961.

■ 論文·수필 기타

예이츠 연구(日文), 『清凉』, 1927.
유령(日文), 『京城帝大英文學會會報』 1호, 1929. 12.
The Development of Shelley's Poetic Mind(졸업논문), 1930. 4.
Shelley의 Reminiscences(日文), 『京城帝大英文學會會報』 3호, 1930. 11.
詩의 한계(日文), 『京城帝大英文學會會報』 5호, 1931. 6.
미숙한 문학, 『新興』 5호, 1931. 7.
Hurd의 『騎士傳記論』(日文), 『京城帝大英文學會會報』 6호, 1931. 12.
Addison의 상상력(日文), 『京城帝大英文學會會報』 10호, 1933. 3.
문학의 보전(日文), 『京城帝大英文學會會報』 11호, 1933. 6.
Jespersen의 新文法書(日文), 『京城帝大英文學會會報』 12호, 1933. 11.
윈담 루이스론(日文), 『京城帝大英文學會會報』 13호, 1934. 3.
미국 현대소설의 동향(멀튼 우올드맨, 번역), 『동아일보』, 1933. 2. 18~21.
구미 현대 문단 총관, 『조선일보』, 1933. 4. 27~29
영문학의 현상, 『조선일보』, 1933. 5. 1.
현대성의 파산(폴 엘머 모아, 번역), 『조선일보』, 1933. 11. 1~7.
영국 현대소설의 동향(휴우 월포올, 번역), 『동아일보』, 1933. 12. 8~16.
반공일(올더스 헉슬리, 번역), 『조선일보』, 1934. 2. 21~3. 9.
『現代英美短篇小說鑑賞』, 한일문화사(1959).
굶주린 존슨박사, 『文學』 3호, 1934. 4.
詩人對行爲人, 『朝鮮及滿洲』, 1934. 4.
낙엽(번역, 맬캄 마가릿즈), 『조선일보』, 1934. 7. 8~17.
현대主知主義 文學理論의 건설－영국 편단의 주류, 『조선일보』, 1934. 8. 7~20.
批評과 科學－현대主知主義
文學理論의건설(속편), 『조선일보』, 1934. 8. 31~9. 7.
文學發見時代, 『조선일보』, 1934. 11. 21.
T. E. 흄의 비평적 사상(日文), 『思想』, 1934. 12.
詩人과 人間苦(日文), 『朝鮮及滿洲』, 1934. 12.
John Dennis의 詩論研究(日文), 『英文學研究』 15권 1호, 1935. 1.
朝鮮文學과 批評의 임무, 『조선일보』, 1935. 1. 1.

古典復興의 문제, 『조선일보』, 1935. 1. 30~31.

오올다쓰 학스레이론−현대풍자 정신의 발로, 『조선일보』, 1935. 1. 21~30.

社會的 비평의 대두, 『동아일보』, 1935. 1. 30~2. 3.

'D. H. 로렌스' 그의 생애와 예술, 『조선일보』, 1935. 4. 7~12.

자유주의 문학 비판−자유주의 몰락과 영문학, 『조선일보』, 1935. 5. 15~20.

신문학 수립에 대한 제가의 고견, 『조선일보』, 1935. 7. 6.

풍자문학론, 『조선일보』, 1935. 7. 14~28.

시대적 통제와 예지, 『조선일보』, 1935. 8. 25.

비평의 형태와 기능, 『조선일보』, 1935. 10. 12~20.

文藝隨感−단상, 『批判』 6권 11호, 1935. 11.

영국의 전통과 자유 작가 회의−E. M. 포스터의 연설을 중심으로, 『조선일보』, 1936. 1. 4.

영국 평단의 동향(日文), 『改造』, 1936. 3.

현대비평에 있어서의 개성의 문제(日文), 『英文學研究』 16권 2호, 1936. 4.

문단우감, 『조선일보』, 1936. 4. 24~29.

현대시의 생리와 성격, 『조선일보』, 1936. 8. 21~27.

'旱鬼'(박화성) '꽃나무는 심어 놓고'(이태준)(번역, 日文), 『改造』, 1936. 10.

리얼리즘의 확대와 심화−'천변풍경'과 '날개'에 관하여, 『조선일보』, 1936. 10. 31~11. 7.

'斷層'파의 심리주의적 경향, 『朝光』, 1937. 1.

문학문제 좌담회−리얼리즘, 문장문제, 『조선일보』, 1937. 1. 1~7.

헉슬리의 풍자소설(日文), 『改造』, 1937. 2.

빈곤과 문제, 『조선일보』, 1937. 2. 27~3. 3.

적수공권시대, 『조선일보』, 1937. 3. 23.

현대적 知性에 관하여, 『조선일보』, 1937. 5. 15~25.

故李箱의 예술, 『朝鮮文學』 3권 6호, 1937. 6.

文化公談−문화기여자로서, 『조선일보』, 1937. 6. 9.

武藏野通信, 『조선일보』, 1937. 7. 8.

위악자, 『조선일보』, 1937. 8. 19.

사실의 훈련, 『조선일보』, 1937. 8. 24.

멋의 연구, 『조선일보』, 1937. 8. 31.

이상적 인간에 대한 규정−知的協力 국제 담화회를 보고, 『조선일보』, 1937. 8. 23~27.

시와 도덕과 생활, 『조선일보』, 1937. 9. 15~19.

센티멘탈론, 『조선일보』, 1937. 10. 3~8.

경기구식 비평, 『조선일보』, 1937. 10. 10.

메가로포리타니즘, 『조선일보』, 1937. 10. 24.

최근 문단의 동향, 『朝光』, 1937. 11.

전통과 도그마, 『조선일보』, 1937. 12. 10.

비평가와 깍쟁이, 『조선일보』, 1937. 12. 19.

韓籍의 출판에 관한 이야기, 『조선일보』, 1937. 12. 22.

短篇小說의 特質, 『文學과 知性』(수록), 1938.

전통과 권위(서평, 日文), 『英文學硏究』 18권 1호, 1938. 1.

작가와 모랄의 문제, 『三千里文學』 창간호, 1938. 1.

리얼리즘 로맨티시즘 휴머니즘 논의(좌담), 『동아일보』, 1938. 1. 1~2.

명일의 조선문학, 『조선일보』, 1938. 1. 1~4.

노천명시집 '산호집'을 읽고, 『동아일보』, 1938. 1. 7.

취미론, 『조선일보』, 1938. 1. 8~13.

여성·문학·가정, 『女性』 23호, 1938. 2.

인테리 작가 학스레이, 『동아일보』, 1938. 2. 4.

언어의 유통성과 진실성, 『조선일보』, 1938. 3. 1.

시단전망, 『조선일보』, 1938. 3. 10~15.

시와 휴머니즘-임화시집 『현해탕』 서평, 『동아일보』, 1938. 3. 25.

현대 작가와 고독, 『三千里文學』 2호, 1938. 4.

비평과 月評, 『동아일보』, 1938. 4. 12~15.

전망과 성과-(서평) 현대 조선 문학 시가집, 『조선일보』, 1938. 4. 20.

현대와 비평정신, 『四海公論』 4권 6호, 1938. 6~7.

조선 문학의 성격, 『동아일보』, 1938. 6. 7.

6월 창작평, 『조선일보』, 1938. 6. 2.

고전 연구의 역사성, 『조선일보』, 1938. 6. 10.

사실의 세기와 지식인, 『조선일보』, 1938. 7. 2.

비평과 모랄의 문제(日文), 『改造』, 1938. 8.

문학, 작가, 지성-지성의 본질과 그 효용성(문단진언장), 『동아일보』, 1938. 8. 20~23.

하버드 리드의 비평체계(日文), 『三田文學』, 1938. 9.

감상론, 『朝光』 36호, 1938. 10.

현대비평의 성격-19세기적 비평의 결론적 고찰, 『조선일보』, 1938. 11. 2~5.

아리스 메이넬(시 4편, 번역), 『三千里』, 1938. 11.

비극과 진리, 『批判』 67호, 1938. 11.

번역 문학 관견, 『靑色紙』 3호, 1938. 12.

서정시에 있어서의 知性, 『조선일보』, 1938. 12. 24~28.

토마스 만의 가족사소설, 『동아일보』, 1938. 12. 1.

연재소설에 대하여, 『朝鮮文學』 15호, 1939. 1.
(속)시단전망, 『批判』 105호, 1939. 1.
오는 1년간의 비평계 중심 과제, 『조선일보』, 1939. 1. 1.
文學의 수필화, 『동아일보』, 1939. 2. 3.
예이츠의 생애와 예술, 『동아일보』, 1939. 2. 5~8.
문학의 표정-문단유감, 『동아일보』, 1939. 2. 19~21.
시의 장래-낭만정신의 길, 『詩學』 창간호, 1939. 3.
知性, 모랄, 가치, 『批判』 107호, 1939. 3.
장편소설과 단편소설, 『동아일보』, 1939. 3. 9.
散文文學의 재검토, 『동아일보』, 1939. 3. 10.
현대 비평의 性格(日文), 『英文學研究』 19권 2호, 1939. 4.
문학적 성격, 『동아일보』, 1939. 5 7.
엘도라도(번역), 『詩學』 2호, 1939. 5.
시감상법, 『조선일보』, 1939. 5. 12~17.
구라파 현대 소설의 이념, 『批判』 110~111호, 1936. 6~7.
현대소설의 주제, 『文章』 6호, 1939. 7.
구라파 문예사상의 전망, 『조선일보』, 1939. 6(미확인).
新世代論, 『조선일보』, 1939. 7. 6~9.
『보리와 병정』(西村眞太郎 역, 서평), 『每日新報』, 1939. 7. 22~27.
시대의 동행자(『유진오 단편집』, 서평), 『조선일보』, 1939. 9. 18.
秋風, 『京城日報』, 1939. 9. 28~10. 6.
성격에의 의욕, 『人文評論』 창간호, 1939. 10.
성모의 곡예사(A. 프랑스, 번역), 『人文評論』 창간호, 1939. 10.
『근대일본문학사의 전개』(唐木順三, 서평), 『人文評論』 창간호, 1939. 10.
교양의 정신, 『人文評論』 2호, 1939. 11.
불란서 소설의 新世代(번역), 『人文評論』 2호, 1939. 11.
情神分析과 현대문학, 『人文評論』 2호, 1939. 11.
小說과 民衆家, 『동아일보』, 1939. 11. 7~12.
여행의 낭만(『태양의 풍속』, 서평), 『每日新報』, 1939. 11. 5.
評論界의 諸問題, 『人文評論』 3호, 1939. 12.
등대직이(셍키비치, 번역), 『人文評論』 3호, 1939. 12.
죠이스, 『젊은 예술가의 초상』(번역), 『人文評論』 4호, 1940. 1.
아메리카 소설의 동향(번역), 『人文評論』 4호, 1940. 1.
性格論 · 시단 · 희곡, 『동아일보』, 1940. 1. 1.

문단 신년의 토픽 전망, 『조선일보』, 1940. 1. 9.

평단의 신춘을 말한다, 『조선일보』, 1940. 1. 10.

가족사소설의 이념―토마스 만, 『붓덴부르크家』, 『人文評論』 5호, 1940. 2.

知性 없는 문학은 오산, 『每日新報』, 1940. 2. 26.

시단 月評, 『人文評論』 6호, 1940. 3.

성격의 生成과 분열, 『人文評論』 6호, 1940. 3.

호반의 처녀(번역), 『人文評論』 7~9, 1940. 4~6.

관념소설 학슬리, 『포인트 카운터포인트』, 『人文評論』 7호, 1940. 4.

소설의 현상 타개의 길, 『조선일보』, 1940. 5. 8~10.

전쟁문학, 『人文評論』 9호, 1940. 6.

小說의 敍事詩的 성격―마르로 연구, 『人文評論』 10호, 1940. 7.

6월 시단평, 『人文評論』 10호, 1940. 7.

事變 當初와 나, 『人文評論』 10호, 1940. 7.

7월 시단평, 『人文評論』 11호, 1940. 8.

敍事詩・로만스・小說, 『人文評論』 11호, 1940. 8.

아리시아의 일기(토마스 하디, 번역), 『人文評論』 11호, 1940. 8.

詩壇三世代, 『조선일보』, 1940. 8. 5.

文學精神, 『조선일보』, 1940. 8. 9.

批評과 기고, 『每日新報』, 1940. 8. 6.

轉形期의 評論界, 『每日新報』, 1940. 11. 11~12.

反省과 摸索, 『每日新報』, 1940. 11. 13~14.

新體制와 문학(日文, 강연), 文藝報國講演隊(『轉換期의 朝鮮文學』에 수록).

評論界 아르바이트化의 경향, 『朝光』 62호, 1940. 12.

轉形期 評論界, 『人文評論』 14호, 1941. 1.

마을의 외방사람(번역), 『人文評論』 14호, 1941. 1.

新世界論, 『新世界』 3권 1호, 1941. 1.

新體制下의 半島文化를 말한다(日文, 좌담), 『綠旗』, 1941. 1.

文化理論의 再編成, 『每日新報』, 1941. 1. 14.

轉換期의 文化理論, 『人文評論』 15호, 1941. 2.

文學新體制化의 目標(日文), 『綠旗』, 1941. 2.

文學精神의 전환, 『人文評論』 16호, 1941. 4.

新體制下의 文藝批評(日文), 『國民文學』 창간호, 1941. 11.

朝鮮文壇의 재출발을 말한다(日文, 좌담), 『國民文學』 창간호, 1941. 11.

추천 못하는 이유(신춘문예 선후감), 『每日新報』, 1942. 1. 10.

아들이여 편안히－망아 剛에 바친다(日文), 『國民文學』, 1942. 1.
日米開戰과 東洋의 장래(日文, 좌담), 『國民文學』, 1942. 1.
文藝動員을 말한다(日文, 좌담), 『國民文學』, 1942. 1.
文人氣質, 『東洋文化』, 1942. 1.
大東亞文化圈의 構想(日文, 좌담), 『國民文學』, 1942. 2.
國民文學가들(日文)(『轉換期의 朝鮮文學』에 수록), 1942. 2.
나의 페이지(日文), 『國民文學』, 1942. 3~4.
半島 기독교의 개혁을 말한다(日文, 좌담), 『國民文學』, 1942. 3.
징병제 실시의 文化史的 의의(日文), 『國民文學』, 1942. 5·6(合).
半島 학생의 諸問題를 말한다(日文, 좌담), 『國民文學』, 1942. 5. 6.
새로운 批評을 위하여(日文), 『國民文學』, 1942. 7.
國民文學의 1년을 말한다(日文, 좌담), 『國民文學』, 1942. 7.
朝鮮文學의 현단계(日文), 『國民文學』, 1942. 8.
文學者와 세계관의 문제(日文), 『國民文學』, 1942. 9.
北方圈文化를 말한다(日文, 좌담), 『國民文學』, 1942. 10.
朝鮮文學의 立場(강연)(『轉換期의 朝鮮文學』 수록), 1942. 10.
詩人으로서의 佐藤淸先生(서평), 『國民文學』, 1942. 12.
文藝時評, 『國民文學』, 1942. 10.
틀이잡힌 國民文學論(신춘문예 선후감), 『每日新報』, 1943. 1. 9.
詩壇의 근본문제를 충격한다(日文, 좌담), 『國民文學』, 1943. 2.
半島文學에의 要望(日文, 좌담), 『國民文學』, 1943. 3.
의무교육이 될 때까지, 『國民文學』, 1943. 4.
偶感錄(『轉換期의 朝鮮文學』 수록), 1943. 4.
勤勞와 文學(日文), 『國民文學』, 1943. 5.
농촌 문화를 위해(日文, 좌담), 『國民文學』, 1943. 5.
思想戰의 첨병(日文), 『國民文學』, 1943. 6.
戰爭과 文學(日文, 좌담), 『國民文學』, 1943. 6.
新半島文學의 性格(日文), 『文化朝鮮』, 1943. 6.
報道演習班(日文, 소설), 『國民文學』, 1943. 7.
徵兵誓願行, 『國民文學』, 1943. 8.
國民文化의 方向(日文, 좌담), 『國民文學』, 1943. 8.
大東亞意識의 눈뜸－제2회 大東亞文學者大會에 다녀와서(日文), 『國民文學』, 1943. 10.
今日의 新人群(日文), 『國民文學』, 1943. 12.
燧石(日文, 소설), 『國民文學』, 1944. 1.

사봉하는 문학(日文), 『國民文學』, 1944. 4.

非時의 꽃(日文, 소설), 『國民文學』, 1944. 5~8.

徵兵과 文學(日文), 『國民文學』, 1944. 8.

금년의 신인군, 『國民文學』, 1944. 12.

總力運動의 新構想(日文, 좌담), 『國民文學』, 1944. 12.

民族의 結婚(日文, 소설), 『國民文學』, 1945. 2.

思想戰의 현단계(日文, 좌담), 『國民文學』, 1945. 2.

言論타개의 길(日文, 좌담), 『國民文學』, 1945. 3.

문학의 속성, 『새벽』, 1955. 7.

예술적 체험, 『새벽』, 1955. 9.

문학의 限界, 『思想界』, 1955. 10.

시적 체험, 『새벽』, 1955. 11.

知性의 비극, 『思想界』, 1955. 12.

표현과 전달, 『새벽』, 1956. 1.

문학과 사상, 『思想界』, 1956. 2~3.

상상력, 『새벽』, 1956. 3.

현대비평에 있어서의 개성의 문제, 『思想界』, 1956. 4.

문학의 목적·기능·효용, 『思想界』, 1956. 5.

낭만주의의 초극, 『思想界』, 1956. 6.

표현 매체로서의 言語, 『思想界』, 1956. 7.

비극적 체험①~④, 『새벽』, 1956. 9. 11. 12~1957. 2.

열정론, 『思想界』, 1957. 5.

루스와 나이팅게일, 『思想界』, 1957. 10.

표현과 전달의 이론, 『思想界』, 1957. 11~12.

문학의 內容과 形式, 『思想界』, 1957. 12~1958. 1.

르네쌍스가 가까웠다(좌담), 『思想界』, 1959. 9.

(셰익스피어 연구초) 셰익스피어 비극의 개념, 『思想界』, 1959. 1.

에이븐江의 백조, 『思想界』, 1959. 2.

詩聖의 수업시대, 『思想界』, 1959. 3.

英詩槪觀, 『思想界』, 1959. 4~5.

역사, 질서, 문학, 『思想界』, 1959. 6~7.

정치는 음악처럼, 『思想界』, 1959. 8.

호랑의 세계, 『思想界』, 1959. 10.

인간 혼돈, 『思想界』, 1959. 11.

셰익스피어의 성숙한 희곡들, 『외국어대학보』 제2호, 1959.

序說, 『연세춘추』, 1959. 5. 9.

나무, 『연세춘추』, 1959. 5. 18.

貧因의 哲學, 『연세춘추』, 1959. 5. 25.

廢墟의 合唱席, 『연세춘추』, 1959. 6. 1.

無子哀, 『연세춘추』, 1959. 6. 8.

노서아의 이뿐이, 『연세춘추』, 1959. 6. 15.

조선의 이뿐이, 『연세춘추』, 1959. 6. 22.

슬프니까 우는가, 우니까 슬픈가, 『연세춘추』, 1959. 6. 29.

체증의 效果, 『연세춘추』, 1959. 7. 6.

어린이는 어른의 아버지, 『연세춘추』, 1959. 8. 10.

報告, 『연세춘추』, 1959. 8. 31.

映畫不見辯, 『연세춘추』, 1959. 9. 7.

Thank you＝고맙습니다(?), 『연세춘추』, 1959. 9. 14.

과수원, 『연세춘추』, 1959. 9. 21.

As You Like It, 『연세춘추』, 1959. 9. 28.

Words, Words, Words, 『연세춘추』, 1959. 10. 5.

閒暇의 價値, 『연세춘추』, 1959. 10. 12.

말 뒤에 오는 것, 『연세춘추』, 1959. 10. 19.

우울한 명태, 『연세춘추』, 1959. 10. 26.

假面劇, 『연세춘추』, 1959. 11. 2.

어느날 午後의 山속, 『연세춘추』, 1959. 11. 23.

諦念, 『연세춘추』, 1959. 11. 30.

文學의 海圖를 그리며, 『연세춘추』, 1959. 12. 7.

바다의 이미지(1), 『연세춘추』, 1959. 12. 24.

바다의 이미지(2), 『연세춘추』, 1960. 1. 11.

"결"의 思想, 『연세춘추』, 1960. 2. 8.

珠玉처럼, 『연세춘추』, 1960. 2. 15.

價値의 세계와 行動의 世界, 『연세춘추』, 1960. 2. 22.

崔氏를 위한 抗議, 『연세춘추』, 1960. 3. 14.

가리킴과 가르침, 『연세춘추』, 1960. 3. 21.

知的虛榮, 『연세춘추』, 1960. 3. 28.

파스텔낙 詩集, 『연세춘추』, 1960. 4. 4.

轉心의 기틀, 『연세춘추』, 1960. 4. 11.

스토이씨즘의 美, 『연세춘추』, 1960. 4. 18.

憤怒의 世代, 『연세춘추』, 1960. 4. 27.

齒痛과 悲劇, 『연세춘추』, 1960. 5. 2.

거품을 무는 씨이저, 『연세춘추』, 1960. 5. 9.

老年讚美, 『연세춘추』, 1960. 5. 15.

옛날 이야기, 『연세춘추』, 1960. 5. 23.

聖職者의 辯, 『연세춘추』, 1960. 6. 6.

Durable, 『연세춘추』, 1960. 6. 13.

초록빛의 形而上學, 『연세춘추』, 1960. 6. 20.

TV考, 『연세춘추』, 1960. 6. 27.

밥·눈물·잠, 『연세춘추』, 1960. 7. 4.

幸福의 條件, 『연세춘추』, 1960. 7. 11.

夏雲, 『연세춘추』, 1960. 8. 28.

白壁, 『연세춘추』, 1960. 8. 29.

누가 英雄이냐, 『연세춘추』, 1960. 9. 5.

셰익스피어의 희극정신, 『새벽』, 1960. 1.

한국 대학의 반성(좌담), 『사상계』, 1960. 8.

희극에서 비극으로-(속)셰익스피어 연구초, 『사상계』, 1960. 5.

文學研究方法論序說①, ②, 『現代文學』, 1961. 4, 5.

셰익스피어 연구의 방법①, ②, 『現代文學』, 1961. 7, 8.

그리스문학(『世界文學講座』Ⅱ, 어문각), 1962.

라틴문학(『世界文學講座』Ⅱ, 어문각), 1962.

셰익스피어(『世界文學講座』Ⅱ, 어문각), 1962.

일리어드·오딧세이(『世界文學講座』Ⅱ, 어문각), 1962.

셰익스피어의 예술①~⑥, 『現代文學』, 1962. 1, 2, 3, 4, 6, 10.

교양으로서의 문학, 『自由文學』, 1963. 3, 4, 5, 6.

셰익스피어와 휴머니즘, 『思想界』, 1964. 3.

세계문학사상의 셰익스피어, 『現代文學』, 1964. 4.

슬픔의 문학과 기쁨의 문학, 『文學春秋』, 1964. 6.

극작가로서의 셰익스피어, 『現代文學』, 1964. 7.

문학의 歷史的 研究-문학연구방법론서설③, 『現代文學』, 1964. 9.

인습론-문학연구방법론서설④, 『現代文學』, 1964. 11.

현상과 실제-문학연구방법론서설⑤, 『現代文學』, 1964. 12.

J. Dover Wilson as a Dramatic Critic, 『영어영문학』 15호, 1964.

저자 김 윤 식

1936년 경남 진영 생. 문학평론가. 서울대 명예교수.
저서 : 『한국근대문예비평사연구』, 『일제말기 한국작가의 일본어 글쓰기론』, 『해방공간 한국인 학병세대의 체험적 글쓰기론』, 『해방공간 한국작가의 민족문학 글쓰기론』, 『백철연구』, 『박경리와 「토지」』 등

최재서의 『국민문학』과 사토 기요시 교수

초판 1쇄 발행 2009년 8월 28일
초판 2쇄 발행 2010년 9월 30일

지은이 김윤식
펴낸이 이대현
편 집 이소희
펴낸곳 도서출판 역락
　　　　서울 서초구 반포4동 577-25 문창빌딩 2층
　　　　전화 02-3409-2058(영업부), 2060(편집부)
　　　　팩시밀리 02-3409-2059
　　　　이메일 youkrack@hanmail.net
　　　　등록 1999년 4월 19일 제303-2002-000014호

ISBN 978-89-5556-721-2 93810
정 가 18,000원